珍瓏無雙局

桩桩——作

肆

珍瓏無雙局

目錄

第四十四章　雨中圍殺

不知過了多久，門口突然傳來一個聲音，「出什麼事了？」

這個聲音驚得穆瀾呆了呆，她回過頭，看到應明張著嘴站在門口。無涯居然讓應明一直在綠音閣等著？不想誤了她的事？

「自以為聰明……」

她又罵了句，酸酸地想，以為這樣她就又感動了？感動了也不行啊。穆瀾心裡越發難過，發洩完了又不知如何對應明解釋。

「對不起、對不起。」看到滿地狼藉，應明抬臂長躬到底。皇上該不會對穆瀾發火了吧？這事實在是對不住穆瀾。可那是皇上呀，他也沒有辦法，「實在對不住你了！」

穆瀾變臉素來快，轉過身已是陽光燦爛，「應兄啊，你知不知道我差點衝撞了聖駕，唉！」

意外見到皇上，定是嚇著穆瀾了。應明越發小心，賠著笑臉道：「是我不對。只是一時間也來不及告訴你，所以……」

「沒事、沒事。皇上沒有過多責怪，摔了幾只盤碟罷了。」穆瀾不厚道地將摔碎東西的事安到無涯頭上。

應明更加內疚了，熱情地說道：「小穆，你找我有什麼事？」

只要他能辦的，定給穆瀾辦得妥貼。

正事要緊。穆瀾將情緒藏在心裡，請應明在窗邊的椅子上坐了，笑道：「聽說應兄進了戶部實習，那可是個肥差。整理庫房，想必又清閒又有油水，想向應兄道聲喜。今天休沐，所以想請應兄吃頓飯！」

這機會還不是因為你才弄到手的。一般說來，如果監生在這三個月實習得了優評，打好關係，將來畢業後留在戶部應缺的機會極大。應明責備穆瀾客氣，笑道：「我也早想請你吃飯。這裡清靜，不如就在這裡叫桌席面，咱們好好聊聊。」說罷叫綠音閣的小廝進來清理一番，上了桌席面。

穆瀾望著這桌價值不菲的席面，想起當初兩人在國子監外擺地攤的事，笑道：「應兄現在闊氣了啊！」

「戶部嘛……」應明打了個呵呵。他心裡微動。穆瀾會賺錢，也許自己還能靠著她多賺一點兒。他壓低聲音說道：「戶部那些老庫房的東西放了幾十年都沒曾動過，換一換銀子就來了。上官通達，吃肉也不會忘了讓下面的人喝湯，我也得了些銀錢。」

穆瀾聰明，一點就透，話就往老庫房引，「那麼多年沒動過，年深日久。舊窯的瓷瓶，弄只新瓶子一換，誰知道啊。」

應明連連點頭，「可不是嘛！就說十年前抄了那麼多官員的家，庫裡那些綾羅綢緞堆到了房頂，擱到現在還不成了一箱箱破布？除了冊子上那些御賜的、名貴的玩意不敢碰，單這塊，就是一大筆了。可惜呀，還能等到我去換？」

兩人一塊擺過地攤，應明想賺銀子的心思也不想瞞著穆瀾。有了共同的利益，關係自然綁得更緊。所以應明主動問穆瀾，「小穆，你腦子靈活，你說還有什麼法子能趁機多賺點兒安心銀子？」

聽著「安心」二字，穆瀾笑了。她不動聲色慫恿他道：「上冊的名貴玩意不能動，綾羅綢緞肯定早被淘換乾淨了。金玉太貴重，最好別碰。瓷器估計你能瞧上的，那些戶部老油子豈不知道？」

「是啊！我這是金山在面前，卻撬不走一塊使啊。」

「書呢？」

書？應明愣了愣，一拍大腿，「我怎麼沒想起這塊呢！小穆，還是你腦子靈活啊！」

穆瀾小聲說道：「珍本、古本，哪能不找出去孝敬上官？但有些不一樣，像家傳食譜單子……」

「對對對。你知道虎丘蔣家吧？先帝元后的姻親，百年大族。聽說當年蔣家開宴，老饕們都盼著一飽口福。庫裡的東西太多了，我留心看看，都不用換，抄一份拿出來，哪家酒樓不搶著重金買？」應明簡直覺得穆瀾就是他人生中的貴人。

「戶部的庫房管得嚴不？應兄，別為了賺錢把前程搭進去了。」

應明笑道：「我為人有多謹慎，你還不知道？誰敢進戶部庫房偷東西？隔一月才進去清點一次。那些老庫房的東西放了多少年了？上官都懶得去，正使喚我這種實習的監生跑腿呢。今天是月末，剛趕上清點完。可惜沒能早點和你聊啊，得等到下月末了。」

好在還有兩個月，兩次機會。應明轉動著心思，抄些家傳食譜，又安全，他下月末進庫要努力多抄一點兒才好。

「你出入庫房不會被官兵搜身？」到下月末才會再清點庫房。穆瀾暗想，平時老庫房不會有人，她進去翻找東西就不會輕易被人發現。

「那些官兵……」應明呵呵笑著，一臉「你懂得」的神色。都吃了好處，不然值錢的瓷瓶、布匹如何淘換得出去。穆瀾也笑了，「對了，還有醫書祖傳方子這些也值錢呢。」

「對對！」應明順著穆瀾的思路，仔細回憶著冊子上的記載。

穆瀾的心提到了喉嚨。戶部的庫房太多了，她不可能挨個去查找，又不能讓應明知道她真實的目的。

「好像是申字十四號庫。十年前查抄前太醫院正池起良家，抄沒的醫書有好幾大箱。」應明想起來了。

「來，喝酒！」穆瀾不再問了。

與應明分開後，穆瀾回到鬥雞場，除了冰碗，還拎了打包的飯菜。果然，林一鳴連飯都沒吃，搶過來邊吃邊道：「小爺贏了四場！說好了，五五分！」

穆瀾大笑，「好！」

鬥雞場樓上的閣間裡，梁信鷗看著去而復返的穆瀾，和氣團臉上一直掛著笑。果然不老實，一個林一鳴怎麼盯得住人？

一名番子隨後上了樓，稟道：「他去綠音閣見了皇上。」

「本官知道。」皇上出宮，他自然是要盯住的。譚弈發了狠，一定要逮著穆瀾的小辮子，想要弄死他。督主愛重的義子，梁信鷗只能巴結著。盯皇上順便盯住了穆瀾，一舉兩得。不過，穆瀾去見皇上，好像也沒有什麼大不了，皇上素來寵愛杜之仙的這位關門弟子。

番子隨後的話引起了梁信鷗的注意，「皇上離開，她與國子監的監生應明一起用飯？」

梁信鷗記憶力一直很好。應明這個名字讓他想起了侯慶之。跳樓那晚，與侯慶之相熟的監生都被東廠詢問過，其中就有這個應明。

都是監生，應明投了皇上，然後和穆瀾一起吃飯。表面上看，什麼問題都沒有。

但是梁信鷗想起了侯慶之。

●　○　●

雷聲隆隆，大雨滂沱。

東廠十二飛鷹大檔頭中武藝最強的李玉隼再一次無法入眠。

數日前，就是這樣的雷雨夜裡，他生平第一次慘敗。被鐵甲軍襲擊，對方人多，他尚能原諒自己。然而，莫琴挖地道救了他一命，李玉隼深以為恥！

他一遍遍回憶著那天晚上的細節。莫琴的背影，蒙面巾外的眼神，每一句話、每一個動作都深刻在他腦中。

「我記得你的聲音、你的眼神。」李玉隼每天都要回憶一遍，怕自己忘記。那個陰險小人，早就打定主意要殺死侯繼祖，卻騙得他相信改變了主意。自己辦事不利，害得督主挨了二十廷杖，督主卻沒有責備他一句，他越發難受。

長長的迴廊上，一點兒燈光晃動。

李玉隼回過頭，垂手肅立，「督主。」

譚誠擺了擺手，讓提燈籠的小番子退下了。

閃電時不時刺破烏雲，映亮了迴廊上觀雨的兩人。

「也不是沒有收穫。你能活著回來，知曉侯繼祖死於何人之手，已經立下一功。」譚誠緩緩開口說道。

李玉隼懷疑自己的耳朵被雷聲震聾了，他有點暈，「督主布下的局？」

可那十幾名忠心死去的下屬就這樣白死了？

「都是為朝廷盡忠而死。怎麼死的，重要嗎？」

李玉隼心裡發寒。如果莫琴不挖地道出現呢？自己是否也會死？

譚誠平靜地望著呼嘯的風雨，淡淡說道：「你活著就好。」

他真的會活下去嗎？李玉隼想起最後那兩名下屬假扮侯繼祖從屋頂突圍，慘死的情形，心裡像是扎進了一根刺。

「地道早就挖好，莫琴早就在地道中等待。若非最後緊要關頭，他不會出現。咱家和你說這些，是不想讓你夜不成寐。」

良久，李玉隼才反應過來譚誠話裡的意思，心裡微熱，「謝督主看重。」

這樣的局是為了什麼，譚誠沒有說。

督主完全可以不讓他知道，卻冒雨前來告訴了他。李玉隼心裡的刺消失無蹤，湧出陣陣感激。

是啊，莫琴若真心相救，早在鐵甲軍出現在驛站外時就可以讓廂房裡所有人進地道。他躲在暗處觀察著，直到剩下自己和侯繼祖二人。如果這個局早讓他知道，下屬們不會這樣拚命，莫琴也會看出破綻。

「今夏雨水多，欽天監說最近半月，過半會有雷雨。」見李玉隼想通了這件事，譚誠轉開話題，「咱家布下的局，想釣的魚，不僅是莫琴，還有珍瓏。」

轟隆一聲霹靂般的雷響，震得李玉隼渾身哆嗦了下。這個名字如雷灌耳。殺死了東廠六人，不，是七人。還有朴銀鷹。

譚誠微笑地望著他道：「你應該記得這個刺客。淮安河堤被毀，嫁禍東廠。咱家懷疑是珍瓏所為，珍瓏不見得是一個人。」

話到此處，李玉隼似乎窺見了淮安府掉包庫銀背後的祕密，他心裡最後一絲對因為這個局而赴死下屬的不忍被徹底剔除。為了布局擒獲珍瓏，這些犧牲都是值得的。

「督主，那錦衣衛可是與珍瓏勾結？」

「未知。」

但是東廠忍氣吞聲這麼長時間，終於有所行動了。李玉隼一掃胸中陰霾，抱拳請命，「督主有吩咐，屬下領命。」

譚誠讚賞地看了他一眼道：「既然雷雨夜你睡不著，就換個地方賞雨吧。」

風雨中，老管家穿著雨披，小心護著燈籠，忠心地為主子照著後花園的路。

胡牧山再一次進了內書房，從暗道中走進另一間屋舍。

今晚的雨太大，從層雲中刺出的閃電剎那間將屋宇耀得雪亮。

他依然坐在長桌這邊，望向另一端坐著的男人，「雨驟風狂，若非急事，您不會前來。」

男人緩緩開口道：「昔日漏網的魚攪動風雨了，能不急嗎？」

胡牧山倒吸一口涼氣，「有眉目了？」

雷聲暫停，男人用手指輕敲著桌面，「去年，東廠有七人死在一名留下珍瓏印記的刺客手上。那時我便在想，是否有漏網的魚。」

東廠再想掩飾，仍然有很多人知道了刺客珍瓏的存在，胡牧山自然也知道：「東廠十二飛鷹大檔頭朴銀鷹遇刺死，珍瓏刺客就消失了。怎麼，他又出現了？」

「珍瓏印記再沒有出現，但是，松樹胡同有動靜了。」

胡牧山倒吸了一口涼氣，「廢置了十年的池家老宅子。」

「我令人去查看過了，內院被潑灑了一院子的鮮血，廂房裡有人住過。」那人的聲音像悶雷一樣沉重。

胡牧山搖了搖頭，「譚誠做事素來謹慎，池家不可能還有人活著。」

那人冷冷說道：「不管怎樣，松樹胡同有了動靜，就說明有人對池家有興趣了。」

回想著對方的話，胡牧山猛然警醒，「池家老宅子應該找不到什麼。那麼下一步是……戶部庫房裡池家抄沒的家產？」

那人輕嘆道：「存了那麼多年的餌，終於能派上用場了。希望這一次能一勞永逸。」

如果能一勞永逸便好了，他就再也不用進這間屋子了。胡牧山換了話題，「梅于氏死了，宮裡也沒有于紅梅這個人。線索已然斷絕，錦衣衛丁鈴若不肯死心，查到陳瀚方怎麼辦？」

「查到又如何？陳瀚方翻遍了這些書，不也什麼都沒找到？」

「萬一被陳瀚方找到呢？」

「我也盼著他能找到。所以，丁鈴想查就查吧。他不是心細如髮嗎？也許還能幫陳瀚方一把。我想了很多年，都沒想明白陳瀚方與于紅梅之間的關係。我只知道于紅梅離宮去了趟國子監，而陳瀚方卻奇怪地在國子監御書樓裡找什麼東西，那東西一定是于紅梅留下的。也許是一封信，也許是一件信物。未知就是危險，是懸在頭頂的劍，不找出來，我寢食難安。」

陳瀚方已經被盯死，沒有要他的命，就是為了那件未知的東西。如果早一天被陳瀚方找到，這個未知的謎就解開了。

同樣的風雨夜，皇城西南角的錦衣衛官衙燈火通明。

寬敞的案几後坐著一個身軀壯碩的男人，鬚髮皆白，滿面紅光，正是錦衣衛指揮使龔鐵。他合上案宗，望向一側的秦剛，「最近宮裡禁軍可有異動？」

秦剛愣了愣，想了想才道：「宮中一切如常。只是今年入夏以來雨水太多，戶部報老庫房塌了一間，正在搶修，所以增調一隊禁軍去值守。」

「戶部老庫房？」龔鐵若有所思，擺手讓秦剛退下了。

秦剛走後，他衝帷帳後淡淡說了句，「松樹胡同池家老宅內被人潑了鮮血，去瞧瞧是什麼人對戶部庫房的池家老物件感興趣。」

帷帳後傳來莫琴的聲音，「大人，東廠應該早在戶部布下了網。屬下隔遠一點兒看？」

龔鐵雙目一睜，罵道：「你若把李玉隼一併殺了就算了！留他活口做什麼？給老子離遠一點兒，嫌你惹的麻煩不夠？」

帷帳後沒有了聲音。

龔鐵氣得大步上前一把掀開帷帳，莫琴早沒有蹤影。

雨過天晴，陽光被雨水沖刷之後分外濃烈。大清早，蟬鳴聲響徹了整座國子監。

才到辰時初刻，太陽已將寬闊的騎射場晒得起了煙塵，地面像飄起一層無色的火焰，看著就熱。

監生們穿著騎獵服還沒上馬，已熱得全身冒汗。四周不多的幾株大樹勉強撐起一小片陰涼，監生們像一窩窩螞蟻縮擠在樹蔭下，咳聲嘆氣。

樹蔭就這麼可憐的幾小片，還被監生們抱團瓜分，最大的兩片樹蔭則是被譚弈和許玉堂兩撥人占去了。

穆瀾早被劃進了許玉堂的勢力範圍，得到了站在樹蔭下的資格。以林一川的性子，平常早厚著臉皮擠過去了。今天他內心掙扎又掙扎，仍然和謝勝蹲在看臺邊緣的庇蔭處。這裡不受太陽直晒的地方極小，剛好夠兩人蹲著。

譚弈和許玉堂都是抱團，沒有勢力支撐的監生們想來擠半肩陰涼，黑塔般的謝勝怒目而視，林一川直接捋了捋袖子就把人嚇跑了。

林一川從地上撥了根車前草叼著，總忍不住看向穆瀾。他滿腦子都是「咫尺天涯」這四字。

自從穆瀾扔下一句「離我遠點兒就是幫我大忙了」，林一川硬是忍著沒去黏她。他心裡悶得慌。丁鈴查梅于氏和蘇沐案也斷了頭緒，一到晚上就偷跑來國子監拉林一川聊天，聊來聊去，還是憋屈鬱悶。

「列隊！瞧瞧你們像什麼樣子！上午的太陽就受不了，騎射課還沒挪到下午上呢！」教騎射的先生獨自站在陽光下，望著樹蔭下蔫蔫的監生，氣不打一處來。

靳擇海摘了片樹葉搧著風，嬉皮笑臉地說道：「老師，不如把騎射課挪到晚上。聽說軍中的神射手都是練習夜射。晚上點支香，能把香頭射滅，上了戰場都不用瞄準。」

先生以前是武狀元，也曾在軍中歷練過，和講四書五經的夫子不同，當即冷笑道：「好啊！不說香頭，今晚給你點十支蠟燭，你能給我全射滅了，我就給你評優等。」

「哎哎，老師，我這不是打個比方嗎？我要有那等箭術，早投軍了！」靳擇海厚著臉皮閒扯，盼著多聊幾句閒話，太陽移到頭頂，就可以下課了。

「都給我滾出來列隊！十息之內列不好隊，全部評差等！」先生懶得搭理他，提氣大吼。

監生們拖拖拉拉、戀戀不捨地離開了樹蔭，總算站好了。

「天熱，我理解。我也不喜為難人，每人上馬跑三圈，射十枝箭，今天的課就完了。」

眼瞅著監生們精神一振，先生陰惻惻地又補了句，「哪個班如有一人不能完成，全班都得在這日頭下站著看他做完。後完成的班補射十枝箭。」

兩個班頓時圍一處開起了小會。

譚弈開口問道：「誰不會騎馬？不會射箭？」甲一班舉監生多，形容書生的話是手無縛雞之力，當即就有七、八個舉監生苦著臉舉了手。

「家裡窮，上哪學騎馬射箭？」

「在下連雞都……捉不住！」

「在下懼馬！」

「好了好了！」舉監生們功課好，說到騎射，自不如蔭監生和例監生。譚弈眼珠一轉，悄聲說道：「我有辦法。走！」

望著譚弈那個班朝馬棚去了，靳擇海搧著樹葉撇嘴道：「就那群雞崽兒般的書生，本小侯爺讓他們先跑一圈也能趕上。」

許玉堂一統計，班裡有三個例監生不會騎馬。林一鳴樂了，指著那三位同窗道：「為何不會騎馬？」

一人撫著圓滾滾的肚子，擦著額頭沁出的油汗，理直氣壯地答道：「家裡有的是馬車、轎子，騎馬顛得慌！」

「你們三個先去射箭，射不中靶子無所謂，開十次弓總是會的。其他人先跑完三圈再說！」許玉堂倒沒想到兩人共騎的法子，只得先這樣定了。

等到兩班人騎上馬進了騎射場，不等先生開問，靳擇海指著譚弈班上共騎的人就嚷嚷起來了，「不是吧！還能共騎蒙混過關的？」

譚弈朝先生拱了拱手道：「老師只說每人上馬跑三圈，沒說不能兩人共騎呀。」

「你們班這叫作弊！」

「如此上騎射課，將來上了戰場，也與人共騎嗎？」

「就是！」

先生不以為然道：「既然我沒說過不能共騎，自然是可以的。」將來考試是獨自騎射，現在就混吧。

舉監生們頓時樂了。

靳擇海氣結，正想爭辯，被許玉堂攔住了，「你想讓譚弈他們歇著看我們繼續操練？」

甲三班的人不吭聲了。林一鳴又跳了出來，「不知通變。」

「你這個叛徒！」靳擇海又跳了起來。

林一鳴討好地望向譚弈，對靳擇海翻了個白眼道：「我有說錯嗎？」

兩人爭執的聲音眾人都聽見了，舉監生們的笑音分外刺耳。譚弈朝林一鳴擠了擠眼，得意地說道：「走！」

甲三班的人臉色訕訕。

許玉堂心裡窩著火，臉上仍然帶著笑，「有人幫著咱們動腦子，還不好？」

一句話讓眾人臉色轉好。靳擇海又得意起來，「我家的門客就幹這種活。」

「誰去載那三位同窗？」

「我！」穆瀾第一個站出來，駕馬跑向了靶場。

謝勝素來心熱，也應了聲，跟著穆瀾去了。

林一川行動比腦袋轉得快，叫道：「我也去！」

他跟在穆瀾身後，感覺到怪異。穆瀾不喜歡出鋒頭，遇到這種事一般不會出頭。想讓她幫忙，給錢最痛快，今天她怎麼會這麼熱心？

更令他吃驚的是，穆瀾選了那位肚肥如瓜的同窗共騎。

瞅著那位不會騎馬的肥胖同窗死命地抱著穆瀾的腰，林一川大怒。他暗罵了聲死胖子，二話不說，上前一把提著對方的腰帶，硬生生將他從穆瀾身後拉到自己馬上。不等胖子嚇得大叫，他惡聲惡氣地吼道：「坐好！」

他狠抽了馬一記鞭子，載著驚叫不已的胖子朝馬場疾馳而去。

穆瀾張了張嘴，輕嘆一口氣，將手伸向最後一位連馬都不敢靠近的同窗，「閉上眼睛，什麼都別管。我叫你睜開時，定就跑完了。」

她的笑容讓那位同窗生出了勇氣，閉著眼睛伸出手，騰雲駕霧般被穆瀾拉上了馬，「小穆，求你騎慢點兒啦！」

穆瀾笑道：「抓緊轡頭就行。怕就一直閉著眼。」

林一川跑了半圈，偏過頭去看。馬場對面的穆瀾沒有讓那位同窗坐在身後，而是坐在她身前。她幾乎是蹬著馬蹬半站著，以方便控馬。

他滿意地彎了彎嘴角，一時間忘了穆瀾今天的怪異，「這還差不多！」拍了拍胖子死箍在腰間的肥手，「抱緊了！」

馬揚蹄疾奔。

她需要時間，需要不在場的證明。今天的騎射課是最好的機會，譚弈親眼看著，不會起疑。穆瀾心裡盤算著，輕聲問身前那位懼馬的同窗，「跑了兩圈了，還怕嗎？」

一張嘴，滿嘴風，那位同窗半個身子都趴在鞍前，緊緊抓著轡頭哭也似地嚎，「還沒跑完啊。小穆，我懼高，你可千萬別讓我摔下去！」

「我這不是跑得慢嗎？閉好眼睛，到了我就叫你。」穆瀾很滿意他的回答。

本想選那個胖子，看起來場面更驚恐，沒想到被林一川換了個更膽小的。穆瀾偷笑起來。

眼看就要跑完，前面跑完的人都等在終點閒聊著，穆瀾突然對身前的同窗說道：「可以睜眼了！」

那位聽話的同窗睜開了眼睛，這時，穆瀾狠抽了馬一鞭子。馬猛地提速，倒退的景物讓那位同窗瞪大了眼，翻了個白眼，直接從馬上往下落，穆瀾趕緊「手忙腳亂」地去撈他。

在一片驚呼聲中，她勉強將人撈回馬背上，裝著沒踩穩馬蹬大叫了聲從馬上摔下去。

「哎喲！」從馬上墜下時，穆瀾很精巧地在空中翻轉著身體想要躍起，然而就在眾人以為她能脫險的瞬間，穆瀾突然痛叫了聲，「咚」的摔在地上。

摔是真摔，只是沒那麼嚴重。眾目睽睽下，應該不會引人懷疑。穆瀾扶著後腰抽著粗氣盤算著。

「我去！」早等在終點的林一川看到這一幕揚了揚眉，策馬就奔過來。

看到林一川第一個跑來，穆瀾真想抽他一巴掌。她躺在地上咬著牙想，能瞞過林一川，更能瞞過譚弈吧？

「摔哪了？以妳的身手還會摔？」林一川跳下馬，蹲在穆瀾面前就問開了。

「我又不是神仙。嘶……」穆瀾扶著腰的手狠狠地掐了自己一把，痛得兩撇初葉般的眉都擰成了疙瘩。她的額頭掛滿了汗，之前在地上滾了滾，帽子掉了，臉頰沾了灰，悽慘無比。她躺在地上喘氣，「腰岔了氣，一動就疼！」

周圍已圍上來一圈人。先生走過來，見狀就道：「去兩人抬張春凳送醫館！」

譚弈的目光從穆瀾手上掠過，她手上擦破一塊皮，沁出了血。他撇了撇嘴，心想：你穆瀾也有這麼狼狽的時候？真可惜錦煙沒瞧著。

想起記憶中活潑可愛的女孩，譚弈連多看一眼的心思都沒了，轉身就走。

這是信了吧？穆瀾暗暗鬆了口氣。

妳有事瞞著我，我不計較。妳讓我離妳遠點兒，我就不來打擾妳。到手的機會想讓我扔出去，門都沒有！林一川彎腰一把將她抄抱起來，「老師，學生腳程快，送小穆去醫館！」

穆瀾訕笑道：「這裡離醫館遠，抬個春凳來就好。」

林一川沒有作聲，胳膊一緊。穆瀾的臉幾乎貼在他胸口，林一川低頭看了她一眼。

「哎喲，我的腰！」穆瀾不敢和他對視，又痛叫起來。

見她開始耍賴，林一川抬起頭，抱得更加平穩，只是嘴角不經意地向上揚了揚，大步朝醫館方向走去。

他身上的熱氣與急鼓般的心跳貼著她的臉傳來，穆瀾似被熱著了，臉上漸漸湧出一片緋色。

從騎射場走到醫館兩炷香的時間裡，兩人都沒有說話。路上遇到有監生，穆瀾就會哎喲痛叫幾聲。

多聽幾次，林一川終於在一處無人的樹蔭下停下來，「妳這是在和別人解釋？」

穆瀾眨著眼睛，茫然地問道：「我和誰解釋？解釋什麼？」

自然是為什麼被我抱著！林一川心裡又堵上了。心知肚明卻不能說破，憋死他了。正巧路邊有塊平坦的石頭，他走過去將穆瀾平躺放下，「歇會兒。」

穆瀾暗罵，誰讓他抱著走這麼遠了？但只能繼續裝著，躺著不動。

林一川突然俯下身。

穆瀾大驚，他是想試探她嗎？「你幹什麼？」

林一川認真地擦拭著她臉上的灰，「蹭得一臉灰。」

手指滑過她的臉頰，一點點抹去她臉上的灰塵。穆瀾突然覺得時間過得好漫長。他的臉離她這樣近，彷彿睫毛一動都能觸到。她閉上眼睛，放在身側的手情不自禁又捏成了拳頭。

「咦，小穆。妳的臉一點兒都不粗糙，摸起來很滑嫩。」

這是絕大多數男人和女人的區別，女子的肌膚總要細嫩一些。穆瀾微瞇著眼睛，心裡又開始咆哮：再摸老子砍了你的手！

惱羞成怒了？估計再摸下去，穆瀾就顧不上裝了。林一川及時縮回手，一臉無辜樣，「好了，擦乾淨了。」

他雙手抄過她的腿彎和腰，又抱了她起來，「讓方太醫好生瞧瞧。妳說妳逞什麼能呢？虧得我把那個死胖子拎走了，否則他摔下去，妳不止會閃了腰！」

她還要謝他不成？穆瀾憋屈地哼了哼。

到了醫館，見受傷的又是穆瀾，方太醫撫額，「出什麼事了？」

「騎射課墜馬閃了腰，動一動都疼。」

穆瀾連眼色都不用使，方太醫就將林一川趕出去，「老夫扎兩針試試。」

林一川站在門外，聽到裡面穆瀾不時傳來幾聲痛呼。他摸著下巴想，穆瀾這次又想請假去做什麼事？

隔了半個時辰，方太醫才出來，「讓她在醫館先躺著，得養一養才好。」

林一川謝過方太醫，沒有進去，只站在門口對穆瀾說道：「我幫妳請假去，妳安心休養。」

「謝謝！」

林一川怔怔地望著她，並沒有走。他似乎在等著穆瀾留下自己，黝黑的眼眸無聲透露出他的心意。

「方太醫說了躺幾天，沒大事。你快走吧！」

池家廢園裡那一夜就像是個夢，夢一醒，那個弱弱靠在他背上哭的穆瀾就消失了，她又退到了千里之外。林一川的眼眸漸漸黯下去，他笑了笑，「小穆，妳的心比石頭還硬！」

「你說什麼？」

「我什麼都沒說。」

林一川從牙縫裡擠出這句話，掉頭就走。

穆瀾撇嘴罵道：「抱也抱了，摸也摸了，一副受氣小媳婦樣給誰看哪！狗拿耗子，多管閒事！」罵完心裡卻有點堵，嘟囔道：「不識好人心。你這個二貨！」

方太醫去而復返，「小姑奶奶，妳又想做什麼？」

「不做什麼。天氣太熱，歇歇。」穆瀾慵懶地笑著，望著窗外不見一絲雲彩的晴空想，今夏酷熱，大概這兩天又會有雨。

她要藉著雨夜的掩飾潛進戶部申字十四號庫，尋找記憶中父親留下的祕密。

此時的穆瀾並不知道，那裡已經布上一張網。

過了子時，一聲霹靂雷突然炸響，院子裡的樹像是抽了筋似地被驟然而來的狂風吹得一陣亂搖。

在醫院臥床「診治」的穆瀾被驚醒了，她下了床，伸手在床下撈出個包袱。杜之仙做給她的東西，見不得光的都放在方太醫處。

她打開包袱，拎出一件如絲般輕柔的衣裳。老頭兒想得周到，連夜行衣都做了厚薄之分。穆瀾想到杜之仙的欺騙與愛護，種種矛盾讓她又生出一絲煩躁。她換好衣裳，將一排精巧的革囊繫在腰上。看到包袱裡的長匣子，穆瀾有點遲疑，「需要用這些老本？怎麼有種拚老命的感覺？」

她打開了匣子。

裡面裝著一套首飾，穆瀾拿出一支樣式普通的簪子插在道髻上。她捋起衣袖，胳膊一抖，一只銀色的臂釧滑到手腕。她突然想起林一川曾經說，想打對峨嵋刺給她。她說自己有武器了，林一川很好奇。

她輕功好，老頭兒和面具師父設計了這根千韌鋼絲給她，爬高牆什麼的極其好用。平時纏成臂釧，也很難被人發現。

「蜘蛛精似的。」穆瀾將臂釧捋回胳膊上，嘟囔了句。

這匣首飾是老頭兒備著有一天她換回女裝所打造的武器，穆瀾只取了簪子。想了想，她仍然從長匣裡取出小弩的部件組裝好，掛在腰間。

雷聲中，大雨嘩啦啦地澆了下來。聽到雨聲，穆瀾不再遲疑，在靴中插好匕首，將包袱收好，塞回床底下。醫館的廂房裡只住著她一個人，天明後，方太醫自會將包袱取走。

她披上黑色的斗篷，悄悄離開國子監。

整座京城在大雨中沉睡著，五城兵馬司巡城的頻率也減少了，沒有人會想在這樣的雨夜出門。

戶部衙門後面有數重院落。老庫的這間院子除了每月底戶部來人盤點一回，平時閒得只有麻雀在院子裡蹦躂。

靠後面圍牆的一排房屋，有一間庫房塌了半邊。白天添補了一隊禁軍守著匠工修繕，夜裡鎖了大門，仍然有四名禁軍在值守。

門房裡，兩名禁軍正在酣睡。值崗的兩人打了酒，就著一碟滷拼、一碟油酥花生米閒聊著打發時間。

風雨聲太大，兩人關閉了門窗，才將雨落的聲音阻在門外。

穆瀾伏在庫房屋頂上，黑色的斗篷擋住風雨，讓她與整個夜色融在一起。她默默數著庫房的排序，不經意地看了眼那間立在風雨中尚未修膳完的庫房。

戶部的庫房空間極高，在高牆上開出了連人都難以鑽過的狹窄窗戶。大門是寸許厚的木板，穆瀾能進去的地方只有屋頂。

她小心地揭著房頂的瓦，一片片摞在身側。盞茶工夫，身下就被她掏出了一個洞來，她像泥鰍一樣滑了下去。

外面的大雨讓庫中光線太暗，幾乎伸手不見五指。她在黑暗中站了一會兒，模糊地看見庫房裡靠牆處擺放著一只只貼了封條的箱籠。她走過去，張開了嘴，含著的明珠發出淡淡珠光。

看清楚封條上的字，穆瀾抬起箱蓋，一本本醫書出現在她眼前。藉著珠光，她飛快地翻找著。箱子上的封條已經破損了，如果她手腳乾淨，不會被人發現。

一只只箱子被她打開，她的記憶在沉默的行動中被翻了出來。父親幼時教她讀書習字、背《湯頭歌》（註1）、辨認藥材。母親替她做了那些不值錢卻繡著精美花樣的衣裳，也正因為不值錢，所以才沒被戶部的人換走吧？她撫摸著箱子裡的衣裳，心陣陣發疼。

雨聲彷彿小了。黎明之前，穆瀾終於找到自己想要的東西，她收進懷中，毫不猶豫從屋頂躍了出去。

剎那間，她察覺到危險，後背驀然繃緊。

冰冷的箭頭破開細雨，翎羽劃破空氣的破空聲像驚雷般在她耳際炸響。她凌空翻身，那枝羽箭射裂了屋瓦，碎片炸裂開來。

一枝又一枝的箭如影隨形，穆瀾輕鬆避開，取下腰間的弩弓反射回去。箭枝釘在屋瓦上的動靜驚動了守衛的禁軍。

院子四周不知從哪兒冒出星點的火把，人聲、腳步聲織成了一張網。

李玉隼射完手裡的箭，穆瀾的弩箭也沒了。她半跪在屋頂上，與對面的李玉隼遙遙相望。

「我很奇怪，你怎麼知道池家抄沒的東西已經被挪出了申字十四號庫。」李玉隼拔出長刀，指向對面全身藏在黑色斗篷下的穆瀾。

他在申字十四號庫裡待了近二十天，像一隻老鼠，沉默地等待著。如果不是隔

註1　書中選錄中醫常用方劑三百餘方，以七言歌訣的形式加以歸納和概括，並於每方附有簡要註釋，便於初學習誦。

壁那些年份久遠的箱蓋開啟時發出的細碎聲，他幾乎等待得快要發瘋。

這種壓抑與不耐悉數化成了對穆瀾的戰意。

穆瀾沉默著。給應明出完主意後，她也在等。

這二十天她也等得焦急。她拿到了戶部庫房的地形圖，摸清了這些老庫房的位置。

月中休沐，應明回到國子監。他興奮地告訴穆瀾，老庫的一間庫房被雨水沖垮了一面牆，他被調去搬運，意外發現池家的東西被挪出申字十四號庫，存進十號庫。因雨太大，戶部擔心箱子進水，全部揭了封條開箱檢查。

應明鬼祟地告訴穆瀾，檢查與重新貼封條很費時間，他趁機抄了很多家傳食譜、藥方。

穆瀾這才選在今晚有雨時行動。

「來了，就留下吧！」李玉隼持刀直衝向穆瀾。

四周的火把已然將院子包圍起來，大概是出於對李玉隼的信任，沒有東廠番子跳上屋頂幫忙。

穆瀾無心戀戰，臂釧滑到腕間。

李玉隼人在半空，突然看到對方手臂揮動，一大片瓦片被掀了起來，密集地朝自己飛射而來。

長刀絞起一片刀影，將屋瓦與雨水絞得粉碎。

藉著瞬息間的阻擋，穆瀾朝著院外狂奔。

「射！」

風雨中的口令讓包圍的人鬆開弓弦，密集的箭雨朝著穆瀾飛去。

臂釧化成一根柔而韌的鋼絲刺進院牆外的那株樹，穆瀾的身體像紙鳶一樣輕飄飄地飛起來，衝破了箭網。

沒有人能有一躍五、六丈的輕功，而穆瀾藉著鋼絲的牽引做到了。所有人驚嘆地看著她飛離院子，落向院外的大樹。

而此時，李玉隼才將將跑到屋頂的邊緣。他大喝一聲，將長刀向穆瀾擲過去。

穆瀾正要落在樹上，枝葉間一片刀光映入了眼簾。她的雙瞳驟然緊縮，這樹上竟然有埋伏！身後是李玉隼擲來的長刀，面前是伏擊者刺來的刀，第二輪射來的箭已交織成網，穆瀾避無可避。

她猛地抽回鋼絲，人在空中輕盈地翻滾著。鋼絲在細雨中劃出耀眼的光環，與迎面的刀光相碰，摩擦著發出刺耳的聲響。肩膀傳來疼痛感，李玉隼的刀掠過她的肩，扎進了樹身。一枝箭從她腰側掠過，穆瀾的身體驀然下沉，落在院外。

她飛快地朝前方跑去。

樹上躍出兩個人，與李玉隼對視一眼，緊追著穆瀾不放。

一人罵了句，「東廠三個大檔頭還抓不住人，真沒臉了！」

梁信鷗盯著穆瀾的背影道：「老曹你急什麼，他受了傷跑不了，這一片都被圍住了。」

曹飛鳩邊追邊道：「老梁，你猜會是那個刺客珍瓏嗎？」

「管他是誰，擒住就知道了。」李玉隼拔了刀趕來。

穆瀾所思慮的退路都在譚弈的棋盤上，裡面埋伏著東廠的人，外圍已被五城兵馬司圍住。沒有人相信受了傷的人能逃出去。

戶部南鄰禮部，再往南是江米街。北面是禮部和宗人府，再過去就是通向皇城的長安大街。東廠的布置重心在南面。長安大街與進宮城的承天門地勢開闊，傻子才會往北逃。

所有人馬都朝著穆瀾消失的方向包抄而去。

武藝最好的李玉隼突然大叫了聲：「閃開！」

話音才落，連珠箭如鬼魅般出現在三人面前。這時梁信鷗和曹飛鳩才聽到箭翎的破空聲。兩人狼狽地在地上打了個滾險險避開，後頸的汗毛嚇得豎起來。

對面的屋頂上站著一排持弓的黑衣人，密集的箭雨將三人逼在牆角難以露頭。

李玉隼罵道：「真教督主猜著了，珍瓏就不是一個人！」

梁信鷗靠著牆，頭都不露，「箭總有射完的時候。圍得水洩不通，還能上天入地不成？等著吧。」

藉著這一波阻礙，穆瀾照著記憶奔到一處圍牆邊上。她的左肩被削去一塊肉，疼得有點抬不起來。她摸了把腰，滿手是血。

那枝箭劃破了衣裳，腰間掠出嬰兒嘴唇般的一道傷口。想起離開國子監醫館前的直覺，穆瀾從革囊中取出布條纏綁著傷口，嘟囔道：「真要拚老命了！」

梁信鷗無意中道出了真相。六部所在不如民居小巷複雜，她只能利用京城的下水道逃走。暫時歇了歇後，聽到追兵聲音朝這邊湧來，穆瀾跳進水渠，涉水進了暗溝。

建於百年前的京城擁有完好的排水網。雨水多，穆瀾只能憑著淡淡的珠光與記憶，數著步子在齊胸的水溝裡艱難地行走。她苦笑著想，不和穆胭脂合作，她絕對搞不到這裡的水道分布圖。

走了一炷香的距離，她停了下來。

一點兒微弱的光在她前方亮了起來，穆胭脂摘下蒙面巾，舉著火摺子站在水道的岔口處。穆瀾緊繃的神經鬆弛下來，蹚著水走向她，「沒有妳接應，這次我可能真逃不了。」

「找到沒有？」穆胭脂平靜地看著穆瀾。

穆瀾走到她身邊，靠著牆有點累，「找到了。我記得很清楚，曾經看到爹在書房釘書。他哄我說將銀票釘在書冊裡，免得被娘發現。記憶太深刻，是本《黃帝內經》。現在回想，我爹藏的不會是私房錢。」

「給我。」穆胭脂的聲音有點急切。

「出去再看吧。東廠遲早會想起下水道。我受傷了，地上有血跡。」穆瀾站了起來。穆胭脂給她的圖只走到這裡，再多她也記不清楚，「走哪條道？」

「對面。」

穆瀾轉過身朝對面的岔道走去，突然腿上一軟，她朝水裡栽去，中了一刀的肩膀瞬間傳來尖銳的刺痛感。穆瀾奮力擰轉身，撞到對面的石壁上，她悲傷地望著穆胭脂，低聲笑了起來，「娘，您就這麼迫不及待嗎？」

她叫了穆胭脂十年母親，下意識的一聲「娘」，讓手持利刃的穆胭脂愣了愣。

穆瀾分不清臉上是水還是淚，左手無力地垂在身側，泡了髒雨水，傷口火辣辣的疼痛。她靠著石壁，從懷裡掏出一個油布包扔過去，「十年前妳到池家收養了沒有記憶的我，是為了這個吧？」

穆胭脂將油布包打開，用匕首挑開了線，看到封頁夾層中油紙密封著的東西。她深吸了一口氣，放進了懷裡。

「是，我養妳，就是為了有一天，妳可能會想起妳爹藏著的這份東西。」穆胭脂淡淡說道：「幸運的是，妳還真的想起來了，不枉我養妳十年。」

遠處透出一絲光亮，有人聲順著管道傳來。穆胭脂吹熄了火摺子，瞬間的黑暗讓穆瀾眼前一黑。她無力地靠著，喃喃說道：「養了我十年，妳對我一點兒感情都沒有嗎？」

穆胭脂本來可以帶著她逃走，救她一命，但穆胭脂卻毫不猶豫朝她刺來一刀。穆瀾雖然躲過了要害，這一刀卻切斷了她的生路。

「今晚為了給妳逃進這裡的時間，珍瓏局死了二十個人。」穆胭脂的聲音消失在對面的水道中，「妳若逃不了，是妳的命。如果東廠的人追來，我勸妳還是自盡的好。進了東廠的大獄，妳想死都難了。」

三條下水道，穆胭脂走了對面那條。穆瀾就算有力氣，也不會追上去。她遲緩的腳步只會給穆胭脂當擋箭牌。

遠處說話的聲音漸漸大了起來，穆瀾撐著石壁，貓腰鑽進了水裡，低語著，「能逃出生天，也是我的命。」

雨水洶湧地從管道裡沖來，她也不知道這條下水道能通向哪裡。穆瀾唯一慶幸的是，今夜的雨很大，水聲遮掩了她逆水而行的聲音。

她逢岔道就進，不分方向地亂闖著。穆瀾努力保持清醒，她不分方向，東廠的人就更分辨不清該走哪條道。看她的命吧。

游到一處，穆瀾實在沒有了力氣。如果東廠能在這蛛網般密布的下水道找到她，那真是她的命了。

這裡的水淺了一點兒，剛好沒膝。

穆瀾尋了處水淺的地方坐了，眩暈的感覺向她襲來。她從革囊中取出三七粉和布條開始包紮傷口，收拾好自己後，她靠著洞壁苦笑著想，她會不會死在這陰暗骯髒的下水道裡，被老鼠啃食乾淨？

「是命啊。明知道她第一句話就向妳討東西，妳為什麼還要去挨那一刀呢？」

也許，是想看得更清楚；也許，是想讓穆胭脂那一刀斬斷她剩下的那點感情。沒有中那一刀，她可能活下去的機會更大一點兒。

在胡思亂想中，穆瀾眼皮漸漸沉重起來。她擰了把大腿，這時睡過去，也許就再也醒不過來了。

這時，她聽到涉水的聲音，穆瀾面無表情地拔出靴子裡的匕首。

一個人貓腰走進了這條下水道。火摺子的光照亮通道的瞬間，穆瀾撲了過去。

那人手中的火摺子掉進水中，「噗」的熄滅了，黑暗中只聽到拳腳聲與喘息聲。

冰涼的匕首壓在那人喉間的瞬間，那人掐住穆灡腰間的傷口，她悶哼了聲。身下的那人抱著她翻轉著，將她抵在洞壁上。

胸口被他的肘尖一擊，穆灡再也撐不住，暈了過去。

也許是身體的觸感讓那人覺得詫異，他伸手摸到穆灡的臉。

火摺子的光亮了起來。

「我莫琴這運氣是要逆天了？不對，你的運氣不是一般的好啊。」他拉下面罩，臉上兩個小笑渦被火光映得一跳一跳的。他有些興奮地搓了搓手，「但願妳是池家的漏網之魚。池起良當初救了指揮使老娘，他要報恩。我救了妳，豈不是也報了指揮使的恩？小爺從此再不欠他了，這筆生意倒也划算。」

說著他揭開穆灡的蒙面巾，臉上的笑容瞬間僵住了，半晌才喃喃說道：「少爺，你的運氣才是真的好啊。」

他一巴掌拍自己腦袋上罵道：「你是燕聲那豬腦子嗎？今晚行動的明明是珍瓏的人，有這輕身功夫的人不是穆灡是誰？還用得著猜？」

該怎麼處理穆灡？

站在莫琴的角度看，他幼時被龔鐵帶回錦衣衛，奔著養育之恩，他該對龔鐵忠心不貳。

站在雁行的角度看，他八歲就被送到林一川身邊。十年來，林一川待他如兄弟，對他有知遇之恩。

他沒有思考多久，俯身撈起了穆瀾，「反正也對指揮使瞞下了你可能是刺客珍瓏的事。那件事站在了少爺那邊，這次先幫少爺好了。」

譚誠背著手站在庫房裡。

李玉隼、梁信鷗和曹飛鳩訕訕地站在他身後。

三位東廠大檔頭出馬，戶部一有動靜，早有準備的五城兵馬司就圍了六部衙門所在，依然教那人逃走了。

梁信鷗擅破案，也擅追蹤搜捕，先開口道：「督主，是從下水道逃的。管網複雜，夜裡雨大，狗不好使。」

譚誠思索著，「咱家記得，去冬工部才疏通清理了下水道，那份圖紙怎麼流出去的？」

「卑職去查。」梁信鷗領了差使，走了。

「飛鳩，你眼力過人，看出什麼沒有？」

曹飛鳩想了想道：「督主，有點像鞭法。」

「銀絲驚雲鞭！」譚誠喃喃說著，眼裡飄過一絲唏噓，「總算找到妳了。咱家早該想到，珍瓏是妳所建，也只有妳能建。」

李玉隼再次失手，單膝跪了下去，「督主，卑職讓您失望了。」

守在老庫房二十天，仍然沒能抓住那人，還讓那人把東西帶走了。李玉隼滿心愧疚。

「那庫裡的東西都是假的，早就重新置換過了。能逼出珍瓏的人來，就是大功一件。」譚誠毫不在意地說道。

都猜想池起良或許藏有東西，焉能讓池家的東西這樣擺在庫房。既然知道那東西就藏在抄家所得之中，拆碎了所有的物件，還能找不出來？

譚誠愉悅地吩咐道：「全城搜捕，驚一驚對方也是好的。」

第四十五章　錦衣莫琴

天矇矇亮的時候，林一川和謝勝如往常一般早起，正打算去林子裡打趟拳，他看到了燕聲。

燕聲平時待在國子監外，等閒不會偷偷溜進來。林一川正詫異著，燕聲就憨憨地笑了，「雁行回來了。說家裡有急事，請少爺無論如何都要想辦法回府一趟。」

雁行素來心細謹慎，林一川不知道出了什麼事，和謝勝說了自己家裡有急事，要裝病回去一趟。謝勝心裡有了數，會幫他請假。林一川徑直去了醫館。

自己好好的御醫，被皇上一道旨意調國子監給這些小孩子開病假條來了？方太醫心裡不痛快，寫了突發痢疾的假條，扔給林一川，板著臉道：「拿走、拿走！」

接了假條，林一川很沒骨氣地朝後院張望了下，「小穆的腰好些了嗎？」

穆瀾整晚未回，方太醫正提心吊膽著，聽到林一川詢問，立時吹鬍子瞪眼，「你走不走？不走把假條還來！」

林一川悻悻地揣著假條溜出國子監。

他帶著燕聲騎馬回了林家宅子。雁行候在內宅二門處，望著林一川直笑。

「什麼事這般急？」林一川最擔心的是揚州家中的老父親，見到雁行笑，先鬆了口氣。

「燕聲，關了院門你就守在這裡，誰都不讓進。」吩咐完燕聲，雁行扯了林一川往屋裡走，邊走邊道：「少爺，這回我不擔心了。你運氣好啊。」

林一川不以為然地問道：「什麼好事？」

「穆公子是女人。」雁行笑咪咪地在房門外站著不動了，朝裡面努嘴，「你進去瞧瞧就知道了。」

林一川站住了，盯著雁行道：「穆公子是女的？你怎麼知道？」

「她受傷了嘛。自然要脫了衣裳給她治傷，這一脫……」雁行嚥下後半句，很想給自己一嘴巴，「才脫了一半……」

林一川已經開始磨牙了。

「得，少爺早就知道了啊。」雁行訕訕地比劃了下，「就看到這麼小一塊，她的肩受了傷。我發誓。」

林一川突然笑了，「我瞧過她再和你好好聊一聊。想說什麼，提前先想好。」主僕二人相處十年，素來心有靈犀，雁行馬上明白了林一川的意思。他是怎麼遇到受傷的穆瀾，這件事該怎麼解釋？

林一川推門進屋，見穆瀾渾身溼透躺在床上，身上橫七豎八地胡亂纏了些白布，模樣悽慘無比。他轉身就罵，「你就這樣給她治傷？」

「簡單包紮了下，她死不了。」雁行臉上的笑渦更深，「機會啊少爺。」
「叫個機靈點兒的婢女來。」
雁行搖了搖頭，「這宅子裡能真正守口如瓶的，只有我和燕聲。」
想起回來時看到街上搜查的官兵與東廠番子，林一川馬上明白雁行的意思。昨晚有大事發生，穆瀾傷成這樣，連郎中都請不得。
「我知道了。」林一川走進房間，聽到身後雁行又來了句。
「少爺，你得對人家姑娘負責。」
「滾！」
聽到林一川開罵，雁行拍拍胸口鬆了口氣。
屋子裡靜了下來，林一川聽到自己咚咚的心跳聲。他的目光掠過穆瀾蒼白如紙的臉，手輕輕挨在她臉上，觸手冰涼，「小穆，雁行說妳不會死，妳就一定無事。」
他沒有扭捏作態，鎮定地解開穆瀾的衣襟。
收拾妥當，已近午時了。林一川點燃了一爐安神香，出了房間。
雁行正站在銀杏樹下笑咪咪地望著他。
林一川走到樹下也笑，「說吧。」
「我一回來，就發現她倒在牆根下。」
「這麼巧？」
「可不是嘛！」
林一川沒有再追問下去，「少爺我早知道她是位姑娘，不說破自然有不說破的道理。你現在帶她回來，你讓我怎麼辦？」

「一直沒說破，豈非憋得很難受？正好尋個機會捅破窗戶紙，現在這樣不是更好？不過少爺你可想好了，你別忘了那枚白色的雲子。這位穆……姑娘，接手了等於接了個大麻煩。」

雁行以前就提醒過林一川，穆瀾極可能是刺客珍瓏。想和她在一起，不是一般的麻煩。

林一川輕嘆，「雁行，人心不由自己。將來你遇到喜歡的姑娘，你就明白了。」

穆瀾睡了很久。也許是累了，累得連思維都停止，睡了一個白天連個夢都沒有做。她醒來時，看到如豆燈火，趴在燈火旁睡著的林一川，腦子裡還一片空白。上方熟悉的花繪藻井（註2）、精工雕琢的拔步床，眼熟得很呢。最近每次受傷或暈倒，醒來後，都躺在林家宅子裡。林一川怎麼辦到的？昨晚他也在下水道裡溜達？

穆瀾揭開薄被看了一眼，穿著寬敞輕柔的褻衣。她伸手在腰間摸了摸，傷口都處理好了。上次在這裡沐浴，用的澡豆好像就是現在聞到的味道。往旁邊案几上掃了眼，疊得整齊的夜行衣、斗篷、內甲、革囊、武器。搜刮得還真是乾淨。

輕輕揭了被子，穆瀾小心地想坐起來，牽著傷口，她嘶了聲。

註2　傳統建築的天花板飾以丹青，文彩似藻，以方木相交，有如井欄。

林一川像隻警覺的貓，眼皮噌地就睜開了，正看見穆瀾以肘撐著身體，揭開被子想下床的動作，「想喝水還是想出恭？」說話間已走到了床頭。

「口渴。」

林一川從暖套裡拎出茶壺倒了杯水，一手扶住她的脖子，冒著熱氣的水送到她嘴邊，極自然地說道：「虧得妳師父做給妳的這件內甲在，否則妳早沒命了。沒傷到筋骨，還算幸事。」

穆瀾喝完一杯水，感覺舒服多了，很配合地接話道：「算我倒楣。若換成冬天那件厚甲，最多受點兒皮肉傷。對了，麻煩你幫我弄身衣裳，我換過就回國子監醫館裡躺著，也免得引人懷疑。」

沒有一個字提到那挺括的內甲是幹什麼用的，也沒有一句話問「誰替我脫衣洗澡、包紮傷口」，更沒提昨天晚上她做了什麼驚天動地的事，引得東廠和五城兵馬司全部出動搜捕。林一川仔細推敲、精心準備的各種應對硬是一句都沒用上。

「外頭宵禁，巡邏盤查很緊，不如天明開了坊門再回。」

穆瀾想了想，又躺下了，「也好。」

見她閉上眼睛真打算繼續睡，林一川不淡定了。

這什麼態度這是？她怎麼想的？一點兒不吃驚？一點兒不害怕？

妳一直在我面前扮男人，如今被我戳破，妳總得表現點兒什麼，說點兒什麼吧？

林一川心口像被棉花堵住了，這種使不上力的感覺真難受。

這時候穆瀾加了把火，「大公子也去歇著吧。我的傷無礙了，不用這樣守著我。」

他又不是抹布，用完就扔。

一句大公子，拉開了和林一川之間的距離，徹底惹惱了林一川。

好吧，妳不吃驚就算了，妳連聲謝都沒有說呢。

林一川又忘了每次都被穆瀾氣得堵心跳腳的事，所有準備好的話忘了個乾淨，來了句狠的，「小穆，人多嘴雜。所以……妳的衣裳是我換的，傷口也是我給妳包紮的。妳放心睡吧，這裡很安全。」說完目不轉睛盯著穆瀾。

「嗯。」

就「嗯」？一個字？

林一川氣得窩火，「妳就沒別的話和我說？」

穆瀾睜開眼睛揶揄道：「你打算告密揭發我？」

「那我還救妳幹麼？」

「你想聽我說什麼？」

揣著明白裝糊塗啊？林一川不幹了，坐在床邊道：「妳是個姑娘！我幫妳換衣裳、清理包紮……」

「江湖兒女，不拘小節。幫著清理下傷口就要以身相許，那是戲文裡才有的事。」

林一川惱羞成怒，「誰要妳以身相許了？我的意思是，妳居然是女人！妳就不打算和我解釋解釋？」

穆瀾慢吞吞地問道：「你才知道嗎？」

一層緋色浮上他的臉。她居然早就知道自己猜出她是個姑娘！那她是不是早就明白自己對她的心思？她怎麼能這樣？裝糊塗、裝不懂，冷眼瞧著自己活寶似地……他憋著不敢說，她卻早就看出來了！一直在看戲偷樂？實在可惡！

一時間林一川羞憤交加，臉色變來變去，噎得不知道如何回答。

「你既然不提，我自然也不會解釋。」穆瀾淡淡說道，一層悲涼浮上心頭，「你知我身世，知我性別，知道我的事情太多，大恩不言謝。」

林一川回神了。他以為她不知道他知道，生怕說破了，穆瀾會拒他於千里之外。然而她知道他知道。他不提，她怎好和他說？只以為自己嘴嚴，為她守口如瓶，他有什麼好生氣的？

回過神，林一川的話就滑溜了，「大恩不言謝，將來妳可要記得報恩。」

穆瀾上下審視著他，提醒道：「你從前不是口口聲聲說，應承了我師父，會保我性命？」

我去！我就占不到妳一點兒便宜？林一川真真氣樂了，「穆瀾，妳對我就沒有一點兒真心嗎？」

「有啊，換作從前，我早殺了你滅口了。」

還饒他一條性命，他該行大禮謝她不殺之恩？氣得林一川跳起來罵道：「妳這個白眼狼！」
「現在才知道？」穆瀾面不改色地說道：「早說了讓你離我遠點兒。」
「明天一早妳趕緊滾蛋！」林一川氣得拂袖就走。
「記得幫我再買身衣裳。」
「憑什麼？」
「你要我穿夜行衣出門，被逮著，我可不禁打，會直接供出是你救了我。送佛送到西，我平安回到國子監，和你就沒關係了。」
林一川用手指點了點她，黑著臉走了。
穆瀾苦澀地嘆了口氣，但願林一川這一次真被氣著了，再不搭理她。
她心裡清楚，下水道裡最後和她打鬥的人不是林一川。既然救了她，這人必定和林一川有關係。會是誰？
穆瀾勉強坐起了身，從革囊裡取出一個木製的彌勒小佛像。這個小佛像只有拳頭大，是幼時她隨母親去寺裡燒香，見雕得精巧可愛買的，拿回家孝敬了父親，從此一直擺在書桌上。她的記憶沒有錯，只不過，當時她看見父親不是往那本《黃帝內經》裡藏「銀票」，而是看到父親將一團物事塞進佛像中，然後用蠟將佛像底部封了。
父親的書已經全部被換過了。
穆瀾記得那本《黃帝內經》，是因為兒時淘氣，她在內頁上畫了隻蝴蝶，庫房裡的那本書裡卻沒有。

也許他們都認為父親書房裡的書最為重要，將所有的書都換掉了。

她在庫房裡待的時間夠長，隨意將油紙包著的紙縫進了那本書中，給了穆胭脂。

母親不值錢的粗布衣裳沒有換掉，這個小攤上賣的佛像太不起眼，也和她幼時房中的玩具放在一處。

她拿起匕首捅開底部的蠟團，從裡面掏出一張紙。

父親熟悉的筆跡映入眼簾，這是一紙脈案。照例，太醫為貴人們診脈開出的醫方，都會保存在太醫院中，而這張醫方卻被父親藏了起來。

「仁和二十六年十月初八，奉旨入坤寧宮請平安脈……脈如行雲流水，母子康健。」

那是十八年前的事。那一年，先帝元后難產而死。穆瀾疑惑地想，父親不是在十年前為重病的先帝開出了虎狼之藥而獲罪？為何他藏起的這張醫方是十八年前的？如果說他診錯了，十八年前就該獲罪。

「既然你們很害怕父親吐露祕密，那我就一定要揭開這個祕密。」穆瀾想起戶部庫房外的圍剿，想起穆胭脂背後的一刀，整個人燃起了熊熊鬥志。

她將佛像與脈案重新放回革囊。門突然被推開，林一川大步走到她面前。

穆瀾第一時間縮進被子裡，閉上眼睛裝睡。

事實上她也很累，沒傷到筋骨，但流血過多讓她分外疲倦。她打定主意要冷了臉對林一川。被他瞧出來裝睡又如何？只會把他氣得更厲害。她的身分太過危險，她不想連累林一川，不想讓他為自己涉險。

閉著眼睛卻沒有失去感覺，穆瀾察覺到林一川的氣息迎頭罩了下來，不得已又睜開眼睛。

林一川俯身下探，雙手撐在她的身側，居高臨下地望著她。

穆瀾頓時覺得自己活像是被老虎按在爪子下的兔子，渾身不自在。她挑起了眉譏道：「大公子惱羞成怒想要霸王強上弓？」

他就知道，她嘴裡就不會有一句令他舒坦的好話。林一川調整了下動作，微微瞇了瞇眼睛。

他的手不輕不重地按著被子，確定不會碰著她的傷口，也不會讓她有掙扎的餘地。

穆瀾驀然發現自己像是一隻剛露出腦袋的蠶，眼睜睜瞧著林一川的臉離自己越來越近，隱隱猜到他的心思，氣急敗壞地低吼道：「我當被狗咬了！」

林一川堵住她的嘴，模糊不清地說道：「妳可以咬回來，我不介意。」

穆瀾：「……」

他的吻很溫柔，噙著她的唇輕輕地親吻著。他閉著眼睛，虔誠而專注。溫暖的氣息讓穆瀾的心都在顫抖，她閉上了眼睛。

感覺到穆瀾的放鬆，林一川小心翼翼地說道：「小穆，不要喜歡無涯了。妳現在不喜歡我不要緊，我疼妳就好了。」

這句話讓穆瀾鼻腔深處湧出濃濃的酸意，眼淚順著眼角滾落出來。

「要不，我借我的背給妳，妳哭夠了就再也不哭了。」

林一川真的轉過了身。

穆瀾大口喘著氣，瞪著他的背，咬牙切齒地說道：「我就喜歡無涯，我就喜歡他！林一川，你對我再好都沒有用！」

背對著穆瀾坐著，林一川悄悄攥緊了拳，艱難地說道：「他就那樣好？」

「他生得如謫仙般美貌，他尊貴不凡，他當然好！」

林一川霍然轉過身，「妳腦袋被門夾了？被驢踢傻了？妳明知道和他不可能！」

穆瀾冷冷看著他，「我和他不可能就該喜歡你？」

「妳養母不要妳，朝廷要殺妳，我都不怕。無涯知道妳是池起良的女兒，他還會喜歡妳嗎？」

「他不喜歡我，我還是喜歡他。」

林一川凝視著穆瀾平靜無波的眼神，苦澀地扯了扯嘴角，「我就是想知道，妳對我有沒有一點點動心。現在我知道了，妳從來沒有喜歡過我，妳喜歡的人一直是無涯。妳喜歡他，他也喜歡妳。我本想憑著對妳的心還能和他爭一爭，妳與他兩情相悅，我這顆心也不值得什麼了。」

穆瀾偏過了臉，一種無奈又錐心的酸痛讓她的眼睛慢慢溼潤，眼淚漸漸盈眶，順著眼角無聲地滑落在枕上。

「從認得妳開始，不是想方設法從我這裡騙銀子，就是狠踩我的痛腳，誆我去給杜之仙清理豬圈。不說話來噁心我，妳就不痛快，妳怎麼可能會喜歡我呢？是啊，是我自己犯賤。明明妳都叫我離妳遠一點兒，我自己要送上門來任妳蹂躪。」

「除去妳家與皇家的糾葛，無涯確實好。往街頭一站，就能引得滿京城的姑娘尖叫，是個女人都會喜歡他。我自出生起是揚州首富家的兒子，他自出生起就坐擁江山，我確實比不得他。小穆，妳這樣聰明，喜歡他就喜歡了唄，將來懂得怎麼放下才好。」

林一川說完，也沒看穆瀾，起身便走了。

「林一川。」

聽到穆瀾叫他，林一川的背僵了僵。

「林一川，你沒有比不上無涯。」

他驀然轉身。

穆瀾衝他笑了笑，「我先喜歡上了他，對不起。」

沉默許久，林一川扯了扯嘴角，「我知道了，以後我不會再糾纏妳了。」

門被他輕輕拉攏合上，他背靠著房門站著，彷彿聽到穆瀾的嘆息聲。剎那間，腦中跳出了與穆瀾在揚州初識的畫面，那樣鮮活的穆瀾，讓他怎麼捨得放下。

雁行站在院子裡的銀杏樹下，同情地望著他。

林一川走到他面前，面無表情地說道：「吩咐燕聲收拾收拾，回揚州。」

雁行噗嗤笑出了聲來，「少爺你活像在外頭受了欺負，哭著回家找爹的小屁孩子。」

像戳破了一個泡泡，林一川一腳就踢過去。

雁行滑溜地繞到樹後，「照我說，不喜歡最好，那可是個大麻煩！」

「你怎麼救到她的？你昨晚在什麼地方？也去戶部庫房偷東西了？」林一川邊追邊問。

「你真當我是燕聲，是你林家的奴才？小爺我是你從小到大同門學藝的師兄！」

「你打得過我嗎？」

「打不過我也是你師兄！」

兩人從院中直打到後花園裡，林一川騎在雁行身上舉起了拳頭，「服不服？」

「服，我服行了吧？別把我揍成陰陽眼，我還得出去見人呢。」雁行喘著氣不動了。

林一川翻了個身，躺在他旁邊的草地上，「師兄，你沒把撿到那枚白色雲子的事說出去吧？」

「為了你的心上人，連師兄都叫了。我的大少爺，你有點出息行嗎？」

見林一川偏過臉瞪自己，雁行沒好氣地說道：「放心吧，說出去她就死定了，我曉得輕重。」

兩人安靜地望著被雨水洗過的夜空，漫天的星辰嵌在深邃的天幕上，像一個個未知的謎，窮盡目力也找不到星星的確切所在。

雁行輕聲說道：「你回揚州也好。最近京城風起雲湧，水已被攪混了。」

林一川扯了根草葉打著結，「我想多陪陪我爹。杜之仙當初說過，只能延命，不能根治。回家盡孝，國子監不會不允，先休學吧。」

「是該回去了。」雁行想著指揮使令自己待在林家的目的，嘆息了聲。

穆瀾睡得更沉的時候，聽到了敲門聲。

她睜開眼睛，看到沉沉的夜色。

雁行端著衣裳走進來，態度很恭謹，「穆公子，我家少爺覺得天明再回國子監太打眼，還是現在動身比較好。小人在外頭候著。」

他放下衣裳出去了。穆瀾也打算早點回國子監醫館。昨晚沒有回去，白天也不在，萬一有人來醫館打探，方太醫會很難應付。

換好衣裳出了門，沒有見著林一川，一輛馬車已駛進二門停著。

穆瀾走動時看不出受了傷，但腰間的傷口仍傳來陣陣疼痛。

「有勞了。」她進了馬車躺下。

雁行親自趕車。路上偶爾遇到巡城的士兵，穆瀾留心聽著外面的動靜，很詫異那些士兵沒有搜查就放行了。她突然想到林一川有錦衣衛的腰牌，是靠著這個一路通行無阻？

到了國子監外，雁行掀起車簾道：「我送妳回醫館。」

雁行帶著她越牆而入，穆瀾注意到他的輕功不錯……他完全避開了她肩上的傷和腰上的傷，他知道她傷在何處。雁行的個頭與那晚下水道裡的來人差不多啊。能救走自己，送到林一川家中，不讓消息外洩，是他嗎？穆瀾挑了挑眉。

進了醫館後院廂房，雁行也沒作聲，抱了抱拳，頰邊的小笑渦很深。

「昨晚上謝謝你。」

雁行眨了眨眼，「外頭太亂了，穆公子安心養傷要緊。」說罷就走了。

這是在提醒她最近安分些？穆瀾覺得林一川這個小廝說話語帶雙關。她在床上躺下，平安回來，安心養傷要緊。

只是，穆胭脂得了那「東西」，會讓自己安心養傷嗎？

●○●

東廠在戶部設伏，五城兵馬司圍了六部所在，緊接著全城搜捕，動靜太大，傳進了宮裡。

早朝時，不用無涯開口，譚誠便稟道：「皇上，東廠發現十年前謀害先帝的前太醫院院正池起良一案中有漏網之魚，潛進戶部偷盜池家被查抄的舊物。東廠已照會刑部，發了海捕文書。」

池起良？無涯記得他。如果不是他膽大妄為煎了那碗虎狼之藥，父皇不會驟然駕崩。這是自己初登帝位後，第一個憤怒得想殺的人。

無涯清楚地記得，當時母后悲痛欲絕，自己氣得大吼，「這等逆臣統統該殺！」

「朕當時年幼，卻也記得抄斬池家一事是東廠督辦的，怎麼還有漏網之魚？」

「當年東廠仔細核對過名冊，確定無一人逃脫。但此人冒險進戶部盜竊池家舊物，哪怕不是池家的人，也必定與池起良謀害先帝一案有關。臣請旨重新核查。」

「准了。」

散了早朝，無涯沒有坐步輦回宮，沿著宮牆緩緩行走。

秦剛雖然是錦衣衛，但更重要的身分是禁軍統領。他也很疑惑，「臣將戶部老庫房增派禁軍一事稟了指揮使大人，他沒有多說什麼。臣猜想，錦衣衛恐怕仍在隔岸觀火。」

「秦剛，龔指揮使真的沒有插手？」

隔岸觀火也是好事啊。龔鐵如果與譚誠一樣迷戀權勢，前狼後虎。無涯想，再加上朝臣勢力，他就應付不過來了。

眼下無涯顧不上龔鐵，想起了早朝譚誠奏報一事，蹙眉嘆道：「池起良任太醫院院正也有二十年了。他當年瞞著太醫院改了藥方，餵了父皇一碗虎狼之藥。方太醫曾為他辯解，道父皇一直用的是太平方，太過保守，以至於病情毫無起色。池起良醫術精湛，許是想劍走偏鋒，以虎狼之藥治好父皇。此方太險，又用得急，沒有經過眾御醫辨證。父皇纏綿病榻已久，沒能抗住藥力。也許，池起良並非存心謀害。」

秦剛也為池起良惋惜，「無論如何，先帝也是因他那碗藥駕崩。」

「也正因如此，池起良謀害父皇罪名確鑿。」無涯話鋒轉過，「既然罪名確鑿，縱是池家還有人活著，還能翻了此案不成？朕疑惑的是譚誠大動干戈，真是對父皇一片忠心？皇叔今天仍然沒有上朝。五城兵馬司配合了東廠圍捕。你去見見禮親王，問問他的意思。」

「是。」

禁軍內護宮城，五城兵馬司護衛京畿，這兩處兵力一直隸屬皇帝。禮親王自先帝在位時就任了五城兵馬司指揮使，無涯從來沒有懷疑過他對自己的忠心。

他心裡清楚，許家是外戚，譚誠謀權，宗室不會偏向這二人。禮親王很少上朝，一直不偏不倚地保持著中立，對東廠多有忍讓，譚誠反而無從下手，反倒便宜了無涯。

看了眼天色，無涯進了後宮。許久沒有去看核桃。既然和穆瀾挑破了留核桃在宮裡的用意，無涯心裡少了顧慮，興致勃勃地去了。

才進了永和宮，就聽到裡面脆脆的說笑聲。無涯不由得莞爾，擺手止住了宮人通報，悄悄走進去。

薛錦煙正和核桃聊天。

「……穆公子突然躍到了牆頭，嚇了本宮一跳，他生得可真俊！」

知道是穆瀾，核桃與有榮焉，「可不是嘛。我就沒見過比少班主更俊俏的！」

「少班主？妳認識他？」

「我和她自幼一起長大。」

無涯站在門口，聽核桃興致勃勃地講述著穆家班裡的趣事，他忍不住想起去年端午在揚州碼頭初遇穆瀾的情景。

「穆公子已經進了國子監，可再不是雜耍班的小子。將來有了功名，本宮便叫皇兄賜婚！」薛錦煙毫無羞澀之意，拉了核桃的手道：「月姊姊，妳已經是皇兄的人了，可不能再想著穆公子！我待妳好就是！」

無涯啼笑皆非，又滿心不是滋味。

難不成這兩個丫頭還想和自己搶穆瀾不成？他聽著裡面傳來的打趣聲，搖了搖頭退出去。

他去了坤寧宮。

想娶穆瀾，就得為邱明堂正名，這件事還是提前和母后商議為好。

日頭毒，無涯走得急，額頭些許沁出了汗。

許太后心疼地親自擰了帕子替他擦拭，埋怨道：「皇上為何不坐步輦？梅青，把早晨煮好的酸梅湯端來。午膳做清淡些，別忘了做皇上愛吃的水八鮮（註3）。」

許太后疊聲的吩咐讓無涯心暖，他握住她的手道：「母后最好了。」

「你呀！」許太后執了他的手坐了，嗔道：「萬壽節就快到了，都二十一歲的人了，該立后了。」

無涯笑道：「朕不是已經下了旨，令禮部選秀嗎？明年開春，秀女進宮，兒臣就立后。」

「還有大半年呢。」許太后有些等不及了，「大婚後想抱孫兒，又是一年。」

「母后，兒臣有一事相求。」無涯掃了眼宮裡侍奉的人。

梅青知趣地領著宮人們退下了。

註3　又稱水八仙。包括茭白、蓮藕、水芹、芡實、茨菰、荸薺、蓴菜、菱八種水生植物的可食部分。

殿中僅剩下母子二人，許太后拍了拍他的手道：「什麼事要避人耳目？」

無涯握緊母親的手，輕聲說道：「兒臣心中已有皇后人選。」

許太后震驚了，「你、你有心儀的姑娘了？是哪家的閨秀？」

「她本是前河南道監察御史之女。」無涯輕聲將邱明堂案說了，「母后，邱明堂是給杜之仙背了黑禍，獲罪罷官。不給他平反，她沒有資格參加選秀。」

「這這……」許太后瞠目結舌。兒子居然看上了罪臣之女！「那是你父皇在時判的案，怎麼好改判？杜之仙雖死，名望尚在。你父皇愛惜他的名聲，才讓邱明堂替他背了黑禍，你若將這案子的內情大白於天下，豈非不孝？」

「誰說要翻案？過了中秋八月節就是兒臣的生辰，兒臣想大赦天下。像邱明堂這等只是貶官之罪，在赦免之中。不就行了？沒有人會注意到名單中還有一個過世十年的小小御史。」

「這法子倒也可行。」許太后鬆了口氣，對穆瀾生出了興趣，「不過，這皇后人選非比尋常，母后要先見一見那位邱家姑娘。若不討母后歡喜，母后可不答應。」

許家沒有適齡之女，無涯又瞧不上許家推選的官員之女。譚誠不爭后位，也會插手嬪妃人選。邱家姑娘無權無勢，進了宮唯一的倚靠只有自己。皇上心儀於她，就算譚誠安排嬪妃，也得不了皇上的心。許太后心思轉動，覺得有這樣一位皇后，也不錯。

「兒臣謝過母后。她心地善良，母后一定會喜歡。等大赦之後，兒臣就安排她進宮。」無涯眉開眼笑。

許太后略有些吃味，但瞧著無涯這般歡喜，她也欣慰不已，「母后就你一個兒子。只要那邱家姑娘性情溫婉大方，能擔得起一國之母，母后定讓你如願。」

「母后！」無涯感動地把臉靠在她膝上。

宮裡幾十年，許太后見多了爾虞我詐、權勢傾軋。史書中，前朝多少位太后為了掌權和皇帝離心，可她與皇帝卻有著非比尋常的親情，這讓許太后分外驕傲與滿足。她一向不插手朝堂諸事，這紫禁城的後宮中，誰又敢輕慢她半分？說到底，後宮的女人能倚仗的男人從來只有一個，那就是皇帝。

夜深了。譚誠盯著棋盤，始終無法靜心，他扔了棋子去了花園。

夏蟲在夜裡輕鳴，一樹樹白色的曼陀羅靜靜開放。他站了許久，哂然笑了笑，折身進了書房。

推開書櫃，進了密室，關閉的門隔開了蟲鳴聲，譚誠坐了下來，倒了一杯酒給自己。

屋頂嵌著的明珠與琉璃相交耀映，柔和的光將牆上懸著的畫卷照得纖毫畢現。

畫卷上畫著一位騎白馬的紅衣少女，少女身材曼妙，紅裙與長及臀部的黑髮被風吹得起伏飄蕩。明明面容瞧著美麗溫柔至極的女子，手中卻揮舞著一根銀色的長鞭。馬四蹄奔揚，她似要策馬踏雲飛進空中。畫師技藝高超，將少女的高貴氣度與瀟灑勁兒畫得栩栩如生。

「我一直覺得妳還活著。」譚誠慢慢飲著酒，微笑著望著畫上的少女道：「是人就有弱點。我查遍了，唯獨沒有找到那根銀絲驚雲鞭。屍體可以是假的，銀絲驚雲鞭卻仿不出來。妳太喜歡皇上令工部打造給妳的生辰禮。」

說完這段話，譚誠沒有再出聲。他將一壺酒飲盡，深望了畫卷一眼，離開了密室。

●　○　●

躺了兩、三天，方太醫的醫術讓穆瀾的傷收口結痂。只要不劇烈運動，傷會慢慢養好。墜馬閃著腰也差不多躺這幾天，穆瀾收拾停當，正打算和方太醫告辭回宿舍。

整齊走進醫館裡的腳步聲讓她驀然一驚。

方太醫比她鎮定，「東西在後院最末一間廂房的地板下。」

穆瀾的眼瞳收縮了下。方太醫這是在對自己交代後事。是她連累了方太醫。進戶部庫房找池家的舊物，與池家交情匪淺的方太醫就引起了東廠的注意。沒等她開口，院子裡已進來一隊東廠番子。方太醫整了整衣袍，越過穆瀾走到門口，「莫衝動。」

穆瀾收回了想要拉扯住他的手。

「梁大檔頭，今天怎麼有空來這兒？」方太醫淡淡地和領頭的梁信鷗打招呼。

「有些事想請教方太醫。」梁信鷗和氣地笑著，看向了廂房裡的穆瀾，「穆公子也在啊？」

方太醫回過頭道：「每天貼一張膏藥，用完了再來醫館取。」

「穆公子受傷了？」梁信鷗眼神閃了閃。

穆瀾笑道：「前幾天上騎射課墜馬閃了腰。學生告退。」

她出了廂房，朝方太醫和梁信鷗拱了拱手，繞過番子們慢吞吞地離開。

梁信鷗回頭望著穆瀾的背影想，真巧啊。

「梁大檔頭請。」方太醫請梁信鷗進去說話。

「不必了，還請方太醫隨本官走一趟。」梁信鷗將對穆瀾的疑惑按下，將方太醫帶走了。

看著方太醫被帶走，穆瀾的眉緊緊蹙在一起。

「小穆！」許玉堂叫著她的名字，朝她走過來，「正想去醫館瞧瞧你，養得差不多了吧？」

許玉堂突然來看自己？穆瀾感覺他有話對自己說，敷衍地答了句，「還行，就是不能太使力，免得弄成習慣性扭傷。」

說話間，許玉堂的手拍在她肩上。他想表達親暱，卻讓穆瀾疼得臉色一白，咬緊了牙。她輕巧地甩開他的手，望著漸行漸遠的東廠一行人道：「東廠剛才來將方太醫帶走了。這事……」

許玉堂果然被引開了注意力，低聲說道：「估計是與前幾天戶部庫房被竊案有關。方太醫與池家交情莫逆，這麼多年了，方太醫因池家備受打壓。應該只是帶去問問話。你莫要擔心，有皇上在呢。」

方太醫是父母的大媒，這次被東廠帶走，是要當成引池家漏網之魚上鉤的誘餌了。明知是誘餌，她也不能不去救。現在唯一能救方太醫的只有無涯。穆瀾垂下眼眸。知道方太醫是因為池家的事被東廠帶走，無涯會救他嗎？

許玉堂見左右無人，輕笑了起來，「後天休沐，你去綠音閣，有人找你。」是無涯找她。穆瀾點了點頭道：「好。」

兩人走回天擎院，路經譚弈宿舍時，林一鳴正和譚弈在迴廊上坐著喝茶。看到穆瀾，林一鳴誇張地叫了起來，「小穆，你的腰好了？」

一聽林一鳴的聲音就知道他不懷好意。穆瀾笑道：「多謝一鳴兄關心。」

林一鳴「刷」的抖開扇子，不無得意地笑，「我伯父病重，堂兄休學回家侍奉去了，你可知道？呀，等到來年他回國子監，就得叫我一聲學長了。」

他終於回揚州了，這樣也好。穆瀾故作好奇地問道：「林一川休學回揚州了？也對哦，你伯父病了，他得回去接手林家產業，估計不會回國子監讀書了。」說罷就走了。

林一鳴呆了半晌，轉頭就問譚弈，「譚兄，你可是答應過我，林家的產業歸我的。」

「放心吧。」譚弈不緊不慢地喝著茶，想著心事。戶部庫房被竊那晚，穆瀾墜馬閃了腰躺在醫館裡。林一川那天晚上還在國子監，第二天就遣了小廝，說家中老父病重，辦休學回家侍奉。自己親眼目睹，穆瀾不像是假裝。他們倆怎麼有事都湊一塊了呢？這也太巧了吧？

他放下茶盞道：「我有事出去一趟。」

幾天沒回去了，譚弈越想越不對勁，風風火火地趕回東廠。

譚誠此時正在獨自對弈。

譚弈知道他的習慣，沒有急著開口，站在旁邊等待著。

一枚黑子落下，譚誠喃喃唸了個地名，「靈光寺。」

他繼續落子，嘴裡唸著：「蘇沐、林一川、穆瀾、陳瀚方。」

譚誠從棋盤上拈走數子，「蘇沐、林一川、穆瀾。」

這是從靈光寺到國子監有交集的幾人。

數枚棋又落在盤中。

「侯慶之、應明、穆瀾、林一川、謝勝。」

他又拈走兩子，「林一川，謝勝。」

「應明、穆瀾。」

這是與侯慶之有關的兩人。

譚誠停了下來，又唸了這兩遍人名，抬頭看向譚弈。

「義父，您這是？」

將棋子扔回棋盒，譚誠淡淡說道：「不到休沐日回來，什麼事？」

「義父，前幾天戶部庫房失竊，孩兒回想，第二天林一川就請假回揚州，而當時穆瀾墜馬閃了腰躺在醫館裡。雖然穆瀾墜馬是孩兒親眼所見，還是覺得太巧了。」

「方太醫、穆瀾。」譚誠唸著兩人的名字，微微笑道：「是啊，是太巧了。實則虛之，虛則實之。本以為是枚放在明面上的棋，卻總覺得這枚棋走的路子太不尋常。」

譚弈一頭霧水。

「繼續盯著就是。」

譚弈急道：「義父難道不懷疑穆瀾和林一川？」

「小魚小蝦撈之何用？且等著看吧。」譚誠並不解釋，隨口將譚弈打發走了。

第四十六章　真相近在眼前

休沐這天，穆瀾一早離開了國子監。才出了集賢門，就看到六子戴了頂草帽縮坐在門口。見著穆瀾出來，他驚喜地衝她使了個眼色。

在戶部庫房裡，穆瀾往那本《黃帝內經》的書頁中塞進一張用油紙包著的白紙。還以為她能沉得住氣，不找自己了。

譏諷的笑從穆瀾眼中一掠而過，她慢吞吞朝雲來居走去，路經一個餛飩攤。穆瀾停了下來，「老闆，一碗餛飩，多加香菜！」

不多時，熱氣騰騰的餛飩端了過來。穆瀾用勺子舀了個，吹著氣，待涼了，和著半勺雞湯送進嘴裡。天氣太熱，半碗餛飩下肚，她額頭已沁出一層細汗。

「來碗餛飩。」

隨著沙啞的聲音，穆瀾身邊坐下一位戴著斗笠的男人。

穆瀾舀著餛飩，吹著氣，輕笑道：「大熱的天，您不怕熱出一身痱子？」

如果戴上面具，穆胭脂又化妝成了面具師父。薄底靴外套著一雙厚底鞋，改變了穆胭脂的身高；加了棉墊的肩與寬大衣裳改變了她的體型，連雙手都掩在寬大的袍袖中。

正因如此，穆瀾被她騙了十年。

「那晚發生的事情，我可以幫妳查。」

穆胭脂明白穆瀾的性情，也沒有過多的廢話。

那晚？父親給先帝餵下虎狼之藥的那天晚上嗎？現在去查？十年時間都沒查出來，現在就可以？穆瀾心裡譏諷著。她嚥下最後一個餛飩，端起碗把雞湯喝了，數了銅板放在木桌上，「東西已經被妳拿走了。我沒有利用價值了，沒什麼可以和妳交易的了。」

「那東西是這個？」

穆胭脂將一張白紙放在木桌上。

白紙已經不再是純白色，看來用火烤過、用藥水泡過，很是折騰了半天。穆瀾壓住心裡的笑意，瞥了眼道：「那就是早被掉了包，是個陷阱呀。你們如此看重那東西，能說說是什麼？我也很好奇。」

「客人，請慢用。」煮好的餛飩端了過來，攤主收走銅錢，朝穆瀾笑道：「慢走。」

穆瀾站起來。

「在宮裡妳還能找誰？找小皇帝詢問？妳不怕他知道妳是他殺父仇人之女？」

穆瀾充耳不聞，抬腳便走。身後傳來穆胭脂極輕的聲音，帶著淡淡的悔意。

「等了這麼多年，突然找到了想要的東西，不免心急。」

這是向自己道歉，後悔不該從背後捅她一刀？捅了她一刀，切斷了所有的母女緣分，還能厚著臉皮重新和自己談交易，果然對她沒有一點點感情。穆瀾笑了起來，眼角卻有淚沁出，她的腳步沒有停。

身後的聲音細如游絲鑽進她耳中。

「東廠帶走了方太醫。接下來，他們很快就能從宮裡找到池霏霏。」

從宮裡找到池霏霏？池霏霏明明是自己，被找到的人是誰？穆瀾轉過身。

穆胭脂正將一勺餛飩送進嘴裡，讚著攤主，「好手藝！」

穆瀾走了過去，坐下道：「老闆，再來一碗，多加一勺蝦皮！」

幾不可聞的輕笑聲響起，穆瀾不用看，也知道穆胭脂很滿意她的態度。

「核桃沒有池家的記憶。」

穆胭脂慢悠悠地說道：「妳難道不知道江湖中還有催眠術？也許哪天晚上我進宮一趟，對她用上一用，也許她就會在某天和皇帝用膳時，屏退左右，行刺皇帝。」

行刺皇帝，核桃會死，死之前會在東廠裡受盡折磨。穆瀾提醒自己不能被穆胭脂牽著鼻子走，她壓著心裡的憤怒，笑著從攤主手中接過了第二碗餛飩，「皇帝知道冰月姑娘本該叫核桃，來自穆家班。」

如果穆胭脂敢這樣做，東廠緊接著就會查收養核桃的穆家班。穆瀾不相信穆胭脂會這麼快暴露在東廠面前。

「杜之仙送來的孩子，我自然要收留。他是聞名天下的大儒，江南鬼才呀。」

穆胭脂笑了起來，「我如何敢得罪我兒子的先生？我一個大字不識的婦人，如何知曉幫他養的是罪臣之女？」

斗笠遮住了穆胭脂的大半張臉，穆瀾只看到她向上翹起了嘴角。

所有的罪都可以推到老頭兒身上，反正是死無對證。

就算東廠查穆胭脂，她早有準備，又能查到什麼？

「捨了核桃，掩飾妳我的身分，讓東廠以為抓到了池家的漏網之魚，引開他們的視線。這辦法不錯吧？不過，妳能放下她不管嗎？」

穆瀾不得不佩服穆胭脂的心計，苦笑著妥協，「妳查到那晚的事，我就把東西給妳。」

「說不定我看到妳爹藏起來的東西，我就能查到那晚發生了什麼事。」

那張醫方絕不能現在給穆胭脂，這是籌碼。穆瀾笑了笑道：「核桃對妳來說只是一枚閒棋。只要我能把她弄出皇宮，妳放過她，我就把東西給妳。這樣妳我都放心不是？」

「妳師父說得沒錯，妳這孩子就是心太軟了。這碗餛飩，我請客。」穆胭脂達到目的，數了兩碗餛飩的錢放在桌上，悠然離去。

穆瀾再沒了胃口，她起身離開，六子已牽著那匹白馬山茶過來，殷勤地說道：「客人，這是您寄放在本店的馬。」

山茶見了穆瀾分外親熱，用頭蹭了蹭她。穆瀾這才想起，那晚去松樹胡同，將馬寄放在車馬行。穆胭脂將這匹馬帶回來，表示她也知道這匹馬是無涯送的，她又在打什麼主意呢？穆瀾如今對穆胭脂有點草木皆兵，她沒有多說什麼，翻身上了馬，奔去綠音閣。

綠音閣今天沒有額外的客人。秦剛帶著人坐在大堂裡，見穆瀾來了，很客氣地引她進去，同時低聲說道：「反正有東廠的人盯著，乾脆包了這裡。穆公子，請。」

秦剛引她走到假山下，就站住了。

穆瀾拾階而上。春來的小臉笑成了一朵花，彎著腰為她開門，「主子，穆公子來了。」

門輕輕在身後關上。

無涯已按捺不住，大步走到她面前，「聽說妳墜馬閃了腰，好了嗎？」說著，他的手就伸過來。

穆瀾擋開他的手，閃身避開，「已經好了。」

無涯垂下臉看著自己的手，心隱隱抽痛。她真的不喜歡他了？可他明明向她解釋得很清楚，他和核桃之間清清白白。

明明打定主意要斬斷這段情緣，但無涯黯然的神情仍讓穆瀾心裡抽痛。人生如若初見，該有多好？她情願一生做天香樓的冰月姑娘，不問他的來歷、不問他的身分，只當他是萍水相逢的無涯公子。

只是，回不去了。

「無涯，我們回不去了。」

無涯盯著牆邊擺放的冰盆，裊裊升起的涼氣彷彿從他心底深處冒出來，他情不自禁打了個寒顫。

「回不去便無須回頭，和我一起往前走就是。」無涯不想再和穆瀾討論兩人的身分差別。他是皇帝，他說行就一定行。

無涯不會懂得，她有多麼無奈。穆瀾深吸了一口氣，認真說道：「無涯，我們之間斷無可能，你放手吧。」

「我不會放手！」無涯握住她的手，急聲說道：「妳為什麼就不能信我一回呢？」

我相信你的感情，卻不相信我們能在一起啊。穆瀾眼裡噙著一絲悲傷。長痛不如短痛，當斷不斷必受其亂。與其將來無涯知曉真相痛苦難以原諒自己，不如現在硬下心腸。

「我早說過了，我已經不喜歡你了。」

他不會相信。無涯搖著頭，「妳敢對天發誓說妳心裡沒有我？」

是她對不起無涯，這一生，她誰也不愛了，瞧著他幸福就好，「我發誓若我對你還有情，叫我一生孤苦……」

無涯心頭大慟，扭過臉吼道：「不要說了！」

自從她進宮見了核桃後，她就對他冷淡起來。她如今想都沒想就發下誓言，明明解釋過，她不是不相信，是真的……不喜歡他了。

無涯慘然笑了起來，「知道今天我約妳來，想對妳說什麼嗎？我打算八月萬壽節大赦天下。妳爹邱明堂會在赦免名冊中，妳就再不是罪臣之女。」

他思前想後，想到了借萬壽節大赦天下。考慮到朝中格局，在譚誠與許家之間尋找那一線機會。母后再寵愛他，也會站在許家的角度思索他需要娶一位怎樣的皇后。正因如此，在雙方博奕中，他就有機會娶一個娘家沒有權勢的皇后。

辛苦權衡之下，他看準了這個機會，得了母后首肯。他是這樣高興，興匆匆約她相會，想打消掉她所有的顧慮。她卻對他說，她不喜歡他了。

穆瀾心神一顫，沒想到無涯肯為她大赦天下。大赦天下，會赦免背了黑鍋的邱明堂，卻不會赦免謀害先帝的前太醫院院正。她低下頭，長睫掩住了眼裡的痛楚。

「我去求了母后，她答應了，說想見妳。我原打算過了生辰，大赦天下後，就帶妳進宮去見她。」

太后若知道她是池起良的女兒，會恨不得將她千刀萬剮吧？穆瀾的思維漸漸清明。

心似雙絲網，中有千千結。

自從找回記憶後，穆瀾知道，這是她和無涯之間的死結。

「對不起……」

「我不想聽！」無涯打斷了她的話。核桃是她心裡的一根刺，那麼，他就把這根刺從她心裡剔除掉。他抬起穆瀾的臉，認真地說道：「美人如花，各盡妍態。我要美人，還怕找不到？穆瀾，妳還不懂我嗎？將來，我再不會讓妳誤會。」

這樣還不行嗎？

穆瀾突然很想告訴無涯實情，他縱然下不了手殺她，也會斷了對她的這份感情。然而話到嘴邊，她卻說不出口。

知道她是邱明堂之女，無涯想到了大赦天下。他在努力為兩人的將來劈荊斬棘，她又將一重山橫在他面前。

無涯深情的凝視讓穆瀾無地自容。

「我沒有你想得那麼好，將來你會遇到更好的姑娘。」

「穆瀾！」無涯低吼出聲，咬牙切齒望著她，被她一盆盆冷水澆得渾身冰冷。他拉著她就往外走，「我這就帶妳進宮，國子監再沒有穆瀾這個人。」

穆瀾用力甩開他，「無涯！你冷靜點兒。」

「我沒法冷靜！我與核桃清清白白，妳為何就不肯信我？就因為她，妳就變了心意拒我於千里之外？穆瀾，妳可有良心？」

然而在穆瀾再開口前，無涯突然害怕了，他從來沒有這樣心慌過。他快速地說道：「中秋是杜之仙的祭日，我下旨令妳回揚州祭祀。妳我都靜一靜吧。我希望妳回來的時候……妳能告訴我妳的心意。」

穆瀾沒有作聲。回揚州祭祀老頭兒也好，她心裡有太多謎，也許啞叔能給她答案。

見穆瀾沒有再說絕情的話，無涯暗暗鬆了一口氣。他轉開話題，「妳不用擔心方太醫。前幾天東廠查一樁舊案，與方太醫有些瓜葛。沒有為難他，詢問完就會放他回去。」

聽到舊案，穆瀾挑了挑眉。東廠在查池家的漏網之魚，無涯說得如此輕鬆，顯然是支持東廠查案的。當初他年紀雖小，也恨著父親吧？一念至此，穆瀾越發黯然。

「既然你和核桃清清白白，我這次回揚州想帶她一起離開。」

無涯不由得失笑。若不放核桃離宮，倒像是他心虛似的。他想了想，放柔了聲音說道：「現在讓她離開，會引起譚誠的懷疑。等明年春天選秀，再讓她失寵。到時候我會尋個理由遣她去寺裡修行。」

「我要帶她一起離開京城！」穆瀾猛地提高聲音。

無涯愕然地望著她。漸漸的，他的眼神變得寵溺，「好，妳不想讓她留在宮裡，我來想辦法。」

這樣的無涯讓穆瀾沒了脾氣，她垂眸說道：「既是下旨，你素來對師父尊敬有加，不如讓素公公陪我回去，也免得令東廠起疑。」

好辦法！無涯心裡突然閃過一個念頭。素公公服侍了三代皇帝，對自己忠心不貳。也許，他能做些安排，「好，我該回宮了。我等妳回來。」

送走無涯，穆瀾拿出了穆胭脂曾給她的荷包，望著上面的丹桂出神。方太醫很明顯知道丹桂意味著什麼，卻不願意告訴自己。那位服侍了三代皇帝的素公公是否也認識這枝丹桂？奉旨回揚州祭祀的路上，自己要怎樣做才能撬開素公公的嘴，打探到先帝駕崩時的情形？

● ○ ●

皇帝賜下祭品，令杜之仙關門弟子穆瀾回鄉祭祀。

穆瀾啟程時，方太醫已經從東廠回到了國子監。去了趟東廠，方太醫又添了幾絲白髮。穆瀾感覺到他的欲言又止，她沒有拿出荷包逼方太醫。

方太醫府上還有一百來號人，能替自己保守住祕密，已是再生之恩。穆瀾平靜地辭行。

許玉堂、謝勝和應明幾人不容穆瀾推辭，將她送到京城外碼頭。

碼頭依舊熱鬧，空地上有擺攤的、雜耍的，聚攏著看熱鬧的百姓。聽著不時傳來的叫好聲，穆瀾想起了年初進京時的穆家班。

那天因許玉堂和譚弈相約綠音閣鬥詩，奔去看熱鬧的百姓連賞錢都沒給。她和林一川氣急敗壞去看萬人空巷與羞殺衛玠……

許玉堂不經意地用胳膊肘撞了下穆瀾，嘴裡笑道：「小穆，定要帶江南的好酒回來給我們。」

順著他的目光，穆瀾望向對面的酒樓。臨江一面的雕花窗戶大敞，無涯正看向自己。穆瀾心裡又是一嘆。她衝許玉堂等人抬臂作揖告辭，行禮的方向卻是面向無涯。

此一別，便再無相見之日。穆瀾默默向無涯告別。她負了他的情意，還騙他、利用了他。在她心裡，池家被滅門的真相、核桃的性命安全，都重過兒女之情。

帶走核桃，她在京城再無牽掛。再回京城，她將是潛入黑夜的影子，不會是無涯希望看到的邱家姑娘。

也許是直覺，無涯隱隱感到不安。他目送著穆瀾登上官船，問侍立在側的秦剛，「安排妥當了？」

「主子放心。冰月姑娘扮成宮婢已悄悄送上船。隨行護送的禁軍都是可信之人。」秦剛低聲答了。

無涯眺望著站在船頭的穆瀾。答應妳的事我已經全做到了，妳莫要負我。

「回宮。」

船揚帆啟航，漸漸離了碼頭。

這時，一騎快馬伴隨著叮噹的鈴聲出現在碼頭。

見著船正駛離，丁鈴自馬上一躍而起，輕飄飄落在船上。

素公公嚇了一跳，「丁大人這是？」

丁鈴瞇縫著小眼睛，用袖子擦著汗，大剌剌地上前見禮，「素公公，本官要去江南辦事，搭個順風船唄。」

船已離了岸，丁鈴要賴上這艘船，就肯定趕不走。素公公無可奈何地吩咐人給他準備房間去了。

穆瀾看了眼河道上川流不息的船隻，和丁鈴見過禮就回了自己船艙。

關了房門，她望著從床上跳起來的核桃，燦爛地笑了起來。

「少班主！」核桃快走幾步，撲進穆瀾懷裡，「妳不怪我了？我不是故意要讓妳誤會我和皇上……」

「傻丫頭。」穆瀾拍了拍她的背安慰她。核桃什麼都不知道，只因著與自己的情分，成了穆胭脂要脅自己的籌碼。她扶著核桃坐下，認真說道：「核桃，我再問妳一次，妳是否真喜歡他？」

「我沒有！」核桃急著想要站起來。她委屈地想：我自是知道妳和皇上兩情相悅，難道妳不信我？

穆瀾按著她的肩，輕嘆道：「我只擔心妳願意留在宮裡，曲解了妳的心意。」如果核桃真對無涯有了感情，祭祀完老頭兒，她會讓核桃隨素公公回宮；如果核桃不願，她就讓她脫離穆胭脂的掌控。時至今天，穆瀾再不會相信穆胭脂。

核桃一陣心酸。她知道自己喜歡錯了人，但她也絕不會去搶穆瀾的心上人。她扭過頭，眼淚就湧了出來。

「核桃，妳是我在這世上唯一的親人了，我沒有不信妳。」穆瀾扳過她的臉，輕輕替她拭乾眼淚，「從現在起，妳要記清楚我說過的話。」

傍晚，船靠了岸。

船艙裡悶熱不堪，穆瀾與素公公在甲板上納涼。丁鈴不知從哪兒撈了把大蒲扇，大力地搧著風也坐了過來。

「素公公年事已高，這趟差事辛苦了。」穆瀾沐浴後換了件淺色的大袖深衣，腰間絲絛上那只深藍緞子繡金黃丹桂的荷包極為醒目。

「是啊、是啊，公公這年紀該留在宮裡享福才是。」丁鈴很是好奇，插嘴問道。

「咱家年紀大了，也許這是最後一次出宮了。官船平穩，沿途風光秀美，有何辛苦？」素公公淡淡答道，一眼都沒瞧過穆瀾腰間的荷包。

不過寒暄幾句，素公公就回房歇著了。

方太醫對這只荷包的態度甚是怪異，穆胭脂又道這只荷包能引得宮裡老人們相認。素公公怎會不認識？可他連一眼都沒看過。

「穆公子這只荷包是情人送的？本官記得穆公子似是不喜歡這些飾物。」丁鈴搖著蒲扇和穆瀾搭訕，「本官眼力過人，從前見穆公子，從未發現你身上佩帶任何東西。」

穆瀾一醒。丁鈴都能注意到這只荷包，她又故意穿淺衣襯著荷包醒目，素公公怎麼會一眼都不瞧？反過來想，素公公是否知曉的更多？

她笑著解釋道：「天太熱，放些薄荷在身邊提神醒腦倒也不錯。」

左右瞧著無人，丁鈴的腦袋朝穆瀾湊過去，「你說在靈光寺梅于氏房中看到了線索，是什麼？」

宮裡沒有于紅梅這個人，靈光寺和蘇沐案就斷了線索。丁鈴這段時間鬱悶得不行，突然接到穆瀾送來的信，這才急著趕來。

穆瀾懶洋洋說道：「到了揚州，我就告訴你。」

丁鈴不解，「為什麼要到揚州才能告訴我？」

穆瀾看了眼他腰間懸著的金鈴笑了起來，「丁大人心細如髮，辦案如神。有您在船上，懼於您的威名，想必這條船定會平安到揚州。」

「原來你是誆我來當保鏢的？」丁鈴疑惑地望著穆瀾。穆瀾功夫不弱，需要自己保護？這是官船，船上的禁軍有好些個熟面孔，一看就是秦剛的心腹。禁軍是保護素公公的，穆瀾是想讓自己保護誰？

穆瀾突然說起自己的經歷，「我自幼是在船上長大的，沿著這條大運河演雜耍賣藝。船對我來說，就像是家。」

丁鈴愣了愣，眼角餘光看到甲板上納涼的船工，心頭微凜。難道穆瀾看出這條船上的船工有異？

他的小眼睛精光閃閃。穆瀾幾不可見地頷首。

與丁鈴不同，穆瀾上船後溜達一圈，就感覺到異樣。

丁鈴試探地說道：「你？」

穆瀾連林一川都沒有告訴過，她曾經進過梅于氏的廂房。如果不是接到她的信，丁鈴也不會知道。但凡知曉一點兒靈光寺梅于氏案的人都死了，山西于家寨甚至被燒成白地。難道對方發現了，所以也想對穆瀾下手？

目標自然不會是自己。宮裡知曉舊事的老人不多了。素公公在宮裡，對方不好下手；出了宮，素公公就成了目標。穆瀾想起素公公方才說的最後一次出宮的話，素公公難道也知曉這趟差使會有危險？

穆胭脂與老頭兒當初想盡辦法送自己進國子監，是為了陳瀚方正在尋找的東西。而陳瀚方恰巧遇到梅于氏被殺，又踩糊了梅于氏臨終前畫下的血十字；同時穆胭脂又極想得到自己父親藏起的東西。兩件事一聯繫，穆瀾感覺靈光寺一案和池家滅門案有關係。

船上她要保護的人有兩個，她既要防著有人殺素公公滅口，還要防著穆胭脂將素公和核桃劫走。她分身無暇，思考再三後，引了丁鈴上船。

想從素公公處打探的事情不能讓丁鈴知曉，穆瀾的目光望向自己的廂房。以丁鈴的能力，保護核桃綽綽有餘。

「試問南京至北京，水程經過幾州城。皇華四十有六處，途遠三千三百里。水驛站六十里一處。官船晝夜不停，最多能行一百二十里。以我對大運河的熟悉，出了通州，沿途停靠水驛站中，險處也不外幾個地方。」穆瀾隨手拈起盤中的瓜子，邊說邊在桌上擺放著。

丁鈴用蒲扇柄撓了撓頭。他還記得最初是秦剛力薦穆瀾，但他去國子監查蘇沐案時，穆瀾極為低調，在自己面前畢恭畢敬，他的注意力幾乎全被林一川吸引了去。他雖懷疑穆瀾藏拙，卻也沒有過多關注。

被她一封信引上了船，不僅沒拿到她信中的線索，就成了她請來的保鏢。當保鏢也無妨，總得讓自己清楚想要襲擊天使與官船的人是誰吧？動機與目的又是什麼？

「本官可不想糊里糊塗地被你當槍使。」丁鈴心想：這麼容易就被你牽著鼻子走，也太沒臉了。

「丁大人在山西不也一樣糊里糊塗地被人沿途刺殺？一身重傷也沒查到對方是誰。」

丁鈴險些跳起來，瞬間就想到了一個人，「林一川告訴你的？」

穆瀾「嗯」了聲。

「洩漏機密，按規當……」

不等丁鈴氣呼呼地抬出錦衣衛規矩，穆瀾已打斷他的話，「若我猜得不錯，想對天使不利的人，也許和當初追殺大人的是同一批人。」

「你怎麼知道？」丁鈴顧不得罵林一川了，小眼睛裡兩簇火苗燃了起來。

那些人當初是為了阻擋他查梅于氏和于紅梅案，現在又為了什麼？為了穆瀾信中的線索？

「宮裡沒有于紅梅這個人。素公公服侍過三朝皇帝，他老人家平時幾乎不出乾清宮。這趟奉旨去揚州，給了對方機會不是？」

丁鈴不會輕易被穆瀾牽著鼻子走，馬上反駁道：「本官沒記錯的話，去年杜之仙過世，素公公就奉旨去揚州祭奠，順便宣旨賜你進國子監。一路平安！」

「那時候梅于氏還活得好好的，丁大人也沒查到山西于家寨。」穆瀾笑了笑，語氣平常地說道：「素公公一直平安，也許對方也想從他嘴裡聽到什麼。他只要一天不說就能保一天性命。但如今大人查到了于紅梅，心急如焚地趕著上了這條船，船上又有素公公在，對方也許會認為，丁大人是為了向素公公詢問宮中舊事而來，正好一鍋燴了。」

丁鈴終於跳起來，想大罵出口，又顧忌著船上的眼睛。左右看了又看，還是覺得不保險。他心裡憋著又難受，指了指穆瀾，躍下了船。

穆瀾笑了笑，跟著他跳下船，輕飄飄地落在碼頭上。

丁鈴也不言語，引著穆瀾直走到偏僻的河灘上，回頭一掌就拍了過去。他確信自己破口大罵也無人聽見，邊打邊罵，「你引老子上船，想讓老子當保鏢就算了，還拿老子當誘餌？」

穆瀾也不還手，仗著輕功好避開丁鈴的攻擊，慢條斯理地回道：「丁大人不願意就算了唄。」

丁鈴夾帶著怒氣的攻擊連穆瀾的衣角都沒撈到，小眼睛都快瞪出來了。他這都遇上的是些什麼人啊？林一川的武藝高，輕功不如自己吧；可他的輕功在穆瀾面前簡直不夠看！丁鈴氣得收了手，「不打了、不打了！你給本官說清楚，本官就恕你無罪！」

穆瀾奇道：「在下說得還不清楚？」

丁鈴呆了呆。穆瀾的分析不無道理，一旦發現自己有可能從素公公處打聽到于紅梅，對方當然會痛下殺手，可他怎麼就覺得憋得慌呢？

「你信中說在梅于氏房中看到了一點兒東西，是什麼？」

「先前不是和大人做過交易了？大人同意保護一個人。她安全了，自然會告訴大人。」

丁鈴恨聲說道：「本官自會保護素公公……」

「不是保護素公公，是藏在我艙房裡的一個人。」穆瀾輕聲說道：「還請大人下船帶她走陸路。」

讓他保護另一個人走陸路？丁鈴馬上明白了穆瀾的心思。官船行駛在運河上，停靠水驛站目標明顯。可是既然知道也許能在素公公處得到于紅梅的消息，丁鈴怎麼捨得離開。

「幫我保護好她，我替大人向素公公打探于紅梅的事，大人還能知道我在梅于氏房中看到了什麼。這筆交易您賺了。」

好像是他賺了。丁鈴眼睛一瞪，「我怎麼知道你說的是真的？老子白辛苦被你利用，回頭你探到于紅梅的事，又來要脅本官！」

穆瀾哼了聲道：「我若不寫那封信給大人，您恐怕還在家裡撓牆鬱悶憋得慌呢。」

這倒也是。丁鈴不情不願地應了。

望著穆瀾回船的背影，丁鈴又望向天空出了會兒神。這個穆瀾不低調則已，一出手怎麼就把自己吃得死死的呢？

天微明，官船揚帆離開了通州。除了穆瀾，暫時還沒人知道船上少了兩個人。她站在船尾，望著運河上的三艘商船輕嘆。昨天離開京城時，還只有一艘船，今天在通州多出了兩艘船。穆胭脂的珍瓏勢力再大，也越不過朝中那些人。

素公公裝著認不出荷包上的繡花，他不會輕易吐露知道的祕密。穆瀾很擔心在知曉真相前，素公公就被滅了口。

她打定主意後，走到素公公的艙房外，恭敬地求見。素公公裝傻，她就直接挑明了吧。

素公公剛起床，正用著一碗素粥。他臉有點浮腫，眼袋乾癟地掛在眼瞼下。看得出來，他昨晚沒有睡好。

船才離開通州，穆瀾就迫不及待地求見。那枚繡著金色丹桂的荷包浮現在素公公的腦海中，讓他心情複雜至極。

杜之仙的關門弟子啊。他早該想到，抱病離仕歸隱的杜之仙不會無緣無故收一個無關緊要的人當關門弟子，這個穆瀾的真實身分會是什麼呢？

年輕的皇帝極看重穆瀾，他可曾知道這個穆瀾也許是有心接近？

他想起了十年前那場動盪。那個春季死的人太多，血腥味數月不散。他知道，只要自己一開口，平靜了十年的朝廷又將掀起一場腥風血雨。只要一想到當年的場景，素公公打了個寒顫，深深地嘆了口氣。他將粥碗推開，再無一點兒胃口，「咱家暈船，身體不適，請穆公子回吧。」

小太監出了艙門婉拒穆瀾。

她解下了荷包託小太監帶給素公公，「在下隨先師學了一點兒皮毛，配了些提神醒腦的藥，還請公公收下。」

嗅著荷包裡散發出的清涼之意，素公公長嘆一聲。

過去的事就讓它過去吧。如今萬民歸心，皇帝勤政溫和，何必再起事端？

素公公的態度讓穆瀾一點兒招都沒有。她一直防著對方動手，如今卻有點盼著對方出手了。

船過徐州後，天氣突變。雲層堆積，天地一片昏暗。風攪動著河水掀起了波浪，眼見一場暴雨將至。

船工請示護衛的禁軍統領後，將船駛向岸邊停靠。

河岸左側呂梁山巍峨聳立，此處已快至徐州府的邊緣，是與淮安府的交會之地。船尋了處河彎停靠。上方的山崖似鷹嘴外探，峭壁之下形成了天然良港，是暫避風雨的好地方。

船剛靠岸落錨，雨點就落了下來。

這場意外而來的暴雨打亂了穆瀾的計畫。

穆胭脂要趁機劫走素公公，穆瀾則想黑吃黑，利用穆胭脂的人馬抵抗想殺素公公滅口的人，搶先從素公公嘴裡撬出乾清宮裡的往事。

出行前，她和穆胭脂商議過。如果有人想殺素公公滅口，有幾處絕佳的動手地點。其中有一處是在下一個水驛，呂梁洪。然而此處離水驛尚有幾十里距離，意味著穆胭脂提前布置的人手無用了。

從京師一路尾隨的三艘船在離官船不遠處也陸續靠岸躲避風雨。觀測著地勢，穆瀾的心往下沉。她不能確定那三艘船中是否有穆胭脂的船，單憑官船上的禁軍，力量太過單薄，更何況她早已看出船上有兩名船工行跡可疑。

狂風怒號，天空彷彿破了個大洞，大雨瓢潑似地澆了下來。天色昏暗，懸掛的燈籠被吹熄了燭火。遠遠望去，這一彎山崖下的船隻隨浪起伏，像水裡的暗礁，成為幾團暗影。

秦剛選出來的下屬都是禁軍中的好手，已然有了警覺之心，將素公公的艙房圍了起來。

穆瀾進了船艙，脫掉蓑衣，提著一盞燈籠沿著高而窄的樓梯進了底艙。

船靠岸後，船工們無事可做，大都回了大通鋪的艙房裡喝酒打牌。穆瀾對船隻構造極為熟悉，逕自繞過艙房，來到貨艙。

裡面傳來隱約的咚咚聲，穆瀾停住腳步。

昏暗的燈光照出一片水光，已有水從貨艙漫了出來。

許是聽到她的靴子踩出的水聲，裡面的聲音消失了。

不出所料，潛在船工裡的奸細選擇無人的貨艙動了手腳。船才靠岸，就已經開始鑿洞沉船，看來今晚一場惡戰在所難免了。

穆瀾吹熄了燈，走進貨艙，裡面伸手不見五指。

安靜的貨艙裡傳來微弱的呼吸，前方貨物後有一人，右側也有一個。穆瀾腳步移動，靴子無可避免地踏出水聲。

一縷勁風從右手邊飄起，穆瀾側身避過，反手一刺，黑暗中響起一聲慘呼。

聲音如指路明燈，藏在她正面的人用力將一包貨物扔向穆瀾，抽刀直刺而來。

貨物砸落，發出沉重的響聲。那人甚是聰明，刀卻是橫著貼地揮舞，想砍中穆瀾的腿。

手裡的長刀驀然沉重，竟被穆瀾踩了個正著。那人果斷棄刀，掏出一把匕首往上刺去。

就在這一瞬間，他聽到風聲從頭頂掠過。

還沒等他反應過來，脖子微涼，已被穆瀾一刀割了喉。他雙膝一軟，跪在水漬中。

火光亮了起來，穆瀾將燈籠點燃，看也沒看死在地上的兩人，在角落處找到了鑿開的洞。

她從箱籠中尋出宮裡御賜的錦緞將洞口緊緊塞住，移過一只箱子壓在上面。

這時，船突然猛地震動，穆瀾差點沒有站穩。她心裡大驚，難道尾隨而至的船竟是扮成商船的戰艦？

穆瀾飛快地跑出去。

下了錨停靠的官船簡直就是活靶子，船不停震動，等她奔到甲板上時，官船上的炮也響了起來。

隔著風雨，隱約能看到對面一艘船上的炮火冒出的光。

一閃之後，官船四周的河水被炮彈激起沖天水柱，掀得船搖晃不已。

穆瀾頭頂突然響起一聲呼嘯，她剛抬起頭，就看到桅杆被炮彈擊中，卡嚓斷裂，筆直地砸了下來。

「閃開！」她大喊了聲。

甲板上的禁軍紛紛躲開，桅杆不偏不倚，正好砸中了船頭的大炮。官船啞了火，對方立時開始了強攻。

一群黑衣蒙面人從岸上揮刀攻向了官船。

禁軍在船舷邊站成長排，力阻著黑衣人登船，居高臨下倒也占了不少便宜。

天色已然黑透，對方的船仍不停地朝著官船開火。又一發炮彈落在官船上，砸出了熊熊火光。

這條船保不住了！穆瀾想都沒想直奔素公公所居的正艙。

形如鷹嘴的峭壁上，穆胭脂帶著人站立在風雨中，一動不動。

李教頭低聲說道：「東家，官船已經起火了，是否叫兄弟們動手？」

居高臨下望去，藉著官船上的火光，李教頭看得極為清楚，官船上的禁軍支撐不了多長時間。

穆胭脂從一開始就走陸路，帶著人馬沿著大運河尾隨著官船。官船靠岸躲避風雨，她帶著人就繞著山道登上了河灣上方的峭壁。居高臨下，穆胭脂觀察地形後，認定這是動手的最好地點。

她望著河灣裡一左一右停靠得甚遠的另兩艘船搖了搖頭，「局勢不明。」

那兩艘船一點兒動靜都沒有，彷彿河灣中相互開炮的兩艘船與己無關。

李教頭禁不住急了，「官船的炮已經被砸沒了，對方再發幾炮，官船就會被轟成碎渣！」

「再等等。」

穆胭脂也不知道自己在等什麼。她覺得那兩艘船太過安靜了。雙方都動用了火炮，如果那兩艘是真正的商船，只要風雨中能有一線生機，都不敢繼續停留。雨嘩啦啦地下著，穆胭脂知道此時的大運河已是濁浪滔天。興許真是礙著風雨太大不敢起航，只得老實地停在原地吧？不過，她仍然決定再等一等。

黑衣人攻勢太猛，已有人攻上了甲板。穆瀾奔到艙房門口，看到兩名禁軍緊張地握著刀盡職地守在門口沒有離開。

這時又一炮落在甲板上，穆瀾就地打了個滾，抬頭時看到門口的兩名禁軍被炮火掀翻。

艙門仍然緊閉著，她爬起來一腳踹開艙門，提刀衝了進去，「素公公！」

正艙寬敞，裡間臥房傳來素公公的聲音。

「咱家好著呢。」

穆瀾鬆了一口氣。

她關上艙門，反手拴住，進了裡間。

只見床底下露出兩張臉來。素公公和服侍他的小太監捲著被子趴在床底下仰起臉望著穆瀾。

「穆公子，你也進來躲躲吧。不會有事的。」素公公居然衝著穆瀾笑了起來，滿臉褶子笑得深深形成了道道溝壑。

穆瀾半跪了下去，一拳將小太監揍暈過去。

素公公愣了愣，嘆了口氣道：「那些事都已經過去了。如今天下太平，皇上又是個明君，穆公子何必要追尋往事，再掀血雨腥風？」

雨聲太大，隔著艙門，穆瀾隱隱聽到似有槍聲響起。對方連神機營的火槍都搬出來了，真攻上了船，她功夫再好，也插翅難飛。

穆瀾心急如焚，她沒有時間再和素公公繞圈子了。

第四十七章　死亡遮掩不了祕密

素公公躲著穆瀾，穆瀾卻將那只繡著一枝丹桂的荷包硬送到他手裡。怪不得杜之仙收穆瀾做了關門弟子，他早該猜到，杜之仙怎麼會收一個雜耍班的小子做弟子。那穆班主的救命之恩，怕也是杜之仙設計的吧？

他望著穆瀾嘆息，「咱家什麼都不知道。」

穆瀾很佩服自己，如此緊張的情形下，她還能和素公公鬥心眼，「在下還沒開口，公公就說不知道，您怎麼知道我想問什麼？」

素公公瞟了眼被穆瀾一拳打暈過去的小太監想：如非那些祕辛，你又何必將他打暈。

「素公公，船上起火了，在下帶您先離開。」

把自己帶走更方便逼問吧？素公公搖頭，「外面太亂，一動不如一靜。咱家老了，不打算逃。」

穆瀾耐著性子勸道：「好死不如賴活著。您是欽差天使，在下可不想祭祀師父的同時又多祭一個人。」說著朝素公公伸出手。

素公公乾脆挑明了，「那只荷包上的花樣咱家認得。咱家服侍過三朝皇帝，能活到現在只明白一件事：在宮裡頭最要緊的就是閉緊嘴巴。穆公子，你甭想從咱家嘴裡聽到什麼。你還年輕，有大好的前程，深受皇上看重，何必要活在仇恨之中？」

穆瀾恨不得將捲成蠶蛹躲床底下裝死的素公公直接拖出來。

兩人目光對視了一會兒，穆瀾看明白素公公平靜眼神中表達的意思。用強是萬萬行不通的，服侍過三朝皇帝的老太監有他的驕傲。

但是她沒有更多的時間與機會了。穆瀾瞬間心意已定，跪下朝素公公行了大禮。

她額頭磕在地板上發出「咚」的一聲，嚇了素公公一跳。

穆瀾抬起頭，手裡撿來的長刀已壓在素公公脖子上。

「你、你這是……殺了我吧！」素公公視死如歸地閉上眼睛。

穆瀾冷靜的聲音在素公公耳邊響起。

「素公公，我只想知道先帝駕崩前夜，家父為何會熬一碗虎狼之藥給先帝。您當時在乾清宮裡服侍先帝，還望您告知實情。是池家罪有應得，還是另有內情？您告訴我，我會給您一個痛快。您不說，我也會給您一個痛快。」

不論素公公說與不說，知曉了她是池起良的女兒，他都不能再活著。

素公公驚得猛地一抬身體。穆瀾以為他想抹脖子自盡，瞬間將刀撤開。誰知素公公根本沒有扭脖子就刀的想法，只是腦袋撞到床板上，他「哎喲」了聲，捂住撞疼的腦門，偏著臉看穆瀾，「前太醫院院正池起良是你爹？」

他萬沒有想到穆瀾竟然是池起良的兒子。不對，池起良沒兒子！只有一個閨女。素公公望著穆瀾，「啊」的張大了嘴巴。

皇上知道嗎？

一個姑娘進了國子監當監生！還是自己親自去揚州頒的旨。

素公公嘶地倒吸著涼氣。

戲弄皇上，禍亂朝綱，死罪吶！

素公公以肘撐著，噌噌噌從床底下爬出來，也沒起身，就坐地上看著穆瀾，「池起良沒兒子！」

穆瀾眼皮都沒眨，解開高領對襟袖釦，「我是池家獨女，名霏霏。那天是我六歲生辰。我出生的時候，也是個雨雪天。我爹進宮的時候說過，一定要趕回來給我過生辰的。第二天他真的回來了，回來和全家一起赴死。」露出的脖頸光滑纖細，沒有喉結。

穆瀾是池起良的女兒！素公公艱難地嚥了口唾沫。他清楚記得十年前的那天晚上。一場雨雪入夜起襲來，凍得人直哆嗦。他將宿在值房的池起良召進乾清宮，守著池起良在乾清宮裡煎了那碗藥，他親手餵給先帝喝下。池起良出宮之後，他才令人將先帝駕崩的消息傳出去。

穆瀾扣好領間的盤釦，靜靜地望著素公公，「我只想知道真相。我爹為何會給先帝熬一碗虎狼之藥。如果我爹罪有應得，我絕不復仇。」

刀刃相擊的聲音近在咫尺，然後消失了。

打鬥聲沒了，只有一個可能：官船上的禁軍都殉職了。

素公公突然推了穆瀾一把，「妳快走！莫要管我這個老東西！」

穆瀾愕然，繼而驚喜交加，「公公，您願意告訴我了？」

就在這時，艙房的門被大力撞開，有人走了進來。穆瀾霍然起身，提刀擋在素公公身前。既然素公公改了主意，她拚死也要一戰。

當來人繞過隔扇的瞬間，穆瀾一躍而起，長刀狠狠劈下。

一柄雁翎刀險險架住她的刀，來人被她的刀勢劈得坐在地上。

兩人照面間，都是一驚。穆瀾翻身退開，「秦剛？」

「好險！」秦剛嚇得吼了起來，「小穆，你看清楚人再出手行不？差點把我劈成兩半了！」

秦剛喘著粗氣，卻沒再說什麼，起身站到一旁。

身穿細鱗鎖子甲的無涯滿臉焦急地出現在穆瀾面前，急步走向她，「妳可有受傷？」

「無涯？」她沒眼花吧？無涯怎麼會出現在徐州地界的運河上？

「稟皇上，船快沉了，請盡快離船。」外面響起一個聲音。

「先離開再說！」無涯一把拉住穆瀾的手就往外走，「秦剛，你扶素公公速速離開。」

「皇上！」

聽到素公公的聲音，穆瀾心頭一緊。她驀然回頭，看到素公公端正地朝無涯拜伏著。穆瀾低下頭看著被無涯緊握的手，深深呼吸。如此也好，素公公若說出自己的身分，她就堂堂正正地問個清楚明白。

「公公這時候還行什麼禮？朕毫髮未傷。趕緊離船！」無涯快速地說道。

「老奴要叩別皇上了。」素公公抬起頭來，一根尖銳的木刺刺進他的腹部，鮮血染紅了衣襟。

「素公公！」艙房中的人都嚇了一跳。

剛才還好好的，怎麼會這樣？素公公為什麼要自盡？他是想替自己保住祕密，還是想守住那個晚上的祕密？無涯的意外出現，素公公突然選擇自盡，讓穆瀾感覺心像是被一隻大手捏住，幾乎快喘不過氣來。

無涯臉色大變，鬆開了穆瀾，快步搶到素公公面前，一把將他抱起來，「您忍一忍，朕會治好您。走！」

他抱著素公公大步走出去。秦剛趕緊扯了把穆瀾，「走啊！」

穆瀾被他拉回了神，突然想了起來，「床下還有人！」

她走回去，一把將打暈的小太監從床底下拖出來，秦剛趕緊上前幫忙。扶著小太監出了船艙，甲板已經傾斜，大火熊熊燃燒。外面站著一隊士兵，領頭的看到秦剛他們出來，擺手道：「走！」

雨已經小了，峭壁上的穆胭脂一行人還未離去。

親眼目睹那兩艘安靜停在雨夜中的船突然吐出炮火，直接將開炮的船轟得粉碎，李教頭禁不住有些後怕。他佩服地望著穆胭脂道：「東家料事如神。」

雨水順著斗篷淌落，沾溼的鬢髮貼在穆胭脂臉上。她像是一尊沒有感情的雕像，看起來平靜得沒有半點情緒起伏，但只有她自己才知道，心裡的怒火燒得她都快炸了。

「直隸水師。神機營。」穆胭脂長長地吁了口氣。

年輕的皇帝竟然在暗中擁有了軍隊的支持。她沒有想到，看來譚誠也沒有想到。

那兩艘看上去與商船一般無二的船是戰艦，而皇帝竟然藏身在船上，一路上沒有露出半點端倪。

如果不是她謹慎多疑了一點兒，她的下場會和那些襲擊官船的黑衣人一樣，被年輕的皇帝一鍋端了。

如果素公公是誘餌，那麼小皇帝知道了多少？穆瀾呢？她是否也投向了小皇帝，故意布下這個陷阱引自己上鉤？

「白眼狼！」穆胭脂從牙縫裡冷冷擠出這句話。她看了眼河灣上那兩艘完好的船，帶著人遁入黑夜。

這一場暴雨下了半夜，聲勢漸弱，如絲般沾上人的臉。

穆瀾在甲板上站得久了，一摸臉，已是濡溼一片。她強行讓自己的雙腳釘在艙門外，才沒有立時逃進滔滔大運河中。

隨行的太醫正在對素公公施救。素公公力氣小了，胡亂弄了一根木刺，沒有立時將自己刺死，他有足夠的時間告訴無涯。

一件披風搭在穆瀾肩頭，令她情不自禁地僵直了背。

換上天青色大袖深衣的無涯像極了儒生，穆瀾禁不住想起他身著鎧甲的模樣。若非這張臉，她真以為自己認錯了人。她記憶中的無涯是初遇時的青青翠竹，是綠音閣烹茶的猗猗幽蘭，是天香樓的靜美明月。今晚一戰，刷新了穆瀾對無涯的認知，令她生出幾分惶恐，隱約感覺到兩人之間無形的距離。

無涯細心地替穆瀾結著披風的帶子，望了眼河灣裡舉著火把正在清掃戰場的士兵，對穆瀾的沉默有著幾分了然，「生氣我瞞著妳？還是氣我動手遲了？」

穆瀾還不曾想過這些問題。她搖頭道：「我沒有生氣。見著你很吃驚倒是真的。」

「只是吃驚沒有驚喜嗎？」無涯低下頭在她耳邊輕輕說道。

上了這艘船，她就一直站在艙房外，連衣裳都不肯去換。等他快速處理完事情，去了甲冑，她仍然沉默地站在這裡。

「真沒生氣？」無涯目光掃過去，秦剛很自覺地打了個手勢，禁軍齊齊轉過了背。他挨近穆瀾，藉著披風與身形的遮擋，從後面抱住她，低聲向她解釋，「雨太大，神機營的火槍就成了燒火棍。那些士兵怎敵得過對方百裡挑一的好手？強攻的代價太大。我也著急得很。好在妳沒受傷，不然，我真的會後悔。」

「我真沒生氣。若是對方勝了，我還不知道能不能活著。」穆瀾輕巧掙脫了他，眸光閃了閃道：「我是在想素公公的傷勢。」

「御醫正在救治。」說起素公公，無涯也有些黯然，「臨行前就叮囑過他，藏在艙房中最是安全。沒想到他仍然受了重傷。」

臨行前無涯就做出了安排，難怪素公公和小太監不慌不亂地裹著被子藏在床底下。穆瀾「哦」了聲，問道：「你怎麼知道官船會遇襲？」

「素公公告訴我的。他這一生服侍過三朝皇帝，譚誠最想要他的命。他願意以身為餌出宮去揚州，定能誘得譚誠出手。而我，太需要拿住譚誠的把柄。」無涯望著滔滔運河，譏諷地笑道：「說來妳許是不信，譚誠把控朝政，卻從來沒有落下一點兒不臣之心的把柄。就連上次押送侯繼祖失利，也親自領了二十廷杖。這個機會我等了很久。」

想定譚誠的罪，太難。縱然被譚誠的態度氣得火冒三丈，無涯也只能忍著。這一次沒有全殲對方，擒了活口，從那艘扮成商船的戰艦查起。就像是牽出一根藤，可以順藤摸瓜。

幸好和穆胭脂約定接應的地點不是在這裡。穆瀾雖與穆胭脂決裂，卻並不想此時無涯將穆胭脂一網打盡。她還有太多的謎沒有解開，穆胭脂還死不得。或者，她心底深處始終還有另一個穆胭脂的存在——那個大刺刺的粗鄙婦人，隨時揮著雞毛撣子追著她揍的母親。

「皇上！」艙房的門開了，隨行的御醫急步走出來，深深作揖。

無涯和穆瀾同時轉過身去。

「臣以銀針刺穴暫時止住了血，但素公公年事已高，恐受不住拔出木刺之痛。」御醫欲言又止。

無涯走了過去，「拔了木刺，有幾成把握能救活他？」

御醫苦笑著搖頭，「素公公似有話想對皇上說。」

這是不成了。無涯大步走向船艙，「朕去瞧瞧他。」

穆瀾跟在無涯身後走到艙房門口，卻停住了腳步。

看天意吧。素公公如果告訴無涯她的身分，她也不用再藏著掖著了。

素公公躺在床上，胸口微微起伏著。他努力睜著眼，看到年輕的皇帝坐在榻旁，欣慰地笑了起來，「老奴令皇上失望了。」

他說話的精神勁令無涯一怔，望向了御醫。

「老奴有話對皇上說，求林太醫讓老奴喝了碗提神的湯藥。」素公公微笑著說道。

房裡服侍的人默默退了出去。

無涯握住素公公的手，眼睛漸漸紅了，「幼時朕去乾清宮玩，常調皮亂跑，公公總是著急地跟在身後叫『太子殿下！殿下別摔著了』。」

「皇上那時可愛極了。」素公公拍了拍無涯的手，「老奴若能再多活幾年，也許還能瞧著皇上的小殿下出生。」

「是朕動手遲了！朕對不住您。您本該在乾清宮榮養，卻還要為朕籌謀。」無涯黯然說道。

他是不能活了。素公公想起那些往事，心裡嘆息著，輕聲說道：「皇上終於長大了。經此一役，老奴也可以放心去服侍先帝爺了。」

「朕情願您好好的。」

對無涯來說，素公公更像是自己的長輩。他情願再耗上幾年，他的羽翼總有更豐滿的時候，譚誠總有老去的時候。他真不想看到素公公離他而去。

「皇上很喜歡穆姑娘吧？」

素公公的眼神是這樣慈愛，無涯點了點頭。

原來皇上早知道了。素公公心裡又是一嘆。

「十年前，先帝的痰疾又犯了，氣都喘不過來，憋得紫脹。先帝太過痛苦，吃著太醫院的藥也不見緩解，池院正便冒險熬了副藥。」素公公瞥了眼胸口沒有拔掉的木刺，輕聲說道：「先帝還是沒能熬過藥效，撒手去了。」

無涯突然有一種衝動，「您要不忍一忍？或許還有一線生機？」

他想說的可不是自己。無涯的看重仍讓素公公心裡感激無比，他憐惜地望著無涯道：「皇上，池院正還有個女兒。」

無涯愣了愣。池起良縱是好意，但父皇終歸是被那碗虎狼藥害死的。他以為了解素公公的心意，沉默了下道：「當年太后傷心欲絕，朕年幼，認定是池起良害死父皇，抄斬了池家滿門。現在回想，池家有池起良一人獲死罪便罷，家人可判流刑。如果他的女兒真的活了下來，朕不再追究便是。」

如果皇上不喜歡穆瀾，這便是最好的結果了。素公公輕嘆道：「池起良的女兒，就是穆瀾啊。」

無涯霍地站起來。

「怪不得……」無涯喃喃說著。

素公公一句話挑破穆瀾的真實身分，拂開了蒙在無涯心頭的那層迷惑。

怪不得穆瀾對他的態度變得冷淡，怪不得她說他們之間是不可能的，怪不得她說不喜歡他了，怪不得她說她恨他。

她早就知道了。

十歲時，父皇駕崩那天的記憶是那樣鮮明深刻。

無涯記得那天清晨，他尚未睡醒，譚誠帶著人進了東宮。一片慌亂中，他被套上孝袍，譚誠握著他的手說：「皇上駕崩了，咱家奉娘娘諭旨接殿下去乾清宮。」

他有點疑惑。昨天他還去給父皇請安。他知道父皇病了很久，然而只隔了一晚，父皇就去了？

他甩開譚誠的手就往乾清宮跑，任由他們在身後叫著追著自己，也不搭理。他一口氣跑進乾清宮，母后哭得兩眼通紅、鬢髮散亂。她的手抓得他的胳膊很疼，她的眼神像淬火的刀，閃著青幽的光，「無涯，你是皇帝了，你要為你父皇報仇！」

父皇去了，母后的眼淚還沒擦乾，他已經坐在金殿上接受群臣的朝拜。

太醫院御醫們的證詞、母后的痛苦、父皇嘴角未拭盡的血漬，讓他毫不猶豫在抄斬池家的聖旨上用力蓋下玉璽。是他令譚誠去辦的。

那時候，穆瀾才六歲。
她怎麼活下來的呢？
無涯怔然地站著。他想起端午那天晚上，他與穆瀾相約在什剎海邊，他告訴穆瀾他查了先帝〈起居注〉，她的母親可能是在騙她。穆瀾臉色大變，絕塵而去。
是那天晚上，她母親告訴她的吧？
她好幾天沒有回國子監。他以為穆瀾發現她所做的一切根本不復存在，受打擊了，消沉了。他沒有逼她，只願她想明白之後，照他的安排選擇合適的時機尋個安全的藉口，平安地離開國子監，從此拋棄監生穆瀾的身分。
他真是可笑。還籌謀著借生辰大赦天下，好讓她以邱家姑娘的身分進宮。他還去求了母后……她不過冷眼旁觀著，像是看一個笑話吧？
她為什麼不能直接告訴他呢？他連她女扮男裝進國子監都默許了，難道還會因為她是池起良的女兒，就斬草除根殺了她嗎？她有什麼錯呢？十年前，她不過是個六歲的女童。她為什麼不多信任他一點兒呢？還是因為她恨了他？恨他下旨抄斬她全家？
「皇上……」素公公清楚地感覺到精神開始漸漸衰退。他讓御醫熬給自己的湯藥用的是當年池起良那副方子，他知道自己撐不了多久了。
無涯機械地轉過臉看著他。
「老奴也是方才知道的。她求老奴告訴她先帝駕崩前晚，池院正為何會開出那副方子。」素公公輕聲解釋道。

穆瀾想知道，他也很想知道。

「素公公，當時您在乾清宮服侍父皇。那晚，池起良是怎麼瞞過您給父皇餵下那碗藥的？」

這個問題很多年前就問過了。素公公依然還是那個答案。

「藥是老奴親口嘗過的，藥中無毒。先帝犯了痰疾，池院正說添了幾味化痰的藥。」

池起良做了二十年院正，從未有過錯失。素公公嘗過藥，自然就信了。

無涯的眸子漸漸變得清明，「也就是說，池起良開的那碗猛藥也是為了父皇的病情著想？」

「是，當時先帝病情發作得太急，沒有時間召集太醫們辨證藥方……但先帝還是沒能抗住藥力。」素公公的語氣有些無奈。

當時不開那副方子，池起良會擔負救治不利的罪責。他也是醫者良心，卻出現了最不好的局面，先帝沒能抗住藥力。

以池起良的所作所為，雖事發緊急，但先帝因他那碗藥猝然離世，池起良罪無可恕。全家處斬是重了點兒，但放在當年那時，也在情理之中。

「該怪誰呢？」無涯喃喃出聲。他不覺得當年的自己做錯了。

穆瀾錯了嗎？她也沒有錯，可是她想知道的真相就這樣，他不能求她不恨自己。若她……一股錐心的疼痛讓他擰緊了眉。

「皇上，老奴不行了，想見見她。」

該為皇上做的，他已經做了。皇上大了，自有決斷。素公公只想見見穆瀾。無涯沉默地走出艙房。

燈籠的光映出了如絲細雨，籠罩在穆瀾身周。她身後是重重夜色，彷彿只要她轉身，就會融進這黑夜，讓他永遠找不到。

無涯聽到自己平靜的聲音，「素公公想見妳最後一面。妳去吧。」

穆瀾從他身邊走過去，無涯突然抓住她的手。千言萬語堵在他喉間，他終究什麼都沒說，慢慢鬆開了手。他用盡力氣才讓自己顯得平靜，「別難過。」

穆瀾不知道說什麼才好。素公公揀了根木刺自盡，是為了安她的心嗎？還是說，素公公如此維護自己，就證明了父親本無罪？

房中燃著數根蠟燭，明亮光線映得素公公臉色更加灰敗難看。那根木刺扎在他腹部，也扎進了穆瀾眼中。她有些不忍看，遲疑地在床前停住腳步。

「過來，小姑娘。」和皇帝說了半晌話，素公公的精神已經不行了。

他朝穆瀾伸出手。

穆瀾坐到床邊，握住他的手：「您這是何苦？」

素公公輕聲嘆息，「孩子，妳爹……做御醫不容易。這事不是皇上的錯。君臣有別哪。」

誰都沒有錯，錯在君臣有別。

穆瀾閉上眼睛。

「咱家當年言輕力微，沒能救得了妳父母家人，如今咱家自盡謝罪……妳不要恨皇上。當年他也有喪父之痛，不過也才十歲。」

他自盡，是為了謝罪？而不是為了讓自己安心，他會守住她的身世祕密？穆瀾睜開了眼睛，眼神有些古怪，「皇上知道我的身分了？」

素公公又是一嘆，「皇上心裡也不好受。好孩子，妳與皇上有緣無分。」

「錯在池家是臣，命不好。是命，不是我們的錯。所以，我與無涯最好相忘於江湖？」穆瀾悠然說道。

不等素公公再開口，穆瀾笑了起來，「師父一直讚我聰慧過人，只要我肯用心，很少有我識不破的局。」

感覺到素公公的手哆嗦了下，穆瀾的眼神變得冰冷，「您找了根木刺，想讓所有人以為您意外受重傷。我原以為公公這樣做是想寬我的心，為我守住身分的祕密。既然您告訴了皇上我的身分，我就會懷疑，您為何還要自盡？」

素公公嘴唇翕動了下，臉上那層灰敗的死氣更重。

「您以為兩下說和，皇上會覺得當年對池家做得過了，不會斬草除根。我以為父親罪有應得，便會謝過皇上不殺之恩。當年事就此揭過，兩相便宜？」穆瀾笑著，眼裡浮起了淚影，「譚誠為何要留著您這個老東西活了十年？真以為您在乾清宮他就下不了手？他是不是以為……所以投鼠忌器？」

素公公的雙眼驀然睜大，他顫抖著，呼吸變得急促，瞪著穆瀾拚命地喘氣。他眼裡的生氣一瞬間突然消散。

穆瀾合上他的眼皮，輕聲說道：「您用死亡編了一個故事……差一點我就被您騙了。當年您沒為父親說過話，今天也不會為了我自盡。您寧死也想保護的人只有無涯，您效忠的皇帝。所以我不會放棄，我一定要弄明白那天晚上發生了什麼事。

譚誠和穆胭脂想從父親那兒找的，究竟是什麼。」

她起身走了出去。

出了艙房，穆瀾沒有看到無涯，她沒來由地鬆了口氣。也許無涯此時也與她是同樣的心情，都不知見著對方該說什麼。

因無涯的離開，秦剛和隨行的林太醫也放鬆了幾分，站在甲板上閒聊。

不到三十歲的林太醫在太醫院裡算是極年輕的一輩了。連方太醫都沒能在太醫院混出頭，更甭說從年齡到資歷到背景，都無過人之處的林太醫。他在太醫院並不受重用，恰恰是無涯想用的人。

兩方交戰，傷亡最重的是秦剛的那些下屬，參戰的士兵竟連一人都沒損。有十來人受了傷，林太醫派上了用場。秦剛見過下屬的傷勢後，對他甚是感激。

皇帝如何收服林太醫的，秦剛並不知曉。錦衣衛的職司不同，他負責宮城值守和貼身保護皇帝，不像錦衣五秀擅長緝捕，最喜歡打聽各種隱私祕密，包括皇家祕辛。秦剛抱著一個很樸素的想法——這位林太醫參與了皇上生平第一次戰鬥，不是自己人也要變成自己人，與他交好沒錯。

穆瀾耳力好，還未走近，就聽到林太醫感嘆了句，「素公公本可以搏一搏活命的機會，他老人家硬是怕自己挺不過，再也醒不來，堅持飲了那碗回春湯。他似早料到此行凶險，提前撿了副藥帶著，否則在下還真找不齊全那些藥材。」

回春湯是醫者隱晦的說法。穆瀾聽杜之仙說過，瀕死之人服下這副藥，能讓人暫時忘記病痛，在短時間內精神煥發。來得快，也去得快，藥效一過再無生機。這副藥也是虎狼之藥，稍有不甚，患者立時會被這副藥逼得七竅流血而亡。萬一被病患家人反誣，跳進黃河也洗不清。醫者愛惜名聲，輕易不會開這副回春湯。

醫者根據病患的情形對藥材各有增減，素公公為何敢肯定他配的回春湯不會讓他立時暴亡？

見穆瀾過來，搖了搖頭，秦剛就知道素公公去了。他嘆了口氣，朝兩人拱了拱手，逕自去向皇帝稟告。

穆瀾趁機向林太醫問起素公公服的藥方。

「在下也沒有看到藥方。煎藥時在下甚是好奇，辨出幾味藥材。有兩味藥材減了劑量，換了溫和的藥材，想來開這副藥方的人醫術定極為高明。」

穆瀾心頭一震，想起了父親煎服給先帝的那碗藥。她曾向方太醫打聽過藥方，方太醫並不知曉，只說藥方早就被封存於內廷。想必能記全方子的人，只有當年被叫去作證的太醫院現任廖院正和徐院判。

這兩人都是謹誠的人，一動勢必打草驚蛇。穆瀾不動聲色地和林太醫攀談，「家師愛好醫術，在下耳濡目染也有幾分好奇，可否分些藥渣與在下？」

林太醫頓生知己之感，「下官也捨不得扔掉。藥材研得過碎，依稀辨得幾味藥，卻不知其分量。穆公子若有所得，定要告訴在下。」

「一定一定。」

正寒暄時，秦剛匆匆過來，朝穆瀾拱手笑道：「穆公子，皇上召見。」

穆瀾遠遠看了眼那間燈光亮起的艙房。該來的總會來，該面對的總會面對。她笑著向兩人拱手告辭，走了過去。

為掩人耳目，無涯沒有帶春來出宮，站在門口值守的是兩名禁軍。穆瀾站在門口，聽一人進去稟告後，請她進去。

無涯站在窗前，燈光將他的身影拉出一道長長的陰影。房門隔開了河灣裡士兵清理的呼叫聲，安靜異常。穆瀾在他身後站定，沉默地陪著他望著夜色裡滔滔奔流的大運河。

「恨我嗎？」

「我不知道。」

穆瀾真不知道。

在靈光寺，穆胭脂就提醒穆瀾，救無涯會讓她後悔。當時的她斬釘截鐵告訴穆胭脂，冤有頭，債有主。十年前的無涯是個十歲的小男孩，就算他的父輩是陷害邱明堂的幕後黑手，無涯卻沒有做錯什麼，她分得清楚。

後來穆胭脂又說過同樣的話，譏諷她愛上年輕的皇帝，所以置家仇於不顧。穆瀾心裡仍有一個聲音在為無涯說話，十歲登基的孩子知道他手中的玉璽有多重？

她對無涯恨不起來。

然而，幼時的記憶已經在無形中隔在她與無涯之間。

她想，至少她的夢已經醒了，回不去了。這世上再沒有天香樓的冰月姑娘和無涯公子了。
無涯卻不知道，他不明白她的心情，依然費盡心思地作著迎她入宮的夢。
穆瀾想，無涯的夢現在也醒了吧。
她不知道。這個答案讓無涯心裡又暖又酸。他上前一步，握住穆瀾的手在桌旁坐了，誠懇地說道：「穆瀾，我與妳說說我知道的事情。」
明知攔在兩人之間的那道無形鴻溝，無涯選擇了坦然面對。不論他心裡掀起多少風浪，他仍然是她喜歡的那個無涯。穆瀾深吸了一口氣，微笑道：「好。」
她淺顰微笑依然眩目動人，這個笑容讓無涯懂得了穆瀾的心意，「不管……我先說吧。」
不管是否因此相忘於江湖，他們依然愛著對方。
無涯鬆開了手，倒了杯茶給穆瀾，緩緩說道：「池起良身為太醫院院正，負責帝后脈案。父皇開春痰症嚴重，有幾次喘不過氣，差點就去了。池起良宿在宮中值房兩天兩夜。最後一晚，卯初時分，父皇再次犯病。他一時情急，改了醫方，想用猛藥與金針刺穴，逼父皇咳出胸口的瘀痰，結果藥下去不等他施針，父皇便去了。趁著乾清宮混亂，宮門已開，他遮掩逃出了宮，巳初回到了池家。半個時辰後，東廠便趕到了。」
穆瀾正想開口，無涯溫和地用眼神制止她，繼續說道：「從卯初到巳初，最初的一個時辰裡，宮裡一片混亂。我記得，是譚誠提醒了母后，然後召來了當時任院判的廖院正與徐院判。我坐在乾清宮中，聽兩人講述太醫院用的太平方和池起良用的藥方。」

「素公公作證，池起良改了藥方，給父皇用了猛藥。母后震怒，令人去找池起良問話。這時，朝臣進宮。後一個時辰中，我登基為帝，然後發現池起良已逃出宮去，百官皆驚。後來……是我親自下的旨意。」

聽到最後一句話，穆瀾仍哆嗦了下。

她就算能理解，也不可能再和無涯在一起了。

穆瀾平復著心情，又揭開記憶中那血腥的一幕，「那天是我六歲生辰。我知道父親進宮兩天了，但他答應過我，我生辰那天，他一定會回家。那天清早，下著雨雪，我穿上母親做的新衣、新鞋，等父親回家一起午飯。我和核桃捉迷藏，躲進了父親的書房……」

她沒有繼續說下去，停了停便道：「時間上對得上，大概是巳中吧，東廠的人就衝進了家裡。」

無涯不知道說什麼才好，接下來的事他可以想像得到，「東廠回來覆命，說並無逃脫一人。」

「他們將奶娘的女兒認成是我。我再醒來，已經是晚上了。後來就被我師父救走了。再後來我失去這段記憶，跟著穆家班沿著大運河賣藝。」

穆瀾沒有說救她的人是穆胭脂。

穆瀾能有一身好武藝，能拜杜之仙為師，能女扮男裝進國子監，救走她的人、養大她的人都與十年前的朝廷動盪有關。無涯此時不想去細究那些人的心思，他望著穆瀾輕聲問道：「妳可還有疑慮？」

「有。」穆瀾講了素公公飲下的那碗提神的回春湯，「如果我父親給先帝服下的藥是回春湯，並非化解先帝瘀痰的猛藥呢？」

無涯喃喃說道：「我去請安探病，大多數時間父皇都在昏睡中，就算是醒著，開口難以成句。他總是和藹地望著我，會對我笑一笑。偶爾開口，不過兩、三字。」

如果那碗藥是回春湯呢？照穆瀾的說法，飲下那碗藥，能讓人暫時忘卻病痛，精神如常人一般。就像他親眼所見，重傷之後仍然精神如常的素公公。是父皇不顧性命也要保持清醒嗎？那麼，池起良極可能是奉旨熬了那碗藥。那天晚上究竟發生了什麼事？

穆瀾接口說道：「素公公是自盡，他想用死掩蓋那天晚上發生的事情。」

「好。」無涯一口應下，「我會查清這件事，給妳一個交代。」

該說的都說了，房中又安靜下來。

穆瀾垂在桌下的手握緊了拳，又鬆開，再握緊。蠟燭突然爆出一只燈花，劈啪的細碎聲讓她醒來。她站起身，深深揖首，「多謝你。」

無涯扶住她的胳膊，他捨不得放手。

「皇上，此一別，山高水闊，您多保重。」

這是穆瀾第一次叫他皇上，無涯腦中「嗡」的一聲，行動已快過了大腦。他伸手一拉，用力抱緊她，「如果，如果妳爹是冤枉的，我定替他昭雪。妳答應我，我們一起面對好不好？如有一分可能，妳都不要棄了我。」

穆瀾的臉抵在他胸口，情緒突然爆發，「你為什麼不審一審就下旨殺我全家？為什麼不審一審？」

眼淚瘋狂地湧了出來，穆瀾揪著他的衣襟哭得像孩子一樣。

「是，是我做得不好。」無涯沒有辯解，沒有為當年才十歲的自己爭辯。他心裡充滿了悔意，如果當時他能冷靜一點點，該有多好？

時光無法回轉，他回不到十歲登基那天，他無法改變自己下旨令譚誠抄斬池家滿門的事實。

如果真有隱情，如果池起良只是奉旨行事，他一定為池家昭雪，還池家一個公道。

無涯捧著穆瀾的臉，穆瀾淚眼婆娑望著他。他從來沒有看過這般傷心的她，求懇她給他時間，讓他查清真相的話再也說不出口。他只能用眼眸瞅著她，盼著她能明白他的心意，盼著真相查明的那天，穆瀾能原諒他，能屏棄心裡的那道心障，回到他身邊。

他不用問她是否還喜歡著他，他已不必再問。

無涯吹熄了燭火，一把抱起穆瀾。

窗戶大敞著，雨已經停了。一勾明月從雨洗後的夜空裡探出來，靜靜地照著相偎在窗前的兩人。

河風吹拂下，大運河無聲地南下。

一片灰白的亮色出現在天際。

無涯低頭看著穆瀾，她似睡著了。他抱她起來，小心將她送到床上，替她蓋好了被子。他站在床前看了許久，終於轉身離開。

門輕輕關合的聲音傳進穆瀾耳中，她翻了個身，一滴淚順著眼角滑下去。

她真正睡著了。

穆瀾醒來時，窗戶透進的陽光刺眼得很，她抬起胳膊遮住眼睛。安靜地躺了會兒，她俐落地坐起來。

收拾停當，她打開房門。

門口站著一名禁軍，是當初隨官船出發的人之一，穆瀾記得他的臉。

「穆公子，船已進淮安地界，我叫人給你打洗臉水去。」

無涯已坐著另一艘船北上，留下這艘船送穆瀾回揚州。照他的安排，素公公將身體不適，在揚州病逝。沒有發生過河灣那場戰鬥，一切如常。只是穆瀾，將不再回國子監。

祭祀完杜之仙後，她便要脫下這身男裝，世間再沒有穆瀾此人。

船上的火炮已被布篷遮擋起來，風將船帆吹得鼓漲，迎著陽光，順著大運河繼續南下。

一南一北背道而行的兩人，沒有再對彼此的表白承諾，心卻前所未有的貼近。

第四十八章　金瓜武士

初秋時節，太陽並未褪去多少熱度，明晃晃地掛在天上。好在有竹棚庇蔭，河風吹拂，等在碼頭的一眾揚州官員也沒吃多少苦。

皇帝愛重杜之仙，要為他辦週年祭。素公公年老體弱，在鎮江病逝。杜之仙的關門弟子穆瀾雖然無官無職，但她是代君祭祀，揚州城的官員們不敢怠慢，早早就在碼頭候著了。

官員們心中自有算計。

有的盤算著，穆瀾十六、七歲已經進了國子監，受皇帝愛重，將來前途無量。現在打好交道，提前抱上大腿，何愁京中無人？

投了譚誠的官員則早得了信，盯緊穆瀾的一舉一動。

在眾人的翹首相盼中，臉色蠟黃、單薄如草的穆瀾扶著一名禁軍的手下船見禮。穆瀾的禮數甚是周到，說話也讓官員們心中熨貼。見她說話都喘氣，靠人扶著才能站穩，眾官員安排好的接風宴只能作罷，匆匆安排馬車迎了使團進驛站休息。

揚州的百姓都知道杜之仙的關門弟子奉旨回來辦週年祭，好奇地站在路邊看熱鬧。

車轎進城，從四海居樓下經過。林一川坐在二樓，吃著點心、飲著茶，目光不偏不倚落在被禁軍簇擁著的那輛馬車上。

雁行倒了杯茶給他，也替自己倒了一杯，小笑渦深深地嵌在臉頰上，微嘲道：「少爺如今越發穩重了，換作從前，早帶著家裡的馬車去碼頭接人了。」

「朝廷使節，輪不到本公子這個白身去接。」林一川望著馬車走遠，夾了個蟹黃包子吃著。

雅間的門關著，雁行也不怕被人瞧見自己靠著窗戶、一副主子派頭的模樣被人瞧了去，只顧著撩撥林一川，「修家、田家、朱家……去的商家不比官員少啊。人人都想抱穆公子的粗大腿，咱們林家不去，不好吧？」

林一川懶得和他繞圈子，「她不喜歡我。你希望我在眾目睽睽下犯賤去？杜先生週年祭後，她回她的京城，與我再無關係。」

這時房門被敲了兩下，燕聲回來了，進門開口第一句就是，「少爺，穆公子病了！風吹都要倒似的，全揚州的好郎中都被知府大人叫到驛站為穆公子瞧病去了！」

雁行噗嗤笑出了聲來。

林一川才抬起了屁股又坐了回去，「知道了。」

燕聲愣了半晌，「少爺，您不去探病啊？」

雁行笑得肩頭直聳，「燕聲，你回府告訴老爺一聲，包些藥材、補品送去給穆公子。白天人多，晚上少爺自會去的。」

腦袋一根筋的燕聲明顯忽略了雁行後半句話的意思，回府辦事去了。

「晚上我也不會去。」林一川狠狠地咬掉了半個包子。

「真不去？」

「不去。」

「這人嘛，總有生病的時候。我看穆瀾這次弄不好真病了。上次傷得重，大熱的天，別是傷口發炎了吧？」

林一川「啪」的放下筷子譏諷道：「沒聽到嗎？皇上喜歡她，全揚州的好郎中都被知府大人請到驛站去了。我去做什麼？我又不是郎中！」

雁行笑咪咪地說道：「少爺可以為人家包紮傷口嘛。」

林一川的耳根頓時紅了，「別胡說。」

雁行大剌剌地坐了下來，「小師弟啊，你覺得穆瀾和皇上真有可能在一起？」

林一川想都沒想就答道：「沒可能。」

「對嘛，她是池起良的女兒，皇上肯納她入宮為妃，太后肯答應？就算太后答應了，穆瀾會真的忘記池家宅子裡那滿院子的血？從前她喜歡皇上，那時她不知道自己是池起良的女兒。以穆瀾的性子，你覺得她還會喜歡皇上？穆瀾這次回揚州祭祀杜之仙，至少盤桓一、兩個月。近水樓臺先得月，你不如把人先搶過來再說。」

不對呀，雁行怎麼鼓勵他和穆瀾接近呢？林一川清楚記得，在發現那半枚刻有「珍瓏」字樣的雲子後，雁行是反對他和穆瀾在一起的。離開京城回揚州，雁行也很贊同。怎麼現在他的態度變了呢？

林一川一本正經地說道：「師兄，我回揚州就不打算和她有什麼交集。對了，今天我爹不是約了官媒登門？回府瞧一瞧，看她又薦了哪家姑娘。媒婆把林家的門檻都踩薄了幾寸。我爹盼著我成親呢，我可不能不孝。」說罷就不吃了，興致勃勃地要回府去會官媒。

兩人上馬回府，路過驛站時，看到門前停著好些車轎，不用問都知道是去看穆瀾的。雁行又提醒林一川，「好歹也同過窗，少爺真絕情啊！」

「無情未必真豪傑，憐子如何不丈夫？穆瀾是不錯，麻煩也多啊。她就算不喜歡皇上了，皇上要是還喜歡她，少爺我惹不起。你家少爺我還是覺得娶個溫柔嫻淑的女子做林家大少奶奶更合適。」

林一川說完，聽到雁行牙疼似地吸著涼氣，他挑了挑眉，此時已能肯定雁行讓自己再接近穆瀾另有目的。雁行的態度是從什麼時候發生變化的呢？林一川悠然騎著馬，心裡不停地回憶著雁行的言行。

應該是半個月前，京中傳來消息，穆瀾奉旨回揚州為杜之仙辦週年祭。接到消息後，他和雁行喝酒時，告訴他穆瀾是池起良的女兒。

難道雁行那重神祕的身分與皇家有關？他想透過自己從穆瀾處得到什麼？

林一川回了府，接連兩天都在家笑呵呵地見媒婆，硬是沒去驛站見穆瀾。他發現雁行的話更多了，燕聲這傻子更是被雁行支使著，一天幾報穆瀾的病情。

又過了兩天，燕聲又打聽到新的情況，「穆公子心心念著杜先生，說三天後就要辦週年祭，今天離了驛站回竹溪里杜家宅子去了。」

雁行馬上催著林一川去，「杜先生的祭禮，林家可不能怠慢了，不然要被人戳著脊梁骨罵林家涼薄。皇帝的面子總得給吧？」

當初杜之仙救了林大老爺，林家張羅辦了喪禮。皇帝又令穆瀾辦週年祭，林家這時候再沒動靜，的確說不過去。

「雁行，你辦事周到，這事就交你了。週年祭那天，我會去。」林一川拿話堵了雁行，轉身又會媒婆去了。

雁行也不生氣，「放心吧，少爺，小的一定會辦得周到妥當，教人挑不出錯來。」

他拉著燕聲走了。林一川怎麼聽都覺得雁行語帶雙關，他乾脆不想，等著雁行如何辦得周到妥當，教人挑不出錯。

穆瀾是懶得與官員們打交道才故意裝病。揚州官員們獻殷勤，驛站往來人多，她琢磨著穆胭脂也應該等得急了，這才在中秋節前三天回了竹溪里。

熟悉的景色一入眼，她就生出鳥歸巢般的眷戀。

隨行的禁軍不多，只有八人。去年藉著祭拜杜之仙，竹溪里成了結識友人、姑娘覓才子的場合，宅子外面竹林中搭著的竹棚還沒有拆掉，收拾一番，禁軍住了進去。

穆瀾藉口三天後祭祀師父，焚香淨心，關門謝客。

「還是回家好。」穆瀾洗去臉上的「病容」，啃著鮮美的竹筍燉雞，發出了由衷的感慨。

啞叔慈愛地望著她，示意房間已經打掃乾淨了。

「啞叔，它的主人我已經見過了。我那位養母大人，原來就是面具師父，珍瓏的瓏主。」穆瀾從頸中取下那枚被削去一片的雲子吊墜，推向啞叔。

當初啞叔悄悄給了她，就一定知曉內情。穆瀾相信，啞叔知曉的內情不止這一點。她順了無涯的心意回揚州，是為了順手將核桃撈出宮，引出素公公；也是為了祭拜師父，找啞叔弄清楚心裡的謎。

解鈴還需繫鈴人，老頭兒在竹溪里隱居十年，只有回到這裡，她才能知道老頭兒對她的真實心意。

啞叔拿起那枚雲子，又推回到穆瀾手邊，示意她留著。

連比帶劃，穆瀾明白了他的意思，哈哈大笑起來，「我與穆胭脂勢同水火，將來我還能拿這枚雲子求她幫我一次忙？啞叔，人心是會變的。尤其是女人心，海底針哪！」

啞叔急了，又一通比劃。

「哎喲，有求必應？老頭兒幹麼不拿這枚雲子求她放過我啊？」看著啞叔不停比劃的手勢，穆瀾冷笑著回應，「他到死都沒用過這玩意，我也用不著！」

啞叔沉默了，居然又比劃起來。

這一通比劃把穆瀾逗笑了。啞叔居然告訴她有備無患，不用白不用。她想了想，將雲子重新掛回脖子上，「行，聽您的，說不得今晚就能派上用場。」

今天她回到竹溪里，穆胭脂早該等得急了吧？也許今晚，就來了。

陽光濃烈的秋日午後，穆瀾坐在杜之仙常坐的池塘平臺邊，對岸那株丹桂已經被移到杜之仙的墳頭。她仍望著那個方向，彷彿那株丹桂還在。

啞叔端著佐酒的小食放在案几上，他注意到穆瀾的目光，想起杜之仙去世前的情影，眼神隨之變得黯然。

穆瀾拈起一條油酥小魚兒嚼著，飲了一口酒，喃喃說道：「啞叔，我去過京城松樹胡同了，我都想起來了。」

啞叔一動不動地跪坐在旁，並不吃驚。

穆瀾衝他笑了笑，「原來你也知道。」

也許是回到杜宅，面前是待她溫暖慈祥的啞叔，穆瀾的心情很放鬆。她一瓶接一瓶地飲著酒，清亮的雙眼漸漸浮起了醺然的酒意。

她像是在說別人的故事，沒有半點傷心的模樣，「……我受傷逃進了下水道，勉強能站直身體。都說傷口上灑鹽疼得很，沒腰的汙水剛好浸到我腰間的傷口，疼得都沒了力氣。我一直防著穆胭脂，轉身的時候想，說不定我想錯她了呢？好歹把那本書給了她，做了十年母女，最差的結局也就是扔下我，讓我自生自滅的吧？她還是捅了我一刀……明明防著她，我卻沒有避開，不是因為受了傷比平時遲鈍，而是我也在算計。真讓我避開了那一刀，我擔心避不開她致命的第二刀。老頭兒常說我聰慧，她真被我算準了，沒有殺死我，可不就讓我活過來了？」

她從懷中拿出一個信封隨手扔在案几上，打了個酒嗝，「她應該慶幸沒有當場殺了我。可不是嗎？她啊，只拿到了一張白紙，一張白紙啊，啞叔！哈哈！我在庫房裡就多了個心眼，掉了包。真的在這裡。她養了我十年，就為了這個。我要毀了它！天底下就只有我知道了。我要她著急……偏不告訴她！要不，也讓她等上個十年、八年再告訴她？」

穆瀾大笑著，醉意上湧，將信封撕成兩半，站起身踉蹌著朝池塘扔去。許是大醉手中無力，信封極輕，飄落在平臺邊緣。穆瀾雙腿一軟，撲通倒在平臺上，閉著眼睛就此睡著了。

啞叔默默地將信封撿起來。

撕成兩半的信封裡露出白色的紙邊，啞叔將信封放進懷裡。他拿起旁邊的披風搭在穆瀾身上，安靜地離開。

回到房中，啞叔關了房門，將信封拿出來。他的手指顫抖起來，費勁地嚥了口唾沫，將信紙抽出來。

展開信紙，上面工整地寫著：「祭酒大人……」

這是封寫給國子監祭酒陳瀚方的信。啞叔愣住了。

門在這時被「砰」的推開了，穆瀾滿身酒氣靠在門上，還在往嘴裡倒著酒。

啞叔轉過身，擋住桌上的信。

穆瀾手裡拎著酒瓶，往嘴裡倒著酒，自顧自地說道：「啞叔，你一直跟在老頭兒身邊，你說他是真心疼我，還是和穆胭脂一樣，收養我、教導我，就為了把我當成一枚棋子？我想不起六歲前的記憶，就是一把用得順手的刀。我恢復了記憶，就可以讓我找到我爹藏起來的東西？穆胭脂裝了十年面具師父，老頭兒裝了十年和藹可親，不累啊他們？」

啞叔猛然抬頭看向穆瀾，似是震驚於穆瀾對杜之仙不屑的語氣。漸漸的，一種叫悲傷的情緒布滿了那張溝壑縱橫的老臉。

「回到竹溪里，我就像回了家。這十年，你待我不比老頭兒差，我當你像親叔一樣。」穆瀾拿著酒瓶搖了搖，沒酒了，她舉起酒瓶往院子裡猛地砸下去，搖搖晃晃走向自己的房間，「別擋了，我都看到了。今天我才知道，原來你的主子是穆胭脂。告訴她，八月十五晚上，我在老頭兒墳前等著她。這兩天莫要來找我，我想在家裡清靜清靜。」

啞叔沉默地站著，良久他轉過身，將信重新裝進信封裡。他嘆了一口氣，走到床前，彎腰從床底下拖出一口箱子。

他「噗」地吹去箱子上面的浮灰，骨節分明的手掌貼在箱蓋上，輕輕地摩挲著。

●○●

穆瀾住在後院竹林旁的廂房裡，每天不是睡覺，就是坐在池塘邊喝酒。啞叔負責做好三餐，她照樣吃得高興。

啞叔沒有解釋。

穆瀾也不提那封信和穆胭脂。

週年祭前一天的傍晚，雁行來了，送來了祭祀所用之物，帶來了四十九個和尚、四十九名道士。杜宅前的空地被林家僱來的人搭起了寬敞的竹棚，林家的管事指揮著人布置起來，聲勢場面不亞於杜之仙過世時的喪禮。

雁行看了眼人聲鼎沸、燈火通明的場面，上前拍響了杜宅緊閉的黑漆大門。依然是啞叔開的門，他站在門口對雁行打手勢，告訴他，穆瀾誰都不見。

「我家少爺真有事找穆公子。啞叔，通融通融？」雁行說著就往裡闖。

啞叔伸出手攔住了他。

盯著面前蒲扇般的大手，雁行看了很久，「啞叔，您老的手生得好啊！一看就是雙能開碑裂石的好手。」

啞叔瞳仁微縮，足下如釘子般，半分不讓。

雁行只得擺手放棄，笑道：「好吧，那就請您轉告穆公子，四月初二，有人在淮安山陽縣看到了一個人，一個本不該還活在世上的人。」

他說罷轉身離開。

啞叔站在門口，沉默地望著雁行提著一盞燈籠，走過喧鬧的人群，走向了竹林深處。

堂屋的桌上擺放著今天的晚餐。

穆瀾懶洋洋地出來，隔著院門也能聽到外面的喧囂。明天辦週年祭祀禮，今晚杜宅外不熱鬧是不可能的。她沒當回事，揭開了蓋在飯菜上的紗簾。

「有點豐盛啊。」穆瀾沒有為杜之仙守孝食素的念頭，但今晚卻多出了兩道大菜。一盆竹筍燉雞，一隻桂花八寶鴨。

她走到廚房外張望了下，廚房裡沒有人。穆瀾皺了皺眉。這時候啞叔居然不在家？難道是去找穆胭脂了？她扯了扯嘴角，回堂屋吃飯去了。

除了杜宅外，整個竹溪里浸在安靜的夜色中。

風吹竹搖，濃墨淡影的竹海像浪濤翻湧。在這一片竹浪中，竹枝上掛著的燈籠像嵌在天幕中的星子，格外醒目。

一個高大的身影走進了朦朧燈光中，他穿著一身黑色的戰甲，面容被戰盔掩蓋著，手裡提著一雙柄長七尺、錘形橢圓的立瓜重錘，威武如黑暗之神。

伴隨著一聲輕笑，粗壯的楠竹上飛身掠下身穿緊身武士服的雁行。他抱著劍笑望著來人，嘖嘖讚嘆，「誰又能想到，昔日的金瓜武士陳良竟然隱居在揚州鄉下，是杜之仙身邊的啞僕。能與您一戰，晚輩榮幸之至。」

粗糙的大手緩緩推起面甲，露出啞叔溝壑縱橫的老臉。此時他的眼神不怒含威，雙錘往地上一頓，發出沉重的悶響聲。

「老夫也未曾想過，侯繼祖竟然還認得老夫。」他乍然開口，聲如洪鐘，驚起了林中歇息的飛鳥。

雁行嚇了一跳，「你居然沒有啞？」

「十幾年不曾開口了。」啞叔嘆了口氣，似在慢慢適應著，說話極慢，「老夫聲音過於響亮，為掩飾身分，只好裝聾作啞。你究竟是何人？」

一面錦衣衛腰牌出現在雁行手中，「錦衣衛莫琴。山陽縣河堤決口，是您老錘壞的吧？傳聞金瓜武士一錘之力能達千斤。我猜……用了十錘？」

啞叔輕嘆，「想當年，先帝讚老夫天下第一力士，賜了金瓜武士之名……老了，竟然用了三錘。」

三錘就將青石砌成的河堤捅開一個缺口，這是何等的力量？啞叔卻甚是遺憾。可以想像當年力盛之時他的威風。

「毀了河堤水淹山陽縣，多少百姓流離失所。喪心病狂的老東西！今天小爺先收了你，再揪出你身後的人！」雁行拔劍出鞘，劍身柔軟，晃動間掠起一片銀光。

「襲鐵手下沒人了？盡叫些小孩子來送死！」

「送死」二字震得雁行耳膜嗡嗡作響，他不由得驚覺，眼神微瞇，「佛門獅子吼？」

啞叔的一雙鐵錘似狂風急浪揮向了雁行，「老夫自偏僻處動手毀堤，不過是教水沖進縣城淹了低處的房舍，那就叫可憐？我陳家九族死了一萬四千三百八十七人！誰來給他們償命！」

十來年不曾開口，一開口聲聲震得雁行心頭狂跳不已。他感覺到自己犯了一個錯，輕視了啞叔的武力。

他的軟劍走的是輕靈路子，不敢與之對撞，身體迅急斜掠而起，劍身「啪」的橫擊在鐵錘上，借力想再躍開；然而手上一沉，劍竟被鐵錘牢牢吸住，愣神間，人已被啞叔猛地揮了出去。錘身傳來的力量讓雁行狠狠地撞在竹子上，「噗」的噴出口血。

勁風襲來，雁行才躍起，那根碗口粗的楠竹被錘擊得劈啪裂開。竹身柔韌，啞叔手中的鐵錘被彈起，他就勢一甩，鐵錘呼呼飛向了空中的雁行。

這時，清脆的鈴聲響起，一枚金鈴帶著鍊子從林中飛出纏住了雁行的腰，將他扯了進去。鐵錘重重地砸進柔軟的土地，激得泥土飛濺。

與此同時，黑暗的竹林深處響起了弩弓的機括聲，弩箭嗖嗖不絕射向啞叔。

「哎哎，留活的！」竹林中響起雁行的叫聲。

「打廢了再說！命大就還給你！」

「說得輕巧！不是你的案子，你就隨便整！」

「老子不救你，你早被砸成了肉泥，還查個屁！」

林中的爭執沒有停，弩箭也沒有停。啞叔揮動鐵錘捲起虎虎風聲，將射來的箭枝砸落在地。

弩箭射完之時，他雖未中箭，卻耗力不少，喘起了粗氣。

林中埋伏的錦衣衛終於衝了出來。鈴聲清脆響動，啞叔揮錘相擊。丁鈴猛地拉住了金鈴，鍊子與鐵錘糾纏在一起，繃得筆直。

清亮的劍光劃破黑暗，雁行的柔劍瞬間刺出。

就在這剎那間，啞叔棄了鐵錘，伸手握住雁行的劍。

平滑的劍身被他的肉掌捏得變了形，雁行目瞪口呆。

他來不及棄劍。連人帶劍被啞叔揮舞起來，直接將攻來的錦衣衛撞翻了一片。

「媽的！這老怪物！」丁鈴在啞叔棄錘之時摔倒在地，他邊罵邊從腰間解下短弩，扣響了機括，三枚小箭「嗤」的射了出去。

啞叔身形高大，一手揮舞著雁行，一隻手拍開一枝弩箭，另兩枝卻扎進了甲冑裡。他鬆了手，雁行執劍落在地上。啞叔沒有理會他，低頭看了眼扎在身上的弩箭，握著尾端用力拔掉，彷彿只是扎了兩根短毛刺般輕鬆。

「上！」丁鈴和雁行再次組織錦衣衛攻向了他。

啞叔一雙手掌如金石般堅硬，近身便是一掌，骨骼斷裂的脆響聲與錦衣衛的慘叫不停響起。

半個時辰後，這片竹林已四處灑血。錦衣衛一行二十二人，活著的連丁鈴、雁行在內只剩下三人。

「我說，你不停地吐著血，蒙著面巾舒服嗎？」丁鈴的金鈴已經斷成兩截。他把鈴鐺塞回腰間，從地上撿一把雁翎刀，邊打邊調侃著雁行。

雁行笑道：「聽說你二十七了還沒娶老婆，我怕你看了小爺的臉被迷得走不動路了。」

「莫琴，都這分上了，你還扮什麼神祕？得空老子真把你的身分查出來，你信不信啊？」

說話間，啞叔又一掌擊中了那名錦衣衛，他在臨死前突然死死抱住啞叔的手。

丁鈴的刀、雁行的劍頓時找到了機會。

一刀從啞叔胸口掠過，一劍刺進他的腿。

「去！」聲如洪鐘的聲音響起。

丁鈴腦袋暈乎了下，被啞叔提著錦衣衛的屍體撞得飛了出去。

雁行抬起臉，看到一隻大手拗斷他的劍。還來不及反應，啞叔已拔出了腿上的劍向他刺來，他避無可避。

眼前有劍的清光閃動，雁行像看到了清涼的湖水，他腦中跳出一個念頭，他好想喝水。他閉上眼睛，等待那片清涼淹沒自己。

那片銀色的清光也映入啞叔的眼簾，他聽到「噌」的一聲輕響，手裡的斷劍竟被削去一截。胸口被踢中，啞叔踉蹌著倒退兩步。

來人已擋在雁行身前。

啞叔咳嗽了兩聲，血腥味在嘴裡蔓延。他取下沉重的戰盔，頓時覺得輕鬆了些，禁不住深深吸了一口林間的新鮮空氣。

丁鈴不知道自己斷了幾根肋骨，他趴在地上，忍著痛衝來人叫道：「兄弟，金瓜武士陳良活的值五千兩！死的值一千兩！只要你出手，就抱上錦衣衛的大腿了！」

來人黑衣蒙面，眸子深沉如夜。他回頭看了眼身後掙扎著站起來的雁行，聲音說不出的怪異，一聽就是捏著嗓子裝出的怪音，「錦衣衛？報上名號來！」

雁行憤然回頭。丁鈴已經舉起自己的腰牌，「錦衣衛丁鈴！他是莫琴！聽說過吧？我們是錦衣五秀！」

「原來如此。失敬失敬。好粗的大腿！」

丁鈴大喜。就憑這人剛才出手的那一劍，拿下陳良不在話下。

那人頭一昂，「你求我啊！」

丁鈴被噎得一愣。雁行已笑了起來，邊笑邊咳，血浸溼了他的面罩，讓他難受至極。他費勁地伸手扯了扯那人的衣襟，剛想說話，胸口一陣刺痛傳來。

「我當你求了我啊！錦衣心秀丁鈴趴在地上求我，這個面子得給！」來人怪聲怪氣地笑了起來，提劍走向啞叔。

雁行分明聽到他哼了聲，苦笑著，懶得再動，坐在地上。

誰他媽求你了？還趴地上求你？哪冒出來的王八羔子？丁鈴沒瞧到雁行的小動作，他只想站起來，卻使不上勁，氣得兩眼發黑。

啞叔緩緩彎腰，撿起地上的鐵錘，大喝一聲朝來人衝了過去。

他的動作已然遲緩，來人輕鬆避開，劍撩起一片清光將啞叔籠罩在內。

丁鈴鬆了一口氣，他能看出這一劍分別刺向啞叔的四肢，很明顯是想斷了啞叔的四肢筋脈。能捉活的了。他呵呵笑了起來。

一抹光閃過丁鈴的眼眸，像流星劃過天際。

那道光亮一閃即逝，卻無傷人之意。數聲輕響，擊在劍上。丁鈴連對方的身影都沒瞧見，就看到執劍的男人愣在原地，而啞叔卻飛了起來，高大的身軀像紙鳶一樣被扯著飛進竹林中，消失不見。

「你還愣著做什麼？追啊！」丁鈴急得叫了起來。

那人只看了眼啞叔消失的方向，大步走向丁鈴，朝他伸出手。

「幾千兩銀子都不要，你傻了吧？」

丁鈴以為他伸手來扶自己，也伸出了手。一隻拳頭在他眼前放大，沒等丁鈴再開口，一拳將他揍暈過去。

拉下蒙面巾，林一川扛起丁鈴罵道：「話嘮！」

他走到雁行面前，也不說話，握著雁行的胳膊將人拽起來，扶著對方朝林外走去，「想好怎麼給我解釋，再開口。」

雁行苦笑著，終於把浸透血漬的蒙面巾拉了下來。

夜色的清輝慘淡地照著這片林間空地，幽幽的桂花香在空中若有似無地飄浮著。

桂樹下是杜之仙的墳塋，旁邊不知何時挖出了一個土坑，裡面放著一口棺材。

穆瀾扶著啞叔，讓他靠著桂花樹坐下。

「我不行了。」啞叔的聲音不再響亮。

血從甲冑裡不斷滲出，漸漸浸入了泥土之中。

穆瀾突然很傷心。飯桌上多出來的兩道大菜讓她很是不安，這是她最愛吃的兩道菜，每次都讚啞叔的手藝。她吃得心煩意亂，逛到老頭兒墳前，看到多出來的土坑與棺材，她知道一定有事發生。

等她聞聲找到竹林深處，正好聽到丁鈴與黑衣人的對話。

先帝在位時，曾三次征北。北方的遊牧民族擅長馬戰，其中最出名的一次戰役中，敵方一支精銳騎兵衝破中軍防線，直奔先帝御駕。金瓜武士陳良擋在御駕之前，一聲巨吼就嚇驚了對方的戰馬，又一雙重錘擊飛了對方五匹戰馬解了先帝之圍。一戰名揚天下，被封為天下第一力士。陳良已經成了一個傳說。

陳良是元后娘家陳氏家臣。

十八年前，陳良酒後執錘衝進皇城犯禁，下了詔獄，在獄中自盡謝罪。

穆瀾也沒想過這個傳說中的勇士會是啞叔。

聽到啞叔開口，穆瀾也是一愣，繼而釋然。她只嘆了句，「什麼都是假的啊。」她記憶中慈祥的啞叔、疼愛她的師父、粗鄙的母親，都戴著一副假面。她知道此時在啞叔生命快要走到盡頭的最後，她最該問的是他們的目的，然而她半跪在啞叔面前，問出的卻是她最關心的事情，「老頭兒是疼我的吧？你也是疼我的吧？」

啞叔對她露出了慈愛的笑容，「傻孩子，妳師父自然是疼妳的。他有苦衷，常說最對不住的人就是妳了。」

壓在穆瀾心裡許久的石頭因為這句話被挪開了。不管啞叔說的是真是假，她都選擇相信。這世上，老頭兒不會只利用她。她心裡酸楚不堪，伸手握住啞叔的手，「我知道，你也是疼我的。可是她為什麼那麼恨我？你和老頭兒疼我，為什麼還是選擇了幫她？為什麼？」

她，自然指的是穆胭脂。

「明天晚上，妳親口問她吧。」啞叔有點艱難地說道。他抽搐了下，握著穆瀾的手漸漸無力。

穆瀾知道他已經不行了，語速不由得加快，「啞叔，十年前我爹為什麼會給先帝餵下回春湯？你一定知道，你告訴我！我爹藏了張脈案，是先帝元后的脈案醫方，我給你就是，你告訴我為什麼！」

「不重要了……」啞叔聲音漸弱。

穆瀾伏到他嘴邊，聽到他氣若游絲的聲音，「隱姓埋名，走吧……別再問了。」

她還有無數的問題，她想知道師父死前拜的女子是誰，她想知道他肩上的丹桂刺青是什麼，她一定要知道池家被滅門的真相。

穆瀾望著啞叔合上的眼睛，狠狠地捶著地，放聲痛哭，「死也不告訴我，啞叔，你不是疼我的嗎？你這個騙子！你明明可以說話，明明可以告訴我。你們都是騙子！」

夜色從頭頂的丹桂樹漏下來，照在啞叔蒼老的面容上。

城門已閉，對林家人來說，並不是問題。林家的馬車悄悄進了城，駛進一間普通的宅院。

林一川將被揍暈的丁鈴扔進廂房，逕自進了正房。

這是氣狠了。雁行苦笑著慢吞吞地跟進去。

他費勁地脫了衣裳，身上一片片青腫瘀青，受了點兒內傷，養一養就好了。想起丁鈴趴地上起不來的模樣，雁行笑了笑。

這一戰是脫力了，他有些口渴，見林一川坐在桌旁喝茶，討好地衝他笑道：「少爺，賞小的一碗茶喝吧。」

「別叫我少爺，當不起！今晚我不跟著你，大概明早就該替你收屍了。」

雁行掏出錦衣衛的腰牌扔到桌子上，「你早知道我另有身分，時不時會離開林家獨自行事，你也沒問過我啊。我是錦衣五秀的莫琴，又不是東廠的大檔頭，板張死人臉給誰看哪？」

「你好意思說！」林一川狠狠拍了記桌子，震得茶壺跳了起來。他指著雁行罵道：「我六歲學藝遇到你，你才八歲，就有心接近我。出師後你沒地方去，說做哪行都是賺錢養家餬口，不如給我當保鏢，跟著我到了林家，硬要扮成我的小廝，還跟我說什麼這樣方便暗中保護我！」

「後來你時不時就要出去一趟，只說有事要做。我信任你，從來不問你做什麼去了。沒想到東廠想謀我林家產業，你們錦衣衛也不是什麼好人。多少年前就把你這顆釘子埋進了林家！虧得我多了個心眼，沒有把林家所有產業都交給你去打理，不然早易主了吧？你自己說，你坑了我多少銀子！」

「錦衣衛俸祿低，你給的月銀雖然高，也有不湊手的時候，這些年我陸續從各種帳上挪用了七百二十三兩銀子。今晚死了二十名弟兄，官中只有一百兩撫卹，我自己給他們每人再添二百兩，再向你借四千兩，一共欠你四千七百二十三兩。七百多兩的欠條已經打好放在家中的枕頭下面，那四千兩嘛，我幫你瞞下穆瀾是珍瓏的消息，免了你挨八十大板，就當是報酬如何？」雁行不慌不忙地說道。

林一川掏了掏自己的耳朵，難以置信，「這麼清廉？」

雁行臉上笑渦隱現，「可不就是嘛！」

十來年就只挪用了七百多兩銀子。林一川無語了。他突然反應過來，「國子監繩愆廳假打的八十大板是你說的情？」

「師兄對你好吧？」雁行的笑渦更深。

林一川哼哼，仍然憋得慌，「銀子的事就算了。你老實說，為什麼要跟著我來林家？還有，你對穆瀾打什麼主意？錦衣衛盯上她了？」

「哎喲！」雁行從旁邊的醫箱裡拿了瓶藥酒，抬手去揉後背的撞傷，疼得叫了一嗓子。

「裝什麼裝！」林一川罵了聲，搶過藥酒瓶倒了點兒在手心，「趴著！」

雁行趴在床上，忍受著林一川大力揉搓的疼痛，譏笑道：「只要與穆瀾有關，找你討多少銀子都會給是吧？」

「反正你知道她的身分，愛抓不抓。我一兩銀子也不給！」

話是這樣說，林一川眼裡卻有著深深的憂慮。雁行雖瞞下了穆瀾是刺客珍瓏的事，但之後如果上報，東廠遲早會知道，穆瀾就危險了。

「穆瀾殺東廠的人，和錦衣衛沒有關係。」

所以雁行一定會繼續隱瞞這件事，林一川暗暗鬆了口氣。

雁行繼續說道：「不過，她是池起良的女兒，就和錦衣衛有關……哎喲，你輕點兒！」

他疼得扭過頭瞪林一川。

「不說清楚我現在就弄死你！」林一川放輕手勁，沒好氣地說道。

「池起良是國醫聖手，當年救了我家指揮使老娘的性命，指揮使一直覺得虧欠池家，對當年池家的事心有疑慮。那晚東廠在戶部老庫房設伏，指揮使就打發我去看看情況，沒想到讓我誤打誤撞救了穆瀾。」

「當時我並不知道她是池起良的女兒，還以為她是受珍瓏指使。後來你告訴我穆瀾的真實身分，正巧穆瀾回揚州祭祀杜之仙，我家指揮使就令我接近穆瀾。我覺得這個差使還是你做比較合適，這不就攛掇著你去找她嘛。」

林一川停了下來，有點興奮，「龔指揮使覺得池家滅門案另有玄機？」

如果是這樣，穆瀾豈非就多了一個強而有力的幫手？對方是能與譚誠對峙的錦衣衛指揮使啊，這對穆瀾來說是極好的消息。

「不過，穆瀾和啞叔的關係卻又令人疑惑。沾上陳家人，可是大麻煩。」

林一川聽到丁鈴說過，啞叔是什麼金瓜武士，但他對這個並不了解，「金瓜武士是什麼人？你們二十二個人，竟然在他手下死了二十個。」

雁行簡單說了下陳良的生平。林一川驚了，「怪不得這麼厲害。你怎麼懷疑到啞叔的？」

「其實今晚我也只是布了個埋伏，並不十分肯定。」

侯慶之是林一川的同窗舍友，那件案子林一川也參與進來，雁行就不再隱瞞。
「還記得你交給錦衣衛的那隻玉貔貅嗎？我奉令查侯繼祖案，拿著玉貔貅本來想套侯繼祖的話，誰知他竟然告訴我，他懷疑毀了河堤的人是金瓜武士陳良。根據他的描述，我畫了幅肖像，越看越覺得像啞叔。今晚我去杜家一試，果然將他誘了出來。」
林一川理了理思緒，「啞叔是先帝元后娘家的家臣，早該死了，其實卻逃出了詔獄，藏在杜之仙身邊。他毀了河堤，引出淮安府庫銀調包案，是想嫁禍東廠。陳家在先帝元后逝後就慢慢衰落，後來好像是絕了香火，就沒了。但也沒有聽說過東廠抄過陳家，除非有我不知道的隱情。」
「一個望族突然生不出兒子，絕了香火。族中之人病逝、亡故，然後一個家族就沒了，正常嗎？」雁行慢慢說道：「從先帝元后難產過世後，陳家從后戚望族慢慢衰落。到十年前，先帝駕崩，陳氏妻族虎丘蔣家和王家，一夜就被滅了門。至此，陳氏九族不留一人。用了八年時間，不動聲色滅了陳氏九族，厲害吧？」
林一川覺得瘮得慌，「九族不留一人？」
九族是父族四、母族三、妻族二，也就是說，所有與陳氏有姻親的家族在八年中全部死絕。
「啞叔說得更準確，陳家九族死了一萬四千三百八十七人。」
「東廠幹的？所以珍瓏殺東廠的人，啞叔毀河堤嫁禍東廠？」
雁行嘆道：「珍瓏必定與陳家人有關。」

林一川疑惑道：「池家也是陳家的姻親？」

「那倒不是。」

兩人心意相通，不約而同想到了同一個點上，「池起良與陳家滅族有關係。」

那麼穆瀾是否知道呢？

雁行瞥了林一川一眼道：「今晚救走啞叔的人，你敢說沒有懷疑她？」

「我走了。丁鈴那兒你想法子應付。」林一川抬腿就走，「祭祀禮上，我探探她的口風。」

走到門口，林一川回頭冷笑，「你還沒有說為什麼會跑到我林家來，想好了告訴我。」

雁行翻了個白眼，他以為林一川已經忘了那個問題。

第四十九章　滅族之痛

闔門弟子奉旨祭祀，杜之仙估計生前也沒有想到，他會有這等殊榮。後山竹林墓前早站滿了大小官員、書院山長、名士，揚州學政唸著無涯御筆親書的祭詞。沒點兒身分的人只能遙遙在杜宅前磕頭上香。

杜之仙墓旁又添新墳。聽聞啞叔自盡殉主，揚州知府撫鬚長嘆，「義僕也！」

穆瀾只管「傷心欲絕，伏地痛哭」，然後挨個還禮，唯唯應是，感激至無言……最後搖搖晃晃，悲痛得被人攙回房中休息，連陪坐素席都躲了。

仗著林家管事上下打點齊當，祭祀禮順利辦完。送走眾人，穆瀾也歇夠了，去尋了禁軍領隊的人，將從家裡翻出來的銀子收攏了下，每人給了二百兩，只說自己想再多陪陪師父，就不和他們一道回京。

早得了皇帝旨意，穆瀾又出手大方，禁軍們歸心似箭，高興地當即收拾行李告辭離開。

隨著林家管事帶著雜役們離開，杜宅裡只剩下穆瀾一個人。

她站在黑漆大門口，看著夕陽染紅的林梢出神。成群的麻雀在宅前空地上啄食著石縫間漏下的米飯，嘰喳鬧個不停。

林一川在這時來到杜家，遠遠看到穆瀾，他停住腳步。縱有夕陽的光落在她臉上，也掩不住那身白色孝服中透出的孤寂之意。他心被微微扯著，有點疼。

見到林一川來，穆瀾並不吃驚，朝他笑了笑，「你家的管事很能幹，多謝。」

「我想這時候清靜，代家父來替先生上炷香。」

解釋完，林一川又覺得自己傻。其實他想問穆瀾的傷好了沒有，是不是真病了？她好像瘦了，臉色有點憔悴。哎，怎麼就問不出口了呢？

他有些酸酸地想，反正她也不喜歡自己，她也沒問他回揚州過得怎樣……

穆瀾陪著他去後山墓地，極自然地問道：「你爹身體還好吧？回揚州過得怎樣？」

林一川險些被自己的口水嗆到，清了清嗓子道：「還好。」

一個有心事，一個想裝點兒風骨出來。

就此無了話。

到了墳前，林一川注意到旁邊的新墳，想到啞叔，明知故問道：「這是……」

「啞叔隨師父去了。」穆瀾平平靜靜地答道。

「哦，義僕！」林一川看到新立墓碑上刻的字。

穆瀾眼中閃過一抹嘲意。昨天晚上救走丁鈴和另一個錦衣衛的不就是他？林一川裝著不知情，她自然也裝著不曉得。

夕陽漸漸沉進了山後，光線越來越暗，再過片刻，夜色就將吞噬這裡。今夜，穆胭脂將應約而來。

穆瀾垂在袖中的手緊捏成拳。今晚，穆胭脂會用什麼辦法拿到父親留下的那張脈案？拿到脈案，自己這枚棋子再不拿掉，就會壞了穆胭脂的局。她一定會殺了自己。

今晚，穆胭脂會單獨來嗎？

京中護送穆瀾來的禁軍走了，啞叔也死了，現在整個杜家宅子裡只有她一個人。晚風吹拂起她孝衣的袍角，林一川忍不住想起池家廢宅裡那個柔弱的穆瀾。他看到墳邊搭了個草棚，意識到穆瀾是想在此守墳，不由得脫口問道：「妳會不會做飯？」

突如其來的話讓穆瀾呆了呆，「我不餓。」

「妳打算在這裡住上些時日再回京城的話，我遣個廚娘過來。就讓她住在外面，也不會打擾妳。」

誰知道她還能不能活到天明？別再害了無辜才好。

「不用。」

穆瀾的拒絕在林一川意料之中。那麼每天叫城裡的酒樓做好送來？不行，太遠了，飯菜送來不好吃了。要不在竹溪里外做好送來？這主意不錯。

天又黑了幾分。

穆瀾笑著對林一川說道：「天快黑了，你還是早點回城吧！我想單獨陪陪師父和啞叔。」

林一川正絞盡腦汁想著怎麼送飯菜給穆瀾，突然聽到穆瀾趕他走。人家想要單獨待著，合情合理，他還能厚著臉皮留下來？他盡量自然地說道：「那我走了。」

穆瀾含笑頷首，卻沒有讓他一個人出去，陪著他出了杜宅，送他上馬，還順手遞了個松枝紮成的火把給他，「天黑林密，照照路。」

天黑林密，為什麼不留我在杜家歇一晚？院子裡有的是空房間。林一川腹誹著，手已接過火把，「有什麼事妳就來找我。」

「好。」穆瀾朝他揮手。

林一川舉著火把催馬踏上了出竹溪里的小道，他想起去年跟著穆瀾進竹溪里，一路被她折騰，情不自禁地笑了起來。

穆瀾躍上房頂，望著火把的光在幽暗的竹林間穿梭遠離，得意地笑，「林一川，你可千萬別回頭。你以為我遞火把給你就為了照明用？」

火把的光漸行漸遠，意味著林一川離杜家也越來越遠。

穆瀾窮盡目力，直到再也看不見林中那點兒火光才從房頂上跳下來。

倦鳥已歸林，秋蟲的鳴叫聲偶爾在牆根下響起。

穆瀾拴好了大門，進了杜之仙的臥房。

燭光映著面前的銅鏡，映出穆瀾秀美的眉眼。她已經換上了去年那身衣裳，裙子是春天柳樹初綻新葉那種像綠霧般的色澤，褙子是迎春花最柔嫩的黃。她撫摸著褙子襟口一簇簇用金線繡的丹桂想，穆胭脂會不會嚇一跳？

她打開杜之仙準備給她的匣子，將裡面所有的首飾都戴在身上。

收拾妥當，穆瀾拿起那幅梅圖去了墓前。

點起四周的燈籠，她進了草棚，添炭煮茶。

晚風吹動，竹葉沙沙作響。穆瀾微一偏頭，看到了穆胭脂。

穆胭脂在啞叔墳前停下來，手撫摸著碑上的「義僕」二字，斂襟行禮。看到碑前的香爐，她拈起香點燃插進了香爐裡，拿起酒灑在墳前。

「昔日金瓜武士，死得無聲無息。莽夫之勇，愚蠢至極！」

「我一直不明白。妳這麼狠毒的女人，老頭兒和啞叔為什麼還要甘心為妳驅使？」穆瀾冷冷說道。

穆胭脂轉過身，望向從草棚中出來的穆瀾。

離得近了，燈光耀得穆瀾衣襟上的金絲繡就的簇簇丹桂流光溢彩。

穆胭脂有片刻的恍惚。

她認得這條裙子！穆瀾的指甲掐進了手裡。

她「嘩」的抖開了手裡的梅圖，「這幅畫，妳可還記得？」

白雪之中，一樹紅梅點點怒放。梅圖上題寫著一句詞：如今香雪已成海。小梅初綻，盈盈何時歸？

穆胭脂移開目光，腦中響起一個聲音。

「不說也罷。我見妳收輕雪時身姿盈盈，我便叫妳盈盈可好？這一世便只有我如此叫妳。」

銀鞭突然出手，將穆瀾手中的畫抽得粉碎。穆胭脂冷眼看向穆瀾，「穿一件過去的衣裳，弄一幅過去的畫，妳覺得對我有用嗎？」

過去的衣裳？過去的畫？至少是妳都熟悉的，又怎麼會沒有用？

穆胭脂深吸了一口氣道：「東西在哪兒？」

穆瀾將畫卷扔了，拍了拍手道：「妳為我解惑，我把我爹藏起來的東西給妳，如何？」

她進了草棚，正好水沸，「邊喝茶邊聊？」

穆胭脂沉默了下，坐在穆瀾對面，「妳想知道什麼？」

穆瀾執壺點茶。茶沫翻湧，一樹牡丹幻生幻滅。

黃衫綠裙，手法優雅。穆瀾如畫的眉眼令穆胭脂再次恍惚，她閉了閉眼睛，再睜開，眼神又變得清明。

「穆瀾，妳的心太軟，到現在妳還不肯死心？還以為我的心依舊有柔軟的時候？」

杜之仙縫製的衫裙、細心保存的舊畫、點茶的技藝，穆瀾不否認，她仍盼著穆胭脂看到這些時，心能柔軟一點兒，說的話能多幾分真誠。

真的沒有用嗎？穆胭脂的心除了仇恨就再沒了別的感情？

「如妳所願，我與妳說個故事吧。」

穆瀾精神一振。

「就從那幅畫說起。那是二十一年前的事了。杜之仙名揚京師，以少年狀元之才做了翰林。年少英俊，才華橫溢。如今京城的萬人空巷、羞殺衛玠，放在昔年的杜之仙身上，毫不為過。京中名門閨秀、青樓花魁無不為之傾倒，禮親王家的小郡主也為他茶飯不思。杜之仙不勝厭煩，借回揚州探親之機躲出京城。」

「他甚愛梅花。那一年鄧尉山的梅開了，杜之仙於山下結廬，一住便是月餘，掃雪煮茶，佐酒賞梅，過得好不愜意。他於山中遇到了一位美貌的姑娘，兩人互引為知己，傾心相愛。杜之仙立誓非她不娶。他不知她的姓名，不知她的家世，只喚她為盈盈。相約三年後京城相見，娶之為妻。」

如今香雪已成海。小梅初綻，盈盈何時歸？踏雪煮酒，相遇佳人。穆瀾終於懂了這句詩的意思。師父年輕時竟有這樣的一段情緣。

「三年後，他真的在京城再次見到她。八月桂子飄香，宮中夜宴，他隨侍君側。她就站在丹桂樹下，穿著件淺綠的衫裙、鵝黃的褙子，像枝頭簇簇怒放的丹桂。那時，他才知曉，他傾心愛慕的姑娘是皇后娘娘的小妹。那時，皇后娘娘已有八月身孕。少女進宮陪伴姊姊生產，與他相約待姊姊產下小殿下後，再由姊姊賜婚。」

穆瀾揚了揚眉，沒有打斷穆胭脂的話。她想起京中傳聞，皇后難產而亡。這場變故導致了後來的一切？

「娘娘產期臨近。少女當時年紀尚小，從小萬事順心如意，哪知宮廷詭譎，輕易受人挑釁。娘娘護妹心切，隨之動怒，動了胎氣，繼而難產身亡。先帝震怒，逐了少女出宮。少女也一直認為是自己的錯。」

「陳良一直視皇后為天人，傷心之下在酒後失去理智，執錘衝進皇城要保護娘娘順利生產。萬夫難敵之勇，也敵不過千軍萬馬，他被擒下了詔獄。陳良有個雙胞胎弟弟，生下來卻是個傻子。陳家偷梁換柱，將他救了出來。陳良一夜白髮蒼老，從此閉嘴不言，後來才跟在杜之仙身邊。」

穆胭脂定了定神，語氣平淡至極，「皇后的小妹認定都是自己的過錯，愧疚之餘要為姊姊守孝一年，自然不能再應杜之仙迎娶。那一年陳家接連發生怪事，家裡人接連死亡，少女心裡也起了疑，仗著一身武藝，詐死離家，藏在杜之仙家中。那時，他已入閣。以他文淵閣大學士的身分，江南鬼才之能，少女信他。然而整整三年，杜之仙不僅沒能查出真相，反而查出了陳家姻親貪墨賣官。」

「少女親眼看到他擬的條陳，親眼看到又一族被抄家滅門，從此與他恩斷義絕。先帝病重之前，杜之仙幡然醒悟，悔之晚矣，辭官歸隱。先帝駕崩，對方再不隱忍，直接抄斬了陳氏最後兩門姻親：蔣家與王家。至此，陳氏九族盡亡。杜之仙找到少女，願以餘生助少女查清當年之事。」

穆瀾便明白了，「那個少女是妳？老頭兒那麼疼我，對我愧疚著，為我費心安排，卻依然要照著妳的意思，送我進國子監，只因他負妳在前。啞叔唯妳之命是從，是因為妳是他的小主人。」

穆胭脂沒有回答她的話，繼續說道：「皇后的小妹知道有人對付陳家，懷疑姊姊難產而死另有內情。她花了八年的時間，什麼都沒查到。這時，先帝病重，被池起良餵了碗虎狼之藥，池家隨即被抄斬了滿門。她只覺得奇怪，以池起良的醫術，不至於如此冒險。」

「她去了池家，救走了失去幼時記憶的妳。從此，帶著池起良的孤女漂泊江湖，隱姓埋名。杜之仙傾全力相助，江南鬼才並非浪得虛名，他查這件事的法子和少女截然不同。他查到如今的太后，當年的許貴妃，身邊死了一個宮女。」

「于紅梅？」

「梅青、梅紅是許貴妃當年身邊的侍女，如今宮裡只見梅青不見梅紅。」穆胭脂譏諷地笑道：「查當年皇后難產，毫無線索，查梅紅卻是簡單了許多。于紅梅是做為采女進的宮，還未來得及在掖庭上冊，就被先帝遣到了許家侍奉許貴妃，改名叫了梅紅，第二年隨許貴妃進宮服侍，所以誰都不知道她原名叫于紅梅。梅紅失足墜井身亡，在宮裡是極小的一件事情，誰都沒把她和先皇后想到一處。正因如此，對方沒有刻意抹去梅紅的存在，反讓我們查到另一件事。梅紅墜井前曾經離宮，去了一趟國子監。一個宮婢，怎麼會去國子監？國子監是否有人知曉內情？後來的事妳都知道了。如今，我的故事講完了，妳爹藏起來的東西呢？」

穆瀾總算把這些疑問弄明白了。

之後，對方也發現了于紅梅還有個姑姑藏在靈光寺，發現丁鈴和林一川查于紅梅，才有了對他們倆的追殺。

于紅梅，也就是梅紅，定然知曉當年內情。而陳瀚方，究竟是怎麼認識于紅梅？于紅梅墜井前去了國子監，一定留了什麼東西給他。陳瀚方在查，對方盯著陳瀚方也在查。

父親又涉入了多少呢？

穆瀾默默地將脈案拿出來，「其實妳早可以告訴我這一切，何必呢？」何必一味地利用，然後想殺了自己。

「十月初八……母子康健。」穆胭脂眼神冰涼一片。

「有什麼特別之處嗎？」

穆胭脂望著她，緩緩說道：「先皇后於十月初八那天發作，然後難產身亡。妳爹進宮看平安脈，卻說母子康健。」

穆瀾平靜地說道：「也許是父親診脈之後，先皇后才動了胎氣，才會難產身亡。」

「他為何要將這張脈案藏起來？杜之仙推測，極可能妳爹給先帝喝的並非化痰的藥，而是回春湯。妳也知道回春湯的作用。先帝強提精神，想做什麼？妳爹只藏下了這張脈案嗎？」

穆瀾搖頭，「我只找到這個。」

穆胭脂盯著穆瀾的眼睛，沒有看出半點端倪。她站起身來，「也許只有等陳瀚方找出于紅梅留下的東西，才能解開當年的謎了。穆瀾，妳想查清妳爹當年開回春湯給先帝的原因，我們的目標一致，無須再鬥了。我今晚並沒有拿到東西就殺妳的想法，妳不必如此戒備於我。」

穆胭脂飄然而去。

那張脈案被穆胭脂棄在桌子上，並沒有帶走。

穆瀾看著它，一時間心驚肉跳。穆胭脂並不重視這張脈案。啞叔臨死前，她拿給啞叔看，啞叔說不重要了。

她攤開手掌，掌心密密全部是汗。

難道父親還另外藏有東西？

穆胭脂如此恨自己，一番話卻找不到恨自己的原因。她說的故事絕不是全部。

「今晚妳不想殺我，是因為沒拿到妳真正想要的東西？會是什麼呢？」穆瀾陷入了沉思。

●○●

這一夜，京城明月高懸，宮中設了夜宴。

許太后興致頗高，特令命婦們攜閨中女兒一同赴宴。所有人心知肚明，禮部已經發文，令各地選貢采女，明春三月入京。

眼看過了中秋就是萬壽節，太后娘娘這是想提前看看朝中官員家的千金。

宴會因多了閨中千金，熱鬧異常。

「多少年沒這般熱鬧過了。」高居在鳳座上的許太后示意梅青斟酒，她已有了幾分醉意，仍興致勃勃地欣賞著滿殿佳麗。

「娘娘，最後一杯，可不能再飲了。」梅青笑著低聲提醒她，往杯中倒著酒。

許太后轉動著龍泉白瓷酒杯，看著上面漂浮著點點桂花，輕笑道：「一年我只有中秋才會飲一回桂花酒。當年我真是厭極了這丹桂的味兒。」

梅青微微一怔，什麼話都沒有說。

「那個邱明堂家的姑娘，妳可尋找到了？」

梅青回過神，輕聲說道：「找到了，在蜀地老家。已遣人護送進京，大概這幾天就該到了。」

許太后笑著搖了搖頭，「皇上也不知怎麼認識了邱家姑娘。罷了，且不必聲張，給他一個驚喜吧。」

前朝的夜宴是男人的世界。譚誠氣定神閒地賞著歌舞，目光從對面坐著的胡牧山臉上移過，望向了寶座上的年輕皇帝。

譚誠微微欠身，向皇帝敬酒，引來了所有朝臣的矚目。

「皇上前些天身體不適，去了行宮養病。老奴前去探望，卻沒有見到皇上。」

「朕身邊的人攔得了別人，卻攔不住公公。朕微服私訪去了，公公到行宮來見朕，自是見不到的。」無涯爽快地笑了起來。

沒想到皇帝直言承認，譚誠有些驚訝，也笑了，「皇上可有收穫？」

「見見市井百態，總覺得鮮活無比。下次朕再微服出宮，公公與朕一起吧。」無涯熱情地邀請譚誠。

「老奴遵旨。」

君臣對話很和諧。首輔胡牧山離兩人最近，聽得清楚，禁不住插話道：「皇上該不會是去了淮安巡視山陽縣的災情吧？」

譚誠眼神閃了閃，等著無涯回話。

無涯笑道：「朕倒是想去，但朝政繁忙，只在直隸轉幾天。胡首輔怎麼會以為朕會去山陽縣？」

胡牧山愣了愣，拱手道：「皇上關心侯繼祖案，臣才有些猜測。如今工部已重新調集河工修補了河堤，戶部的賑災米糧、銀兩皆已發放。入冬前，新建的房舍能夠完工，山陽百姓不會流離失所。」

「辦得好。」無涯誇了一句，令人替胡牧山斟酒。

夜宴散去，群臣陸續離宮。

胡牧山剛走到丹皇上，就被譚誠叫住了。兩人沿著宮牆慢慢走著醒酒，譚誠微笑問道：「首輔大人很關心皇上的行蹤啊。」

「皇上去了行宮養病，人卻不在行宮，公公不關心皇上微服去了什麼地方？」

譚誠悠然說道：「聽說江南水師在洪澤湖剿湖匪，有一艘戰艦和七十六名官兵失蹤？」

胡牧山心頭一緊，面上毫不在意地說道：「洪澤湖長年有湖匪出沒，估計是被湖匪劫了。內閣已令兵部遣兵徹底清剿湖匪了。」

譚誠銜他微笑道：「哦，但願還能找到那艘戰艦和艦上的官兵。若實在找不到，我東廠可以幫著找一找。」

「那本官就替兵部謝過公公了。」胡牧山驚疑不定。

「謝什麼？你能入閣，當上首輔，是咱家力薦。大人別忘了誰是你的主子就好。」譚誠拍了拍胡牧山的肩，拂袖而去。

心怦怦跳得急了，胡牧山捂著胸靠在宮牆上。入夜的風穿巷而過，胡牧山聽著嗚嗚風聲，心裡寒意漸起。譚誠竟然知道了。密密的汗從他額頭沁了出來，他又想起那人的承諾，想起年輕皇帝對譚誠的厭惡，漸漸平靜下來。

這一場權力爭奪中，東廠已成眾矢之的，是艘快沉沒的船，他早已打定主意，就不會再和譚誠一條船了。

他又想起了那條在徐州境內消失的船。會是譚誠所為嗎？不不，譚誠哪怕知道也不會插手。那麼，會是什麼人能將整艘戰艦包括艦上的七十六名官兵弄得不翼而飛？什麼人有這樣的能耐？會是離開行宮微服私訪的皇帝嗎？他怎麼可能有這樣的力量？

還有素公公，他究竟是受傷而死，還是真的病重亡故？是不是該叫人去挖了他的墳看一看？

懷著一顆糾結的心，胡牧山趕著回家，急切地進了小書房。穿過祕道，他走進那間屋子。

他看到站立在書架旁翻閱書本的男人，迫不及待地上前見禮，「承恩公！」

許德昭放下書冊，轉過了身，「何事這麼急？連衣裳都沒換就過來了？」

胡牧山擦了把額頭的汗道：「譚誠知道我令江南水師祕密調用一艘戰艦的事了。」

「胡首輔，你這樣子像首輔大人嗎？」許德昭略帶諷意地看了他一眼，負手走到長長的書案前坐了，翻開一本卷宗。

被他的鎮定安撫了情緒，胡牧山漸漸平靜下來，坐到他身旁。

許德昭溫和地倒了盞茶給他，「譚誠知道又怎樣？他能怎樣？這件事的重點不在於譚誠是否知道，而是讓戰艦和七十六名官兵消失的那個人是誰？」

「會是皇上嗎？」胡牧山忐忑不安。

「是皇上又怎樣？」

許德昭笑著拿起桌上的茶盞，擺下了一只，「譚誠，他掌控欲太強，皇上想集權，最想弄死的人是他。皇上最信任、能依靠的人會是誰？」

他擺下了第二只茶盞，「他的親舅舅我。如果是皇上所為，他最希望私調戰艦的人是誰？」

第三只茶盞放下，許德昭笑了笑道：「譚誠。」

胡牧山恍然，「就算不是譚誠，皇上也希望是他。只有這樣，才能公開定譚誠的罪。可是我那封寫與江南水師的信……」

「人已經死了。戰艦失蹤的消息傳來，收信的人就已經死了。」許德昭從案宗裡拿出一封信，遞給胡牧山。

看到這封信，胡牧山起身，朝許德昭彎腰揖首。許德昭一把扶住他，「首輔大人客氣了。」

兩人重新坐定。

許德昭翻開案卷，寫有素公公名字的地方畫了個紅圈。他提筆在卷宗上新寫下

「穆瀾」二字，「杜之仙的這個關門弟子與素公公一路回揚州，留不得了。」

卷宗上的人名密密圈滿了紅圈，許德昭盯著陳瀚方，最終仍然沒有落筆。

中秋月圓，對太監來說，身體有了殘缺，就再無團圓之意。回到東廠，見到譚弈，譚誠心裡仍有了幾分暖意。

父子倆重擺了酒席，賞起了明月。

譚弈每年中秋都會陪著譚誠飲酒賞月。他從心裡崇拜感激著義父，沒有義父，也許他就是生活在陋巷中的人，為三餐溫飽辛苦奔勞。

相處十幾年，他仍然看不懂譚誠。他甚至很好奇，去了勢的太監還會有男女之情？因為每到中秋，譚誠在酒後總會進一趟密室，陪著密室裡那幅畫像中的少女一整晚。

這個祕密是譚弈很小的時候發現的，正因為年紀小，譚誠只是輕罰了他。很多時候譚弈也很怕譚誠。年幼時的懲罰看上去並不嚴厲，卻令他記憶深刻。薛錦煙的父親殉國，譚誠奉旨接她回宮。回宮途中，譚弈成了薛錦煙的小玩伴。他很喜歡活潑可愛的薛錦煙，但回到京城，因為意外闖進譚誠的密室，譚誠便罰他十年不能再與薛錦煙見面說一句話。

「每個人心裡都有一處地方，是別人碰不得的。」

譚弈剛開始不太明白，隨著年紀增長，他就懂了。他很怕這十年裡薛錦煙忘了自己，更怕她在自己還沒有能力向皇家提親時，嫁給了別人。

直到譚誠承諾他，薛錦煙除了他，誰都不能嫁。譚誠恩威並施，讓譚弈永遠記住了教訓。縱然心裡再好奇，也永遠不會再多問一句畫中少女。

譚誠今晚很放鬆，大概是酒飲得多了，他的話也多了些，「咱家找了十八年，終於找到她了。」

她？會是畫中的那個少女嗎？譚弈不敢問，再為譚誠倒了一杯酒。

「都說如今的太后娘娘是京中第一美人，其實十八年前，先帝元后的小妹陳丹沐容色遠勝於她。那天也是中秋，她進宮陪伴孕中的先皇后，穿著件淺綠的衣裙、鵝黃的褙子站在丹桂樹下，隨侍在先帝身邊的群臣還有咱家都以為看到了月宮嫦娥下凡。」

「知她習武，先帝令工部為她打造了一根銀絲鷲雲鞭，賜了她一匹雪裡白駒。她換了身紅裙，在校場上試鞭……便是你瞧到的那幅畫。整個校場空寂無聲，她奪去了所有人的目光，像太陽一樣耀眼。」譚誠微微笑著，「就算後來咱家被她抽得遍體鱗傷，心裡卻也是歡喜的。」

譚弈目瞪口呆。

「咱家覺得她不可能死。直到珍瓏的出現。一定是她，穆胭脂。」

「穆胭脂？」譚弈失聲驚呼，「這、這……義父，不可能吧？」

穆家班所有人的畫像譚弈都見過，他真的無法將義父形容的畫中少女和穆胭脂扯到一塊。

「咱家特意見過穆瀾，與她生得一點兒不像。見過她的人很多，胡牧山去穆家麵館吃了一碗麵，親自看了她一眼，也說絲毫不像。咱家當時以為自己懷疑錯了。」

譚誠輕嘆道：「她要查當年之事，要為陳家復仇，咱家認為她不會大張旗鼓地回京。以一個雜耍班班主、一個小麵館婦人的面目出現，若穆家麵館還開著，咱家可能還不會懷疑到她。如今除了她，咱家想不到第二個人了。」

他似明白譚弈的心思，「不要動穆瀾，也不用去找，有人比咱們著急。她們都會回到京城來，咱家等著。」

譚弈迷迷糊糊地聽著，並不清楚個中緣由。他有些興奮。穆胭脂是義父說的瓏主，那麼穆瀾一定脫不了關係。

「酒飲多了，和你說那些陳年舊事你也不明白。說說胡牧山吧。阿弈，你打算怎麼辦？」

譚弈精神一振，「胡牧山這根牆頭草，暗中投了承恩公，為許家效力，背叛不能饒恕。」

譚誠溫和地說道：「還記得朴銀鷹嗎？」

知道朴銀鷹被皇帝收買，仍讓他去揚州當了回誘餌，證實珍瓏的行動路線。譚弈習慣性地思考了會兒才答道：「胡牧山還有利用價值？義父要等個合適的機會，讓他死前都再為我們用一回？」

「承恩公殺了江南水師的人，拿回了胡牧山的信，同時栽贓給咱家。其實他應該殺了胡牧山才對。胡牧山活著，才是私調水師戰艦最好的人證。」

譚弈遲疑地問道：「義父，為何您知道皇上調了直隸水師和神機營，卻不告訴許德昭，由著他們去送死？這樣一來，皇上的權力只會不停地增長。」

「皇上一直認為朝中許家勢弱，咱家權傾朝野，所以一直扶持錦衣衛對付東廠。他認定私調水師的人是咱家，等到將來發現自己的親舅舅在暗中的權勢已經能隨意調動軍隊，首輔大人投靠的主子是許德昭，咱家卻是清清白白，皇上會怎樣想？太后娘娘活著，他就不可能殺了許德昭。那麼，他唯一能做的，就是繼續讓咱家牽制許德昭。咱家什麼事都不用做，就得了最大的好處。」

譚誠舉起酒杯，輕灑於地，「若非咱家保著，素公公早死了。許德昭只有趁他出宮才能下手。可惜又少了一個拿捏許家的人。等到皇上坐實了許德昭的罪，許德昭就該來和咱家言和了。」

也不管譚弈聽明白多少，譚誠再無談下去的興致，擺手讓他退下了。

他獨自進了密室，望著畫卷上的紅衣少女出神，「妳面目全非，咱家還是很期待再見到妳。」

如今形勢變了，許德昭開始不停地出手，錦衣衛對于紅梅案的調查遲早會查到許德昭，而東廠已從中漸漸抽身。看著皇帝、錦衣衛和許德昭相鬥，譚誠覺得隔岸觀火，做最後得利的漁翁，感覺實在不錯。

無涯今晚也難以入眠。他萬萬沒有想到，最關心他微服出巡去了何地的人竟然是胡牧山，而譚誠顯然並不知道胡牧山會問出那樣的一句話。

首輔胡牧山難道不是譚誠的人嗎？去江南水師調查的人還沒有回京，他一時間有些拿不準是否是譚誠所為了。

宴罷後，他同樣選擇走路回宮，藉著秋風的涼意醒著酒，一遍遍思索著。半道上，他突瞧見御醫背著醫箱跟著小太監匆匆而行。

春來得了眼色，上前打聽後回來稟道：「太后娘娘酒後吹了風，身體不適。」

「去坤寧宮。」

無涯素來孝順，當即轉了方向，帶著御醫一起去探望許太后。

酒後吹了風，許太后有些發熱，並無大礙。

無涯坐在榻旁小心為她理了理被子，起身正要走的時候，突然聽到許太后嘟囔起來。

「梅紅，哪來的桂花香？永和宮裡不許栽丹桂，叫人伐了。」

梅紅？無涯驀然回頭。

「奴婢在這兒呢。」端著藥碗的梅青不動聲色上前，令人扶起許太后，細心餵著湯藥，「娘娘，以後可不能再多飲酒了。」

是他聽錯了嗎？無涯淡淡吩咐道：「好生侍奉太后。病情有異，隨時叫人來乾清宮回稟。」

「是。」梅青笑著應下了。

出了坤寧宮，無涯問一直跟在身邊的春來，「方才太后叫的是梅青還是梅紅？」

春來撓了撓頭，「太后娘娘說得含糊，奴婢只聽著一個梅字，應該叫的是梅青吧？坤寧宮沒有叫梅紅的人呢。」

不，他沒有聽錯，是梅紅。無涯越發肯定。

他記得丁鈴查蘇沐案和梅于氏案查到了山西于家寨，進宮後查一個叫于紅梅的采女，但掖庭名冊上查無此人，線索就斷了。

靈光寺服侍梅于氏的小沙彌曾經說過，梅于氏房外紅梅開了，梅于氏開口喊過梅紅。當時眾人都認為她是說梅花紅了，後來查到于紅梅時，又認為她是在喊于紅梅的名字。

難道梅于氏叫的梅紅，就是母后嘴裡的梅紅？

「明天叫秦剛來見朕。不，不用了。」無涯感覺自己接觸到了揭開于紅梅案的線索，他又改了主意，輕聲吩咐春來，「你私底下去查一查，太后宮裡是否曾經有個叫梅紅的宮女。記著，要暗查。」

春來愣了愣，「秦統領也瞞著不說？」

事關許太后，無涯斬釘截鐵，「所有人。」

年輕皇帝逼視的目光嚇了春來一跳。他記起在梅村那晚，站在黑暗中的皇帝散發的威嚴。他的後脖子頓時涼颼颼的，顫聲應了，「奴婢明白。」

第五十章　就此兩清

江南的秋染黃了銀杏，風一吹，林家老宅那兩株高大的銀杏樹投在地上的斑駁樹影晃動起來，如蝴蝶飛舞。

林一川望著樹下一池靜水，想起了那兩尾老龍魚，心裡止不住對東廠的恨意。

林大老爺擁著薄毯窩在躺椅上，貪戀地晒著秋日的陽光。他伸出手，看著掌心那片晃動的樹影想，杜之仙為他偷回了一年多的命，該知足了。

他笑咪咪地望著長身玉立的兒子，清了清嗓子叫他，「一川哪，你挑中哪家姑娘了？宋媒婆說起修家四姑娘你沒反對，我也覺得不錯。時間趕了點兒，以林家和修家的財力，在年前走完禮完婚也不倉促。」

「修家四姑娘……爹，她是不是精明了點兒？」林一川被老父親的話扯回了思緒。他見媒婆也不外是安老父親的心，同在揚州城，也不好胡亂挑剔媒婆介紹的姑娘。相不中，也不能壞了與別家的交情。宋媒婆說起修四姑娘，他笑著沒有吭聲，怎麼就叫沒有反對了？

他走到躺椅旁替林大老爺攏了攏薄毯，笑道：「爹，修家五位姑娘哪個是省油的燈啊？聽說這位四姑娘能雙手打算盤，您不怕我娶了她，將來林家的產業都被她算成了自己的嫁妝？她太精明了！」

林大老爺悠悠說道：「城西錢家大姑娘，你說性子太柔弱，做不了林家的當家主母。城南蘇家二姑娘太瘦，擔心生不出兒子，無法給林家開枝散葉。城東李家七姑娘，你說生得還不如你好看，實在提不起興致。城北修家四姑娘肥瘦皆宜，是出了名的美人。修家有六個兒子，想必四姑娘也不會生不出兒子來。現在你又嫌人家算盤打得太好，人太精明，怕被她算計了家產去。蘇揚兩地知根知柢、門當戶對的姑娘都被你挑了個遍，你究竟看上誰了？要娶個公主殿下才滿意？」

「您還別說，宮裡頭適齡的公主真有一位，我還就真沒看上她。」林一川想起了薛錦煙，不屑地撇了撇嘴。

林大老爺一巴掌拍他頭上，「公主都看不上，反了你了！」

就這麼一伸手，林大老爺就喘起氣來。林一川趕緊撫著他的背順氣，掩下了眼裡的傷心。杜之仙當初說父親最多還能活兩年，轉眼就過了一年多，父親真的時日無多了。

越是這樣想，他越是難過自責。他當時怎麼就暈了頭，離家去京城待了半年？林一川跪在林大老爺身前，把臉靠在他膝上，「爹，您想看到我成親。您喜歡哪個，我娶了就是。」

「那也得你喜歡才行。娶個不喜歡的有什麼意思？」林大老爺心裡熨貼，笑了起來。

聽到老父親這樣說，林一川心一橫道：「那些姑娘都見過一、兩回，現在談不上喜歡。成親後相處久了，也許就喜歡了。爹，您娶了二十幾個姨娘，雖說是為了生兒子留後，娶回家相處久了也會喜歡的吧？我娘是不是最得您喜歡？因為她生了我？」

林一川兩歲時，母親就病逝了。他是獨苗，林家不缺奶媽僕婦，他也不至於成了沒娘的孩子，無人疼愛。對母親的記憶僅限於林大老爺找畫師畫的那幅畫像，逢年過節敬香供奉著，他心裡對早逝的母親也有了孺慕之情。

「爹請了江南最好的畫師給你娘畫的像，你可別忘了她。」林大老爺輕聲說道。

「那不能的。」林一川隨口答道。他怎麼可能忘呢？心裡浮現著穆瀾的身影，林一川心裡又陣陣難過，突然就下定決心，「要不，就娶修家四姑娘吧。趕一趕，十月就成親，沒準兒您還能看到孫兒出世呢。」

如果他努力點兒，哪怕看不到孫兒出世，能看到兒媳懷有身孕，父親也能瞑目了。

林大老爺幾乎同時下了決心，「不著急。」

父子倆同時改了主意，說的話也反著來了。

林一川心想穆瀾反正不喜歡自己，自己就一個爹，總不能因著自己讓老父親死不瞑目吧？他抬頭望著父親蒼老的臉，認真說道：「就娶修家四姑娘吧。林家當家主母精明一點兒，也能幫兒子一把。」

林大老爺越聽越心疼，搖頭不肯答應，「沒有杜之仙，我也爭不來這一年半載，生老病死早已看得開了，縱有金山銀海也買不到心頭所好。你隨便娶個不喜歡的，只為寬我的心，又有什麼意思？你爹我去了地下，還要操心你過得好不好，不如不娶。將來娶個喜歡的，有了兒子，來墳前告訴爹一聲，就行了。」

一席話說得林一川眼睛都紅了，越發堅持，「娶了說不定就喜歡了。就修家四姑娘吧，回頭我就叫人張羅。」

林大老爺癟著的嘴撇了撇，「你給爹說實話，挑肥揀瘦的，是不是有了心上人了？聽燕聲說，你喜歡個少年……若真是喜歡，那還真不能娶修家的姑娘。尋個小家碧玉不介意的，別薄待了人家。該有的禮數都全了，生了兒子留個後，給人家一個念想就行了。我林家的家主喜歡男人又怎麼了？掙這麼多銀子還過得不高興，有什麼意思？」

誰喜歡男人了！林一川漲紅了臉，氣得不行，腦子裡只有一個念頭，把燕聲抓過來揍得他爹娘都認不出來。

「我兒子難道還不能喜歡男人了？」林大老爺哼了聲，拍了記扶手，拍出昔日橫霸大運河生意的威勢。

「誰說我喜歡的是男人！」林一川跳了起來，大聲說道：「爹，您甭聽燕聲胡說八道！」

林大老爺眼睛一亮，「真的？」

很明顯老父親說那些話都是為了寬自己的心，林一川越發難過，「真的，我喜歡的是個女人！」

「哦，是哪家的姑娘？」林大老爺聲音都有點顫抖了，探起身道：「喜歡就娶了！」

「她喜歡別人。」

看著玉樹臨風的兒子像隻鵪鶉似地垂著腦袋，林大老爺意氣風發，「有錢難買心頭好，那是出的銀子不夠！砸錢！砸到她喜歡的男人離開她，砸到她喜歡，她家人同意！」

林一川瞠目結舌。

林大老爺不屑地「嘁」了聲：「老子二十幾個姨娘都是買來的！生不出兒子也沒見哪個過得不高興！我兒子好不容易喜歡了，那就得是我兒子的！」

林一川噗嗤笑出聲來。他真被自家老爹這惡霸勁折騰出幾分激情來，腦袋一熱叫道：「爹，您等著，我把人搶回來！」

皇帝又如何？妳能嫁他嗎？他一鼓作氣跑出家門，騎著馬奔竹溪里去了。

望著兒子跑了個沒影，林大老爺輕聲嘆息，拿起只鈴鐺搖了搖。一名青衣管事悄然出現在他身後。

「老二最近如何？」

他嘴裡的老二指的是林二老爺。

「二老爺沒什麼動靜。」

沒有異動？林大老爺蹙緊了眉，「都曉得我命不長了，太平靜反而令我不安。盯緊點兒。」

「是。」

「林安，我交代的事都辦妥了？」

林安微笑道：「老爺放心。都妥當了。」

院門口傳來管家的聲音，「老爺，二老爺來請安。」

林大老爺揮了揮手，林安悄無聲息地離開了。

他望向院門，林二老爺滿面笑容地進來了，抬手作揖見禮。

「大哥今天氣色不錯啊。」

「你放心吧。一川不是沒良心的人，你安分些，他能讓你父子倆一輩子吃喝不愁、富貴一世。」林大老爺毫不客氣地說道。

「瞧大哥說的。」林二老爺從旁邊桌上拿起茶壺倒了杯熱茶，恭敬地遞給林大老爺，「我怎麼就不安分了？」

「甭以為抱上了東廠的大腿就能打家業的主意。你們父子倆的心眼加起來也算計不了東廠，白白給人當了槍使。東廠的胃口是整個林家，你填不滿的。」

在東廠手裡分碗湯喝，也比在林一川手裡搶殘羹冷飯強。好歹是自己當家作主！林二老爺心裡冷笑著，見左右無人，湊近了林大老爺說道：「大哥，一鳴好歹是你的親姪兒，總比疼一個外人強吧？」

林大老爺一杯茶就潑到他臉上，「說不來人話？一川也是你的親姪子，他是外人？若不是瞧在過世的爹娘面上，我早就逐了你這個親兄弟出門了！」

林二老爺滿不在乎地抹去臉上的茶水，陰狠地說道：「這麼多年了，小弟就是不信他是你的崽！摸了靈光寺的五百羅漢壁就有了林一川？大哥你怎麼不把二十幾個姨娘都送去摸個遍，也不至於只有他一根獨苗！我再不濟，也實實在在生了三個兒子！四郎也有五歲了！大哥您甭裝，小弟我找了這麼多年，手裡有證據！」

林大老爺眼睛微瞇，林二老爺嚇得往後跳開，「你也甭想殺我滅口。我死了還有我媳婦，她沒了還有一鳴，還有他兩個弟弟，你殺得完嗎？」

「殺你滅口？豈非顯得我心虛？」林大老爺繼續晒著太陽，「你繼續折騰吧。我死了，一川就是家主。我能忍你，因你是我同胞兄弟。一川能不能忍你，我就管不著了。」

無數次試探挑釁，得來的都是同樣結果。林二老爺臉上又堆滿了笑，恭恭敬敬地告辭，「明天我再來給大哥請安。」

明天又換著花樣挑釁一番。林大老爺對這樣的情形已經司空見慣，由得他去了。

他微瞇著眼望著滿樹被太陽照得金黃的銀杏葉出神。林安悄無聲息地來到他身邊，欲言又止。

看穿他的心思，林大老爺嘆了口氣道：「他是我一母同胞的親兄弟，一鳴弟兄也是我的親姪兒。一川能鎮得住他們，沒有什麼可擔心的。」

林一川仗著心頭熱血縱馬出城，直奔竹溪里，在杜家門口下了馬，兩步邁上臺階，將黑漆大門上的門環敲得咚咚作響。

「穆瀾！穆瀾！」

叫了一會兒，黑漆大門緊閉著，沒有動靜。林一川揚聲朝裡面喊著，「小穆，妳不是在洗澡沒聽見吧？我翻牆進來了！」

他正作勢要跳呢，身後傳來了穆瀾的聲音。

「什麼事急得要翻牆？」

林一川轉過身，心怦怦直跳。

穆瀾穿著一件葛布短褐，髮髻毛毛燥燥的。和農家小子一樣，腰間別著柄柴刀，背著只竹簍從山坡上下來。她臉上掛著懶洋洋的笑，經過林一川身邊拍了拍他的肩，「你好口福啊，我抓了幾隻竹雞、捉了條蛇，正好燉鍋雞蛇羹。」

「妳不會還沒吃飯吧？」林一川下意識望了望日頭，從城裡趕過來，早過了午時。

穆瀾進了家門，把背簍放在廚房外面，「如果你是從家裡過來，你也沒吃吧？」

他真忘了吃午飯。林一川心想來得早不如趕得巧，還沒嘗過穆瀾的手藝呢。他笑道：「是啊，我也沒吃。我等著嘗妳燉的雞蛇羹。」

「你不嫌棄就一塊吃唄！」穆瀾這次倒沒有再使喚他動手，俐落地燒了一鍋水，將兩隻竹雞去了毛，剝了蛇皮沖洗乾淨，拿菜刀斬成小塊，一併扔進鍋裡；又切了兩根鮮筍放進鍋裡，蓋好鍋蓋燉著。她洗了手，抬頭看到林一川扶著廚房門框，一手指著燉著雞、蛇、竹筍的鍋抖個不停，禁不住奇道：「怎麼了？」

「妳就是這樣做雞蛇羹的？」林一川的手無力垂下，「雞拔了毛就完事了？妳不剖洗內臟的？」

「哎喲，我忘了！」穆瀾飛快地揭開鍋蓋，拿起漏勺將肉塊、筍塊全撈進笸籮裡，認真地用筷子在肉塊裡挑了起來。

看著她挑出竹筍、蛇肉、雞肉，扔暗器似地俐落扔回鍋裡，林一川禁不住撫額，「妳住這兒都自己做飯？」

「對啊，我又沒馬，進城買菜太遠了，懶得走路。」

林一川果斷地握住她的手，不讓她再挑揀下去了，「妳以前沒做過飯？」

穆瀾拍開他的手，鄙夷地反問道：「難不成你做過？」

「君子遠庖廚！」林一川當然沒有下過廚、做過飯。

穆胭脂從小拿她當男孩子養，她跟著杜之仙學文習武，自然也沒有學過做飯。想起從前，穆瀾眼神黯了黯，瞪著林一川道：「找我什麼事？說完自個兒回去吃。」

一句話不對就又趕他走。換成是無涯，估計早鞋底抹油跑城裡殷勤買吃食去了吧？這句話在林一川心裡翻湧個不停，他心思轉了又轉，開始下套了，「我可沒嫌棄的意思。今天這頓飯我請妳去外面吃行不行？我有事找妳幫忙。」

穆瀾留在竹溪里著實想清靜幾天，自己做的飯菜也就是混個飽。她也不想勉強自己再燉這鍋雞蛇羹了，俐落地問道：「什麼事？」

林一川沒有開口。

「說唄，幫你什麼忙？」穆瀾不耐煩了，「都餓著肚子呢。究竟什麼事？」

「小穆。」林一川有些感慨，「妳現在都不問我要銀子了。」

從前都要給錢才肯幫自己，林一川很想問穆瀾：妳現在對我是不是也不一樣了？

「你幫我也不少，我幫你也應該的。怎麼，不讓你花銀子，你不習慣？」

那麼我對妳有意，妳是不是就能也對我有心呢？這個問題林一川仍然只敢在心裡說。

見他只望著自己不吭聲，穆瀾詫異了，伸手在他眼前晃了晃，「林一川，遇什麼難事了？」

可不是難事嗎？一鼓作氣跑到竹溪里想求親，這會兒已經說不出口了。林一川垂頭喪氣道：「算了，小穆，這事妳也幫不了我。走吧，我有馬，帶妳進城吃飯！」

穆瀾拉住他的胳膊，「烤竹雞我還是會的。要不，烤著吃吧。看你這麼急，就別趕去城裡浪費時間了。」

她從背簍裡將剩下的三隻竹雞拎出來，拔毛開膛剖腹，洗乾淨了，又從廚房裡移了柴出來，就在院子裡架起火盆烤起來。

「說吧，什麼事為難成這樣？」

望著穆瀾翻烤竹雞的熟練手法，林一川突然明白過來，她常年在外面行走，才學會了烤雞。看來這烤雞她也是吃膩了，才會想著下廚燉鍋湯來喝。他有些憐惜地望著穆瀾，眼神閃了閃道：「我爹他……妳知道的。」

穆瀾的動作頓了頓。她當然知道，老頭兒曾經說過，林大老爺最多能延命兩年。去年端午看的病，翻年入了秋，已過了一年多了。她不知道怎麼安慰林一川，將烤好的一隻竹雞取下來，掏了匕首刷刷地將雞肉切進盤子裡，又拿了雙筷子遞給林一川。她取了另一隻竹雞，直接啃上了，「萬事都先填飽肚子再說。」

知道他愛潔，所以給他的竹雞是削成肉片放進盤子裡的，她自己卻直接拿著啃。林一川簡直受寵若驚，一時間心情激盪至極，「小穆，妳對我真好。」

穆瀾被他火熱的目光盯得抬不起頭來，敷衍道：「快吃吧！涼了就不好吃了。」她不肯正視他。林一川瞬間就明白了，穆瀾只是在同情自己。

同情也罷，反正妳不討厭我就行。

今天林大老爺的一席話讓林一川的思想徹底換了個彎。反正穆瀾和無涯之間隔著家仇是不可能的，難道她打算一輩子都不成家了？

他夾著雞肉大口吃著，雞皮焦香，刷了蜂蜜帶著甜脆，肉嫩多汁，還真好吃。見他吃得香，穆瀾笑了笑，心情也跟著好轉。

兩人風捲殘雲地把三隻竹雞吃了個乾淨。穆瀾倒了兩杯茶，兩人坐在院子裡的瓜蔓架下晒起太陽。

「我的醫術不行，但從師父那兒也學了套針灸之法。要不，我去看看你爹？興許能讓他好一點兒。」

正中林一川下懷。他笑道：「那再好不過。我本來就想請妳去瞧瞧，妳總是杜先生的關門弟子。」

穆瀾嘆了口氣道：「你也別抱太大希望。我換件衣裳就走。」

等她收拾妥當，兩人便進城去了林家。

進了銀杏院，望著坐在夕陽下的林大老爺，穆瀾不由自主想起了杜之仙，一時間怔忡著站住了。

院門在身後關了，銀杏院安靜異常。

林大老爺回頭看了眼穆瀾，又看了眼滿臉陽光的兒子，想起燕聲說起的那個少年。

林一川低頭假裝替林大老爺拉攏毯子，哼哼道：「我喜歡的……就她。女扮男裝的。杜之仙的關門弟子，叫穆瀾。」

林大老爺滿臉笑容如菊綻開。

「大老爺安好。」穆瀾中規中矩地上前見了禮，隨意瞄了林大老爺一眼。

上次跟著杜之仙來林家，林大老爺還躺在房中，穆瀾也是第一次見林大老爺。她有些詫異林大老爺的蒼老，算了算歲數，心想林一川還真是林大老爺老來得子，又是獨苗，怪不得寵上了天去。

眉眼如畫，散發的英氣將屬於姑娘家的柔媚全抹去了。如果不是兒子洩了密，林大老爺還真沒看出來眼前這個十六、七歲的俊俏少年其實是個姑娘。他心裡暗讚杜之仙好手段，將女徒調教得不輸男娃。兒子的眼光還真是不錯。他轉念又想，穆瀾女扮男裝接了聖旨進國子監，已經犯了欺君之罪，想幫兒子把人搶回家做媳婦，得先把這個麻煩去了。

林大老爺一時間想得遠了，精神顯得有些恍惚。

穆瀾仔細看著，就看到林大老爺眉宇間蒙著一層死灰氣息。她心裡暗嘆了口氣，微笑道：「在下替大老爺把把脈。」
她從醫箱裡拿出脈枕墊在林大老爺腕下，手指搭上他的脈。
見穆瀾正靜心診脈，父子倆眉來眼去無聲交流著。
人我已經帶來了，您砸多少銀子能把人弄過來？
林大老爺示意兒子離開。
放心放心，花銀子能辦妥的都是小事情。
林一川一步三回頭。
行不行啊？別砸到自個兒的腳上了！
林大老爺不屑地移開眼睛。
「大老爺。」穆瀾把完脈，見林一川已經出了院門，心知林大老爺有話對自己說。她先說了自己的診斷，「您需要靜養。」
脈太弱了，已是油盡燈枯。穆瀾醫術淺薄，知道回天乏術。如果林大老爺安心靜養，或許還能撐到老頭兒說的兩年之期。如今看來，一入冬，林大老爺的身體狀況就會急轉直下，活不長了。
穆瀾的意思林大老爺聽明白了，他請穆瀾坐下，微笑道：「生死有命。杜先生能為老夫多掙回一點兒壽數，老夫已知足了。」
他多掙得一年半載的壽命，老頭兒卻折了幾年壽，早早去了。穆瀾想起去年背著老頭兒離開，老頭兒換來林家對自己的承諾，一時間唏噓不已。求來一個不可知的承諾，真的划算嗎？哦，還有林家捐給淮河災民的三十萬兩銀子。

她突然想起抹喉跳御書樓的侯慶之。難道毀河堤的是啞叔？老頭兒藉著淮河氾濫，在修河堤前就先把銀錢挪了過去？當時穆瀾趕到竹林深處時，並沒有聽到啞叔與莫琴的對話。此時一聯想，感覺自己猜得大概不會錯。

老頭兒做事一向深謀遠慮，難道他說將來林一川沒準能救自己一命，會是真的？

「穆姑娘。」

「啊？」穆瀾反射性一驚，聽到「姑娘」二字，猛然警覺起來。

殺氣！林大老爺雖然不會武藝，也感覺到穆瀾身上散發出來的危險。他笑道：「妳不用緊張，杜先生去年醫治老夫時，就告訴老夫了。」

老頭兒說的？穆瀾看似平靜地坐著，心裡百般不是滋味。做什麼事都瞞著自己，老頭兒究竟想了些什麼？

林大老爺繼續圓著謊，「去年杜先生提了兩個條件。三十萬兩賑災銀，我林家將來保妳一命。女扮男裝進國子監為監生，犯了欺君大罪，我林家雖然不是官宦人家，替妳換個身分的能力還是有的。」

知曉穆瀾是女扮男裝，林大老爺極自然地想起去年杜之仙的要求。穆瀾犯了欺君之罪，林家想法子給她換個身分，無聲無息消了這場禍事，想必這就是杜之仙所求之事吧。

杜之仙隱瞞穆瀾的事情太多。眼下她看林一川，無論如何都想不到他將來怎麼保自己一命，林大老爺誤打誤撞的理解，反而讓穆瀾相信了。

「不知穆姑娘現在有何打算？」

她是一定要回京城的。

無涯希望她像素公公一樣，來個傷心欲絕、抱病身亡，消了女扮男裝當監生的欺君之罪。他希望穆瀾換個身分隱居在某處安心等待，把查明真相的事情交給他去辦。

穆瀾原也在考慮是否隱於黑暗中，暗中查案。然而穆胭脂講述的故事讓穆瀾發現，盯著陳瀚方也許是另一條獲知真相的途徑，以監生的身分回國子監是最好的。這一次回國子監，將比上次的情形更為凶險，一旦身分暴露，無涯是保不住她的。

此時的穆瀾並不知道譚誠已經猜到了穆胭脂的身分，她有些無奈地想，無涯知道自己再回國子監，定會氣死。可是她又有什麼辦法呢？素公公自盡，用性命編織謊言，還有誰能知曉當年宮中發生的事情？太后身邊墜井的梅紅是揭開所有謎底的唯一線索。

「十月我就要回國子監了。如有所需，穆瀾不會客氣。先謝過大老爺了。」穆瀾理所當然地接受了林大老爺的好意。

林大老爺愣了愣，怎麼和他想的不一樣呢？難道眼下不是脫離穆瀾這一身分的最好時機嗎？難道當初穆瀾不是因為皇帝的一紙聖旨被迫女扮男裝進了國子監？冒死也要女扮男裝，這可不是砸銀子能解決的事情，很明顯有他不知曉的內情。

林家是答應了杜之仙，哪怕傾盡家財也要保穆瀾一命，然而卻沒有答應讓整個林家上千口人都給穆瀾陪葬。

真真是可惜了。林大老爺心裡暗嘆，沒有多說什麼。他拿了枚戒指給穆瀾，「只要是林家商鋪，妳盡可憑此信物隨意調動金銀。」

除了無涯在宮裡幫她查探，抱著同一個目的，穆胭脂或許會伸出援手。穆瀾的力量很單薄，她沒有客氣，謝過林大老爺便收下了。

林一川早在院外轉著圈等得不耐煩，終於等到穆瀾出來，他快步迎了上去，「怎樣？」

穆瀾很無奈，「吃好喝好安心靜養便是最好。」

「我明白。」

見林一川黯然，穆瀾也無話可安慰，「我這就回去了。」

談了半天，砸錢留人就砸出這麼個結果？穆瀾的平靜讓林一川忍不住了，「我爹和妳說什麼了？」

穆瀾抬手給他看指間的戒指，「大老爺很大方，給了我這個。」

父親出手果然大手筆！可是穆瀾波瀾不興的，別賠了夫人又折兵吧？這也太虧了！林一川懷疑穆瀾並不知道這枚戒指的價值，提點了一句，「林家在京城的產業也值個千百萬兩銀子。」

老頭兒的命換了這個？穆瀾心念轉動，明白了林大老爺的意思。她不肯放棄監生的身分，林大老爺就用這個換了當初對老頭兒的承諾。

不是林家不肯保她一命，是她自己要去送死。她看了眼手上的戒指想，她原也沒有連累林家的意思，能調動的金銀如果有用，她會用的。

「我與林家兩清了，林家不再欠我一條命。」

當初林大老爺病重，眼見不行了，林一川連掃豬圈這種事都做了，求來了杜之仙出手。為此，林家付了三十萬兩銀子，讓杜之仙用以淮河賑災。林一川還親口承諾，將來穆瀾有難，林家哪怕傾家蕩產也要保穆瀾一命。

現在穆瀾說兩清了。林一川一把握住她的手，盯著那枚戒指道：「妳是說，我爹用這枚調取金銀的信物抵消了那個承諾？」

不然呢？就林一川的說法，就京城一地的產業也值個千百萬兩，這枚信物能調取所有林家商鋪的金銀。穆瀾緩緩說道：「這枚信物當得起傾家蕩產四字，自然就兩清了。我拿了這個，林家就不再欠我一條命。」

父親怎麼想的，林一川此時也管不著了，他只覺得心痛。從此與穆瀾再無關係，一刀兩清。這樣的念頭讓他的心就像是破了個洞，空落落的，他不想失去。

林一川盯著穆瀾認真地問道：「妳真的決定收下，不反悔了？」

池家滅門案一天不翻案，父親謀害先帝的罪名一天不昭雪，她就是漏網的罪人之後。一旦身分暴露，無涯縱想保她，也攔不住許太后想要她的命。如果東廠知道她是刺客珍瓏，會全力緝捕，她不能和林家扯上關係。受她連累，也許揚州首富林家會和池家一樣，被抄家滅門。

滿地血腥屍首的畫面出現在穆瀾腦中。林一川對她好，她心裡清楚；他救過她無數次，她無以為報。既然林大老爺用家業兌換承諾，她當然要接受。

穆瀾燦爛地衝林一川笑道：「我收下了這個，林家承諾我師父的事就此作罷，絕不反悔。」

「哦。」林一川的笑容一點點揚起，示意穆瀾看自己的手，他手指上也戴著枚嵌藍寶石的戒指，「這塊寶石來自大食國，絕對不能仿冒，當初就做成了一對，林家家主與主母一人一只。妳收下這個信物，就表示妳同意嫁給我，做林家的主母。既然妳絕不反悔，我自然也不會辜負妳。」

什麼？穆瀾下巴都快驚掉了。

林一川握著她的手湊到嘴邊，響亮地親了一口，「想哪天過門？」

「喂！你別胡說了！」穆瀾用力想甩開他的手，偏被林一川握得死緊。她又氣又急，「林一川，你又不是不知道，沾上我是要命的事。你別只顧著自己，林家家大業大，上千號人呢！你要他們都因為你成為朝廷欽犯？」

「小穆，妳是不想連累我，所以才會拒絕我？」

是不想連累他，還因為她先喜歡上了無涯。穆瀾低下頭，「我不想騙你。」

林一川的手無力地鬆開。

穆瀾拍了拍胸口，「這裡先有了一個人，就沒有空餘的位置給別人了。」

林一川扯了扯嘴角。他心裡也先有她，再也容不下別人。他真的不明白，「妳認識我在先，為何妳心裡先有了他？」

陽光已經西移，將兩人的身影投射在地上，拉出極長的陰影。

「是在靈光寺。」穆瀾曾千百遍回想過，是什麼時候對無涯動的心。她心裡總會冒出靈光寺從水潭中游上岸後，無涯搶先一步攔在她身前的情形，「他不會武功，甚至知道有刺客衝他而去，他也知道我輕功武藝遠勝於他，他還是攔在我身前說『別怕』。我當時覺得很好笑，卻也被他感動。」

想起和雁行在羅漢壁峭壁上不眠不休的兩天兩夜，林一川鼻腔微酸，他別開了臉，微嘲道：「他身分尊貴，人儒雅俊美，還有男兒氣魄，自然容易讓妳心動。」

不，不是因為無涯的身分。

她覺得無涯正直得有點傻氣，甚至傻得很可愛。在知道他的身分後，又覺得他很可憐。

他是皇帝，他不能喜歡一個少年。他想趕她走，結果在國子監御書樓中邂逅，他仍衝動地對她說：我喜歡你。

後來，因為核桃的出現，他明明認出了她卻沒有說破，生怕說破，她就消失了。他小心翼翼得讓她落淚。

在她的生命中，初識情滋味，就夾雜了太多的酸楚與小小的甜蜜。別人對她的好就失了滋味。

穆瀾的笑容裡浮著難以述說的悲傷。

南北背道而馳的船載著她與無涯天各一方。

那晚無涯求著她，哪怕有一分可能都不要棄了他。

彼此間的緣分是那樣虛無縹緲，無涯若覺得有可能，他就不會求她；她若覺得有可能，就不會哭著說當年他為何不查一查就下旨殺了她全家。

「我和他之間隔著我池家幾十條人命，當時他也只是個剛喪父的十歲孩子，我能原諒他，卻越不過我的父母、親人的命，只能說我與他有緣無分，但我心裡只有他。也許身為皇帝，他將來會有三宮六院七十二妃，我知道他心裡也只有我就好。」查出真相後，給家人一個交代，給自己一個交代，她就遠遠離開，尋個安靜的地方平靜度日。

林一川心如死灰。

穆瀾正要取下那枚戒指，林一川合住她的手，「妳收著。是我隨口胡說的。林家不再欠妳一條命。妳若還我，我依然會遵守對杜先生的承諾。」

他望著穆瀾背著醫箱離開，連多說一句話的力氣都沒了。

他站了很久，直到身後傳來一聲嘆息。

林一川回轉身，看到父親不知何時站在院門口。他默默地上前扶著父親回屋坐下。

「我都聽到了。」

林一川將薄毯搭在父親身上，「嗯」了聲。

「一川，爹能砸進去可以調動整個林家的銀子，卻不能把上千條人命也砸進去。」

「我知道。」

「爹走後，你就是林家家主，感情用事是撐不起這份家業的。」

林一川惱火地望著父親，「不是已經沒了嘛？」

林大老爺悠然反問道：「真沒了？」

林一川怒道：「真沒了！林家這麼有錢，要什麼樣的女人沒有？您買了二十四個姨娘，我買一百個！保證個個都過得開開心心……」

他沒有再說下去，輕輕抱住父親，「您多陪我些日子吧。」

等到父親走了，他的心就真的空了。

偌大的林家除了自幼相伴的雁行和燕聲，他真的只剩下銀子了。

第五十一章　刺殺公主殿下的局

清靜了些日子，穆瀾都埋頭整理著杜之仙和啞叔的遺物。坐在裝好的箱籠上，她突然笑了起來，「從前在穆家班進賭坊，都靠核桃的二兩銀子私房當本錢。」

她抬起手，指間的藍寶石戒指深沉如海。

「現如今，林家大把銀子隨便調取，老頭兒的家底也夠豐厚。」

這麼有錢，她是不是該對自己好一點兒？她下廚做的菜真真難吃得要死。她只是想在這個暫時的清靜之地多待些日子，一旦離開，她面臨的又將是刀光劍雨。

穆瀾不想進城，她心裡對林一川始終有份愧疚。把人家的心意拒絕得徹底，總不能真去林家鋪子取銀子花費吧。典當杜之仙的那些字畫、文房四房，她又捨不得。

「橫豎也住不了多久了，隨便弄點兒吃的吧。清煮竹筍也不錯。」

她出了房間，去了前院廚房，隱隱聽到外面有動靜。穆瀾沉默了會兒想，穆胭脂可不會任由她在這裡躲清閒，來的會是什麼人呢？

穆瀾收拾了下，打開大門。

杜家宅子對面的竹棚沒有拆掉，竹林中有青煙升騰，林中隱隱挑出了一方藍色店招。穆瀾心裡詫異，走了過去。

「穆公子想吃什麼？小店新開張，掌勺師父卻是雅頌居做了三十年的大廚。天上飛的，水裡游的，只要您點得出，小店就做得來。」雁行一身跑堂小二的打扮，邊給穆瀾讓座，邊抽了桌頭搭著的白布巾麻溜地將凳子和桌子擦了一遍。

穆瀾一時間真不知道說什麼才好。

「茶是蟹龍珠，揚州名茶。您嘗嘗。」雁行已倒上一杯茶殷勤地放在桌上。澄清的茶湯，清香撲鼻。穆瀾坐了，無奈地說道：「雁行，你家少爺這是……」

「這是生意。這片竹林當初就是林家的，養了十年，環境清幽。有道是好酒不怕巷子深，我家少爺覺得在這兒開間酒樓，定能吸引文人雅士前來。您瞧，往前遙望一代大儒故居，左有淺溪叮咚，右有林木森森，比坐在鬧市之中，充耳皆聞車馬聲，低頭就見販夫走卒不知高雅了多少倍。您說是吧？」

穆瀾看著雁行不歇氣地誇著這塊風水寶地，不知怎的，她很想一拳將他臉頰上那對深深的笑渦打沒了。

「價錢貴嗎？」

雁行笑容更深，「茶水免費，飯菜不貴。您瞧水牌，明碼標價，童叟無欺。」

穆瀾抬起頭，竹棚的簷下真掛著一溜寫有菜名的水牌，一律十個大錢。

「兩菜一湯，一碗米飯。隨意配菜吧。」

「好咧！蟹粉獅子頭！拆膾大魚頭！金蔥砂鍋燉野鴨湯！碧粳香米飯一碗！趕

緊上咧！」

十個大錢一個菜，米飯一文錢，就雁行報的菜名，少說也要一兩五錢銀子；而林一川的感情，又豈止用銀錢能夠算清？穆瀾心裡嘆息。也許她吃得高興，林一川會好過一點兒吧。

橫豎就她一個客人，菜很快就上了桌。

穆瀾拿著筷子就吃。

雁行滿面笑容地恭立在旁，「菜可還合您的胃口？」

「味道不錯。」轉眼間一個獅子頭已經下了肚，穆瀾實話實說。

見她真吃的香，雁行不平衡了，布巾往肩上一搭，望著天說：「我家少爺自從知道某人不會下廚做飯，心疼得要命，回家就四處重金聘大廚；都等不及重新修建，將這廢棄竹棚簡單布置了一番就開張了。」

他低頭時，桌上一盤獅子頭已經沒了，魚頭啃了一半。穆瀾正舀了碗湯喝著。

「砰！」雁行一巴掌拍桌上。

穆瀾喝完湯，數了二十一文錢放在桌上，起身便走。

當他對牛彈琴，白說了啊？一點兒表示都沒有？她的心是鐵打的？雁行大怒，「姓穆的！妳給我站住！」

穆瀾回頭，「銅子兒數目不對？」

雁行將布巾一扔，捋起了袖子，「忘記說了，要和小爺打一架，這筆帳才算得完！」

清水般的劍光從他手中一閃而逝，劍風很細，像捏著瓷片從水面上掠過，轉眼間已到了穆瀾面門。

穆瀾躍起避過，幾個騰挪之後，已與雁行進了竹林深處。

「那晚在下水道裡的人是你？」穆瀾試出了雁行的身手，停住了。

雁行冷笑道：「如果不是林一川，妳此時已在錦衣衛大牢裡了。」

錦衣衛？穆瀾上下打量他，心裡猜了個大概，「你又是錦衣五秀裡的哪一位？」

錦衣衛的腰牌被雁行拿在手裡，「莫琴。」

錦衣五秀除了丁鈴，穆瀾一無所知。雁行輕易吐露身分，有什麼目的呢？他跟在林一川身邊太久，看來莫琴早知道了她的身分。

雁行譏笑道：「穆瀾，池霏霏，刺客珍瓏，都是妳吧？這麼多年過得倒也辛苦。」

果然已經知道了，為什麼沒有告發自己？穆瀾望著他道：「找我打架，不止是想替林一川出氣吧？」

「妳爹池起良是國醫聖手，曾經救了龔指揮使老娘的性命，指揮使大人對池家滅門案心有疑慮，他可以幫妳。妳不用懷疑，想要賣了妳，就憑我知道的這些，東廠早來抓人了。」

也就是說錦衣衛知曉她的身分，完全是因為雁行這個內奸告密，是陷阱還是機會？穆瀾並不會因為雁行這幾句話就相信他，「替我謝過龔指揮使，我自己會查。」

如果龔鐵真想替池家查明真相，是否與他合作，他都會查。也許那位指揮使另有目的呢？

就知道穆瀾沒這麼好應付，雁行也無奈得很。池家只剩下穆瀾一人，當時她才六歲，池起良會讓一個六歲的小姑娘知道嗎？他在心裡將龔鐵罵了無數遍，見穆瀾不置可否，只能提醒她，「既然有人想讓素公公死，他臨終前與妳在一起，對方本著錯殺一千的心思也不會放過妳。所以呢，我家……少爺千叮嚀、萬囑咐，一定要讓我保護好妳！」

派他來的人絕不會是林一川，穆瀾心裡有數。她突然問道：「你是錦衣五秀，為什麼從小就待在林一川身邊？」

自從身分暴露，雁行早料到穆瀾也會問這個問題，笑咪咪地說道：「東廠想讓林家當錢袋子，錦衣衛也窮啊。只是我家指揮使大人深謀遠慮，打的是親情牌。」

穆瀾正要走，腦中靈光閃動，「你家指揮使恐怕不止是想報恩，才想查池家滅門案的真相吧？」

雁行滿臉無辜，「不是每件事都那麼複雜，充滿了陰謀詭計。」

「既然想讓我當誘餌，明天我去吃飯，看來不需要再打一架付帳了。」穆瀾說完轉身就走。

真他媽聰明！不好騙啊。雁行腹誹著，高聲叫道：「錯過我家少爺，妳會後悔的！」

萬壽節，年輕的皇帝終於在諫選秀的內閣條陳上用了印，百官大喜。皇帝以宮中數年未有喜事為由，下詔大赦。

各州府接到禮部行文，為來年選秀張羅了起來。

皇榜四處張貼，衙役鳴鑼相告。

衝著杜之仙關門弟子的名頭，揚州知府令衙役送來了一份謄寫的詔令給穆瀾。上面清楚寫著死罪者改流刑，特別的是列出了一批犯官名單，尚在獄中或流放邊關的均予以赦免。穆瀾在名單末端看到了邱明堂的名字。

手指從邱明堂的名字上劃過，穆瀾的心情有點複雜。杜之仙對邱明堂內疚，借自己的手替邱明堂翻案，可謂一舉兩得。她將謄寫的詔令在杜之仙墳頭燒了。

想必老頭兒泉下有知，可以心安了。

秋風吹得池塘中的殘荷輕搖，一條小水蛇飛快地竄過水面，劃起一條淺淺的水痕。

穆瀾坐在平臺上飲酒。

她記得那天藏身在池中荷葉之下朝平臺上偷窺，難得的看到老頭兒換了身簇新的衣裳，雪白的寬袍綢衫，袖口與衣襬繡著金黃色的小簇丹桂。穆胭脂優雅煮茶，說起了翻案一事。

「當時已經發現我了，後來的話是故意說給我聽的。」

此時回想，穆瀾很肯定穆胭脂後來說起翻案昭雪是有意為之。她想起穆胭脂和杜之仙告辭時行的禮，她跪伏著行了個大禮，老頭兒慌得去阻攔，直說使不得。

穆瀾越想越覺得奇怪。穆胭脂行大禮謝老頭兒什麼呢？謝他出謀劃策，幫她查滅陳家九族的真凶？老頭兒不是欠了穆胭脂嗎？幫她不是理所當然嗎？以穆胭脂的性情，用得著行跪伏大禮？

回到杜之仙書房，穆瀾再一次環顧著這間屋子。那些字畫、書籍、古玩都收進了箱籠，每一件她都重新翻查過，她確定沒有夾藏。

以杜之仙的老謀深算，他既然真心疼愛自己，幫著穆胭脂又覺得對不住自己，他不可能不留封書信什麼的給自己。

「啞叔……」穆瀾恍然大悟。她怎麼把啞叔忘了呢？老頭兒死後的確留了封書信交代後事從簡，那麼他一定另留有書信說別的事情。是啞叔藏了那封信吧？啞叔死之前也沒有提起半個字，會不會截下來交給了穆胭脂？

穆瀾衝進啞叔的房間。啞叔房中布置更為簡單。床底下那口箱子早被穆瀾拖了出來，箱子裡原先裝著一套盔甲，已隨啞叔葬了。穆瀾後來去尋那雙鐵錘，已經被人收走，大概是落在錦衣衛手中。

她把那口空箱子劈成碎片，終於放棄了。

「被穆胭脂拿走了？一定還留了什麼給我。」穆瀾越發肯定。

她冷靜下來，重新又翻揀整理起兩人的遺物。

門環突然被人敲得咚咚作響，穆瀾想起雁行的提醒，心裡升出一絲警覺。那個想殺素公公滅口的人不會放過自己。她知道錦衣衛想抓活口，這是另一條新冒出來的線索。穆瀾不介意當誘餌，但她並不想讓送上門來的線索落在錦衣衛手中。來人是對方派來的殺手嗎？

她前去開了門。

「穆公子！」

歡快如百靈鳥的聲音清脆動人，伴隨著聲音，一道煙霞般的身影映入穆瀾眼簾。

薛錦煙快活地跳下馬車，登登跑到穆瀾身前。

「公主殿下！」穆瀾驚得下巴都快掉下來了，回過神，趕緊行禮。

「免禮！」薛錦煙擺了擺手，抬腳就越過了門檻往裡走，「這就是杜之仙的宅子啊！甚是清幽啊！」

穆瀾又不能攔著她不讓進門，心裡暗暗叫苦。這小公主怎麼跑這裡來了？門口停著三輛馬車，一隊士兵。隨侍的大喬、小喬正呼喝著讓人往下搬薛錦煙的行李。

穆瀾感到有些意外，「殿下，您不會是想住在這裡吧？」

「對呀。」薛錦煙站在院中，好奇地望著院裡瘋長成草的菜田，「看起來很好玩啊！」

一點兒也不好玩。薛錦煙的意外到來讓穆瀾警惕起來。活潑可愛的小公主會被什麼人利用呢？想到對方想殺自己，宅子裡居然多出個小公主，穆瀾就頭痛不已。

她微笑道：「殿下怎麼來了揚州？」

「新任揚州總督昔日是本宮父親麾下大將，他赴揚州上任，太后娘娘恩准本宮隨他一起來揚州遊玩。」

太后？想殺素公公的人如果是太后，當年元后難產一定有問題。穆瀾不動聲色地試探著薛錦煙，「太后娘娘對殿下寵愛有加，竟允了殿下離京遊玩。」

「太后娘娘才不肯呢，被本宮纏得煩了，好不容易才鬆了口。」薛錦煙東瞅西瞄，看什麼都覺得新鮮，「本宮住哪間房啊？」

穆瀾一口回絕，「這裡並不安全，殿下還是回總督府吧。」

「你可以保護我對不對？」薛錦煙水靈靈的眼睛撲閃著望著穆瀾，臉頰浮起了淺淺的暈紅，「你在馬場上救人時，功夫那麼好，保護我肯定沒問題。」

穆瀾頭大如斗，「殿下不如住在總督府裡，我陪殿下遊玩就是。」

「本宮累了，今天先住下再說。大喬、小喬，趕緊收拾房間！」生怕穆瀾反對，薛錦煙直接做出決定。

想殺素公公的人究竟是不是太后？穆瀾心裡盤桓著這個問題，根本攔不住薛錦煙。她心念一轉，沒有再堅持。她倒想看看，對方想用什麼法子弄死自己。

指了外院的廂房給大喬、小喬和八名侍衛住，穆瀾騰出了後院自己的房間給薛錦煙，她搬到啞叔房中。一行人浩浩蕩蕩去了竹林裡的飯館用飯。

和聰明人打交道就是省心，穆瀾和雁行眼神碰了碰，雁行就懂了。

殺手是藏在婢女、侍從中，還是利用小公主對穆瀾出手呢？兩人不動聲色地觀察著。

雁行進廚房傳菜，他突然想到一個問題，如果小公主在杜家出個意外，穆瀾會因保護公主不利而獲罪。一旦穆瀾獲罪入獄，想要她死易如反掌。難道對方的目標是薛錦煙？

偷了個空，雁行寫了「目標許是公主」一行字在掌心，亮給了穆瀾看。

這也並非沒有可能。一個外姓公主的性命在對方眼中並不重要。今晚又將是一個無眠之夜。穆瀾看懂了雁行的意思，抬頭望向天空，鉛灰色的層雲沉沉墜在天際，一場秋雨即將到來。

入夜之後，一場秋雨淋漓落下。杜宅如漂蕩在波濤之中的一葉輕舟，又一陣風吹過，懸在大門簷下的燈籠晃了晃，燭火「噗」的被風吹滅。

後院穆瀾的住處亮著燈，燈光將屋中人的身影清晰地投在窗戶紙上。三男一女，正在打馬吊。

出牌的動作，細細碎碎的笑聲都表明四個人玩得甚是高興。

夜漸深了，大喬、小喬與穆瀾退出房間，薛錦煙送到門口，興致不減，約穆瀾明天繼續玩牌。

兩名婢女忙著端熱水服侍薛錦煙歇息。路上大喬打了個呵欠，小喬正向穆瀾討教著馬吊的訣竅，說笑間已出了月洞門，回了前院各自的房間。

漸漸的，杜宅各房的燈陸續熄滅，都入了夢鄉。

穆瀾躍上房梁，懷裡是杜之仙的一把長劍。她低頭看了眼垂下帷帳的床，閉上眼睛。

後半夜風雨更急，打得竹葉沙沙作響，秋雨將夜色染得墨黑一片。杜宅後院灰白的院牆上閃過六道黑影，藉著雨聲遮掩，悄無聲息潛進了宅子。

後院一排三間廂房，穆瀾的房間讓給了薛錦煙。隔壁一間是她的書房，尚空了一間，是薛錦煙的婢女住著。

一個黑影在薛錦煙住的房間外停了下來，往門上倒了點兒油，挑開門栓後，開門時沒有發出丁點聲音。

他在門口站了站，看到拔步床踏腳板上睡著個值夜的婢女，長長的頭髮露在被子外面。他朝身後打了個手勢，又有兩個穿夜行衣的人潛了進來。他上前一步，朝著婢女一掌劈下去。

就在這時，婢女翻了個身，身上蓋著的被子突然掀起，蒙在黑衣人的身上，隨即一掌劈下，被子裡的黑衣人頓時癱軟了身體。

變故在瞬息之間，跟進房間的兩人不過才愣了愣神，腦後突然生風，幾乎沒有任何抵抗就被擊昏過去。

林一川望著被打量的三人，喃喃說道：「不是吧？這麼輕鬆？」

丁鈴將假長髮扔在旁邊，得意洋洋地說道：「本官計畫嚴密，設計巧妙，敵人自然不堪一擊。」

林一川嗤笑道：「丁大人如此厲害，還來林家找我幫什麼忙？以您的功夫擒下這三隻小蟊賊輕而易舉嘛。」

「我要知道來的是這種慫貨，還真不找你。」綁好三人。兩人隱在窗邊望了出去。

前院一片平靜。

又等了一會兒，還是沒有動靜。

「怎麼會一點兒動靜都沒有？」丁鈴詫異地說道。

「你看著這三人，我去瞧瞧。」

林一川冒雨衝出房間，過了月洞門，前院安安靜靜。他偏過頭一看，啞叔的房門虛掩著，裡面飄出一股迷煙的異香。

他輕輕推開房門，朝裡張望了下。地上躺著三個黑衣蒙面人，看來已被穆瀾解決掉了。他低聲喊了聲：「小穆？」

房間裡沒有動靜，他奔向住著侍衛與大喬、小喬的房間。推開侍衛住的房門，撲面傳來一股異香，林一川知道定是使了迷香，見侍衛們橫七豎八地昏睡，他將門窗打開，去了大喬、小喬的房間，兩人一樣被迷暈了過去。

雨嘩啦地下著，整個院子安靜得如死地一般。林一川機靈靈打了個寒顫。穆瀾去哪兒了？他飛快地跑回後院。

「大小喬和侍衛中了迷煙，三個黑衣人倒在穆瀾房中，她人不見了？」丁鈴撓了撓頭，突然叫了聲：「壞了，這六人太慫，我倆和穆瀾都對付得輕輕鬆鬆，該不是對方看破了咱們的計畫吧？林一川，你家小廝行不行啊？別沒見著莫琴，就把公主弄沒了！」

接到莫琴的計畫，丁鈴去找林一川幫忙，傍晚時分幾人就潛進了杜家後院。計畫中是打完馬吊後，弄暈婢女和薛錦煙，雁行就帶著薛錦煙離開杜家，去找在外面接應的莫琴，丁鈴和林一川則藏在薛錦煙房中守株待兔。

雁行還沒有讓丁鈴知道他的身分。林一川想笑，「我那小廝武藝好人聰明，定能將公主平安交到莫琴手中。」

丁鈴又道：「穆瀾難不成追人跑出去了？輕功真好，一點兒動靜都沒聽到。」

這時，門口透進來的光亮了亮，兩人同時跑到門口一看，遠處一點煙火閃過天際，迅速被雨水澆沒。

「壞了，真中了調虎離山計。你把人弄醒看著，我先去！」林一川叫了聲，衝著飯館的方向急奔而去。

「這些慫貨有什麼好看管的！」丁鈴氣得一跺腳，跟著林一川跑了。

竹林中的飯館被箭枝射成了竹篩子，竹棚前的空地上穆瀾持劍而立，雨水與射來的弩箭被她揮劍絞得粉碎。

她身後豎著一口燒水做菜的大鐵鍋，漏下的箭矢打得鐵鍋噹噹作響。

「你與總督府說好，發出信號就會帶兵前來解圍？」穆瀾守住一輪箭羽，握劍的虎口已經崩裂，滲出了血。

雁行的聲音從鐵鍋後面響起，「張總督是昔日薛大將軍麾下。錦煙公主是薛家唯一的血脈。我送信與他，總督府的兵馬早已出了城。為了放對方入套，沒有靠近竹溪里。一旦看到信號，定會急速趕來。」

穆瀾望著林中影影綽綽的人影，心直往下沉，「我還能撐一會兒。你受了傷，帶著錦煙先走，免得總督府的兵馬還沒趕到，咱們就撐不住了。」

「好，丁鈴和林一川看到信號很快會趕來和妳會合。」雁行當機立斷，背起了昏睡中的薛錦煙，往竹棚後面竄去。

箭雨頃刻而至，穆瀾持劍開路，護著雁行殺出一個口子。一劍砍翻了一個人，穆瀾手腕一抖，鋼絲直勒住衝向雁行的人，瞬間抹喉。目送著雁行背著薛錦煙潛入了沉沉雨夜，她再轉身，已身陷重圍。

丁鈴和林一川奔出杜宅時，一撥箭雨讓兩人措手不及。站在大門外，已能聽到林中飯館方向的打鬥聲。

「這是被包圍了？什麼破計畫！」丁鈴倒吸一口涼氣。

林一川心急如焚，懶得譏笑丁鈴，「走後院繞！」

兩人退到後院，剛越過院牆，又遇到阻擊。雨夜掩飾了對方，也掩護兩人藉著林木遮掩突圍。繞了一大圈，沿著溪水逆流而上，天已經矇矇亮了。

沒有圍攻，沒有打鬥，飯館所在的竹棚已被燒成灰燼，現場卻沒有看到一具屍首。

「林一川，你覺不覺得有種很熟悉的感覺？」丁鈴喃喃說道。

「于家寨！」

兩人圍著四周尋找痕跡，什麼都沒有發現。

林一川疑道：「雁行、錦煙公主還有小穆去哪兒了？總不會被對方抓走了吧？」

一滴血滴到丁鈴臉上，他抬起臉，看到粗大的楠竹上空有一片黑影，「上面好像是個人！」說著躍起抱著竹子往上竄。

楠竹太高，林一川提著劍仰望著。

不多時聽到丁鈴的驚呼聲：「穆瀾？」

林一川心頭一悸，看著丁鈴抱著穆瀾飛身躍下，他搶上前看到穆瀾蒼白如紙的臉，一時間竟有些害怕起來。

「還有氣。」丁鈴探了探穆瀾的鼻息說道。

站著的林一川「噗咚」坐在地上。

丁鈴詫異地看著他，「你和穆瀾感情還真是好啊。嚇成這樣！」

林一川抹了把額頭沁出的冷汗，「你放心，你若死在我面前，我的腿絕不會軟！」

「本官也不稀罕！」丁鈴回了句，檢查起穆瀾的傷勢。

穆瀾渾身溼透，一身黑衣破了數道口子，一時不知道她傷在何處。丁鈴想都沒想就去脫她的衣裳，林一川一把打開他的手，「回去再說。」

俯身抱起穆瀾，林一川的心情分外複雜。他有些自責，不過是前後院的分別，他怎麼就不如穆瀾警醒，沒有覺察到外面的動靜呢？

現在來看，對方的布置相當周密。圍著杜宅不攻，遣了六個慫貨拖延時間，先對付飯館裡的雁行，再殺他們三個。只是對方沒有料到穆瀾動作如此迅速，又熟悉地形，輕易趕到飯館增援雁行。

回到杜宅，丁鈴沒費多少時間就找到藥材，嚷著衝進房間，「幸虧杜之仙會醫術，宅子裡藥倒是不少……」

「藥拿來，你出去！」林一川伸手拉過被子蓋在穆瀾身上，回頭喝道。

丁鈴眼睛利，一眼瞥見了被子下露出的瘦削白皙的肩、玲瓏鎖骨，心裡咯登了下，胳臂環住自己的胸誇張地叫了起來，「林一川你斷袖啊！」

「斷袖也瞧不上你！」

藥瓶被丁鈴當暗器使，扔了過去，「本官是你上司！沒大沒小！」

「滾！」

丁鈴「砰」的拉上房門，回過頭看了眼，嘿嘿嘿嘿地笑了起來。核桃那臭丫頭嘴巴毒，眼光卻不怎麼行嘛。

雨過天晴，林間的鳥兒並不知曉雨夜裡發生了什麼，快活地叫了起來。丁鈴心情愉快地吹起口哨，腰間的金鈴隨著他的步子叮噹作響。

發現穆瀾只是些皮肉傷，只是脫力昏迷，林一川鬆了口氣。他萬分感謝杜之仙給穆瀾做的內甲夠堅韌，撫摸著內甲上橫七豎八的劃痕，他能想像昨晚穆瀾的險況。

「只要妳活著，別的我都不想了。」他往門口看了眼，忍不住低下頭親了親穆瀾的臉，唇角翹了起來，「睡吧。」

出了房門，見丁鈴已將薛錦煙帶來的人弄醒了。聽說薛錦煙遇襲失蹤，大喬、小喬面如土色帶著眾侍衛就奔總督府去了。林一川看了眼留下來的那兩個惶恐宮婢，吩咐她們去燒水做飯，搬了張椅子守在穆瀾房外。

丁鈴又是一笑。

杜家靜下來，兩人開始分析昨晚的事情。

「如果能逮到個活口，或是弄到具屍體，就好辦了。」丁鈴很遺憾地說道。那六個不堪一擊的黑衣人竟然是臨時從江湖上尋來的，身價才一百兩銀子。

林一川這時得了空開始譏諷道：「丁大人不是說您的計畫很周密？怎麼我覺得對方完全瞭若指掌呢？」

「算了，本官不想再替莫琴遮掩了，這破計畫是他弄出來的。換成本官，何至於如此啊！」丁鈴痛心疾首地罵道：「若不是看在他救了我的分上，我會替他扛鍋？他就等著指揮使大人的斥責吧！」

「哦？莫琴救了你？」林一川當時讓雁行自行處理，竟沒料到他還瞞著丁鈴。

「說好找張總督出兵圍捕刺客，人影都沒見著。莫琴這個人在我們錦衣五秀中最是奸滑，定是發現戰局不利，不想涉險，所以臨陣脫逃。指揮使大人不知被他矇騙了多少年！」

正說著，外頭響起甲冑碰撞與馬嘶聲。

丁鈴跳了起來，「我就知道，官兵哪比得上訓練有素的江湖高手，定是總督府的兵到了！」

領兵的是員副將，帶著大喬、小喬和侍衛們一同進了宅子。

大喬、小喬已經哭了起來，「你們來遲了一個時辰，公主殿下早被人擄走了！」

那名副將也甚是惱火，「你們錦衣衛定的計策，要放對方進竹溪里，本將的兵哪敢離得近了。一宵未睡，看著信號冒雨趕了十里地。錦衣衛的人呢？難道連一個時辰都扛不住？」

圍捕金瓜武士陳良，錦衣衛死了二十人，只剩下丁鈴和莫琴兩個。臨時調人來不及，只得向總督府求援。聽著副將的抱怨，丁鈴卻不好意思說錦衣衛只有兩人，硬著頭皮說道：「本官丁鈴。錦衣衛已經追蹤刺客去了。現在最重要的是找回公主殿下，勞煩將軍速回稟總督大人。」

「原來是錦衣衛的神捕丁大人！」聽到丁鈴自報名號，副將臉色緩和起來，說話也客氣了，「不知丁大人可知曉刺客是什麼人？本將也好回報總督大人，商議對策救回公主殿下。」

丁鈴卻不能將懷疑是火燒于家寨的人說出來，打了個哈哈道：「將軍暫且先回吧，本官的下屬正在追蹤。」

「暫時也只能這樣了。本將且留一隊士兵助丁大人查案。」副將點了一隊士兵留下，帶著人馬走了。

丁鈴送到門口，見留下來的那隊士兵整齊地守在杜宅門口，他多看了兩眼，返身回了宅子。

大喬、小喬禁不住追著他哭開了，「丁大人，這可怎麼辦才好？」

「放心吧，天底下還沒有我丁鈴查不出來的事。公主殿下只要無性命之憂，定會尋回來的。」丁鈴寬慰了大喬、小喬兩句，匆匆去找林一川了。

兩人就坐在穆瀾門外的房簷下，院子一覽無遺。

林一川笑道：「這樣說話比在房中更穩當。」

「可不是。」丁鈴瞥了他一眼道：「你該不是故意坐在這裡的吧？」

林一川沒有回答，輕聲問道：「丁大人目光如炬，看出來了？」

丁鈴很是驚奇，「你也看出來了？」

林一川點了點頭，「虧得昨夜一場雨，留下不少腳印。」

沒有屍首，飯館被一把火燒了個乾淨，竹林中泥地裡的腳印很清晰。偷襲者穿的都是軍部統一供給的厚底布靴，踩在泥地裡的腳印太一致了。清晨雨停，竹溪里的地還沒有乾，那名偏將帶來的士兵在杜宅外也留下了清楚的腳印，和林中兩人發現的腳印一模一樣。

「莫琴這次是把計畫送進賊窩了。本官只是不明白，張總督對過世的薛神將敬仰有加，為何還會對薛家唯一的血脈下手？」

林一川輕嘆道：「薛錦煙三歲時，薛大將軍夫婦抗敵殉國，至今已經過去了十二年。時間長了，人心是會變的。」

丁鈴笑道：「不管怎樣，咱們總算逮住這條線索了。」

一方總督是重臣，定是對方心腹，不會輕易被滅了口。于紅梅斷了線索，丁鈴頹唐了許久，好不容易揪到新線索，他立時覺得昨晚的冒險值了。

他突又想起莫琴，低聲咒罵道：「老子現在明白了，莫琴定是也發現了張總督有異，乾脆捨了公主查案去了。他為了功勞連公主的性命都不管，太不要臉了！一川，你那個小廝和公主同時失蹤，你覺得他倆是落在張總督手上，還是逃走了？」

林一川往房中看去，「小穆興許知道。她素來機靈得很。」

雨模糊了穆瀾的視線，一道道黑影從林木後衝出來。林木深處彷彿打開了通向地獄的門，猙獰的厲鬼絡繹不絕，爭先恐後地殺向人間。

唯一的阻礙是前方身材清瘦的穆瀾，她每一次揮劍，必然收割一條性命。

穆瀾不知疲倦地一次次躍起避開刺來的長矛、劈下來的刀光，她的身邊躺滿了屍體，她突然心悸。

被雨水與黑夜遮掩的血色突然鮮明地呈現在她眼前，一低頭，腳邊躺著的人變成了母親。穆瀾手中的劍脫手飛出，她閉上眼睛，手腕抖動間，細長的鋼絲刺向高大的楠竹，帶著她離地飛起。

她在黑暗的林中瘋狂地奔跑，只想遠遠離開那處鮮血淋漓的地方。她終於沒了力氣，趴在柔韌的竹枝間只想睡過去。

記憶在睡夢中未曾中斷，四周這樣黑，這樣安靜，她聽到腳步聲響起，模糊地想，父親回來了。

她看到父親匆匆走進書房，彎著腰背對自己。她歡喜地走到父親身後，想嚇嚇他，無涯突然出現在父親身邊，面無表情地揮起了刀。

「無涯！」穆瀾嚇得大喊出聲。

穆瀾一激靈地睜開眼睛，心撲通撲通急跳著。

房門在這瞬間被人推開，穆瀾機械般地望著站在門口的林一川。他手裡端著碗雞湯，香氣盈滿了房間。

林一川尷尬地站在門口。他推開門的時候，正聽到穆瀾叫著無涯的名字。他怎麼就沒能遲一步推開門呢？

穆瀾抹了把額頭的冷汗，下意識地看了看自己。

「是錦煙公主的婢女幫妳換的衣裳。」林一川定了定神，笑著說道。他走到床邊，將湯碗遞給她，「雞湯也是公主的婢女燉的。」

「哎喲，林大少還有做好事不留名的時候啊！」丁鈴手裡端著碗雞湯靠著門框滋溜喝著，毫不客氣戳穿了林一川的謊話，「穆瀾，妳趕緊嘗嘗林一川的手藝。本官真沒想到林家大少爺居然會燉雞湯，味道還真不錯！」

林一川的手抖了抖，將湯碗放在桌上，轉身開始捋袖子，「和傷者搶雞湯，你還要不要臉？」

丁鈴端著碗轉身就跑，「穆瀾一個人也吃不完一整隻雞不是？本官就舀了一碗！你當本官沒喝過雞湯？揚州首富家的大公子燉的雞湯真好喝啊……」

「教你得意……揍得你連黃水都吐出來……」

兩人在院子裡鬧騰的聲音漸去漸遠，穆瀾望著桌上的湯碗愣了會兒神，端了過來，禁不住也笑，「林一川會燉雞湯？」

雞湯被細心拂去了浮油，加了枸杞，帶著股淡淡的甜香味。一口氣喝完，周身暖意融融。

穆瀾捧著湯碗，想起夢裡的情形，眼睛霎時變得溼潤。

外面的兩人沒打鬧一會兒，想起正事來了，又回了穆瀾房間。林一川瞄了眼喝完的湯碗，嘴角禁不住翹了翹。

丁鈴搶先開口問道：「哎，穆瀾，還沒顧得上問妳，昨晚怎麼回事？」

「昨晚進我房間行刺的三人功夫太差，我覺得不對勁。雁行將錦煙公主藏在飯館裡，來宅子偷襲的人卻只是三腳貓的功夫。如果對方想藉此拖延時間騙我們，雁行和公主就危險了。我直接去了飯館，可能是對地形比較熟，繞過了宅子外面的埋伏，趕到飯館時，雁行已受了傷。我掩護他帶著公主先走，以他的身手，我想錦煙公主應該無恙。」

丁鈴趕緊向穆瀾印證他和林一川的發現，「襲擊飯館的人，妳可有什麼發現？」

「對方來了大概百來人，用的是制式刀矛弓箭。下著雨，天又黑，雁行和公主逃走後，我顧著脫身，沒有仔細查看。不過，來的人之中沒幾個高手，否則我逃不了。」

聽見用的是制式武器，丁鈴哼了聲道：「果然和本官猜得一樣！」

林一川簡單說完對腳印的判斷，穆瀾倒吸一口涼氣，「怪不得對方對我們的情況瞭若指掌，但張總督怎麼會對錦煙公主下手？」

丁鈴冷笑道：「人心不古唄！」

如果幕後的人也是在山西追殺丁鈴和林一川的人，那麼，張總督可是條大魚。一個念頭飛快從穆瀾腦中閃過。薛大將軍難道也和昔日陳家有關係？

丁鈴接著說道：「莫琴一直沒有現身，他一定能找到雁行和公主。懷疑歸懷疑，終究沒有證據，等莫琴的消息吧。」

莫琴？丁鈴還不知道莫琴就是雁行？穆瀾古怪地看向林一川，兩人目光相碰。

林一川偏過了臉，「妳好好休息。怕打草驚蛇，對方暫時不會有什麼動作，且等著吧。」

「好。」穆瀾應了，拉過被子閉目休息。

丁鈴眼神微睰。從昨天到今天，穆瀾就是不問核桃，她什麼意思？難道她根本沒有發現什麼線索，不過是在利用自己？一定是這樣！丁鈴大怒，惡狠狠瞪了穆瀾一眼，心想：反正人現在在我手上，我還怕妳？

他扯著林一川就出去了。

穆瀾睜開眼睛，笑了笑。

薛錦煙在杜家出了事，追究起來，她脫不了關係。丁鈴平安到了揚州，核桃自然也平安無事。有丁鈴保護著，她還有什麼不放心的。

眼下最重要的事情是安全找回薛錦煙。穆瀾陷入了沉思。好不容易逮住了張總督這條線，她絕不能輕易放棄。

穆瀾又睡了一個白天，再睜開眼睛時，眼神清亮無比。她翻找出新的內甲換上，將房間布置了下，悄然離開宅子。

她前腳剛走，丁鈴和林一川也起來了。

「我去總督府探探，你留在杜家守著穆瀾。」

林一川「嗯」了聲：「你當心些，探不到消息也別驚走了魚。」

「本官還用你叮囑？」丁鈴走之前，猶豫了下，從懷裡掏出一只荷包遞給林一川，「我所有的積蓄，你先幫我拿著。如果我出了事，你幫我給一個人。」

「該不會是你攢了多年的媳婦本吧？」林一川打趣道。

丁鈴白了他一眼，「走了！」

林一川記下丁鈴說的地址，將荷包拋了拋，笑著搖了搖頭。

第五十二章　夜窺

夜色漸深，揚州總督府燈火通明，僕婦們裡外忙碌著，知名的郎中被悉數請進了府。

總督夫人急步進了正堂，總督張仕釗蹭地就站了起來，「如何？」

「殿下只是受驚過度，沒有受傷，方才飲了藥歇下了。」張夫人已上了年紀，疲倦不堪地在一旁坐下，「只是護送殿下前來的那個小廝傷得有點重，性命倒也無礙。」

「萬幸！」張仕釗長長地鬆了口氣。

張夫人遣了僕婦們下去，沒好氣地抱怨道：「太后娘娘也不知怎麼想的，怎應了這小祖宗出京玩耍？幸得那林家小廝忠心，護得公主平安回來。她若有個萬一，薛家軍那些將領還不知道會如何怨懟老爺。」

「住口！怎可非議太后娘娘。」張仕釗低聲斥了夫人一句，輕嘆道：「娘娘信任本官，這才將錦煙託付給本官照顧。這段時間辛苦夫人了，明兒一早令人去竹溪里將錦煙的隨從叫回來。我去見見幕僚，今晚就在書房歇了。」

「老爺。」張夫人叫住了他，低聲說道：「錦煙活潑好動，妾身又不能總拘著她不讓她出府，您還是想辦法讓她起程回京吧。妾身擔心，明裡行刺公主，其實對方是衝著老爺來的。」

「我心裡有數。」

張仕釗說罷離開後院去了內書房。

幕僚和領兵去竹溪里的副將已等了多時，齊齊起身見禮。

「都坐吧。」張仕釗擺了擺手，望向自己的親兵，「首尾可收拾乾淨了？」

副將點了點頭，「大人放心。動手的不是咱們的人，不過是借了軍中服飾混在咱們的隊伍中出城去了竹溪里。現在所有的屍首都燒成了灰燼，撒進了大運河。餘下的人已經登船離開了。」

張仕釗「嗯」了聲，揉著額頭道：「去了一百五十名軍中精銳，還讓林家一個小廝護著錦煙逃了，穆瀾受傷卻還沒有死。這事辦得……當年薛家軍無人知曉內情，錦煙那丫頭怎會無緣無故問起當年薛神將夫婦殉國之事？」

幕僚輕聲說道：「依屬下看，公主殿下年紀漸長，在船上問起老爺當年舊事，未必是起了疑心，不過是孺慕父母；恰逢老爺又是薛神將麾下愛將，她詢問老爺也在常理之中。」

「就算是無心一問，仍然讓本官心驚肉跳，不得安寧。」張仕釗長嘆道：「那丫頭倒也命硬。當年先帝心傷薛神將殉國，將她接進宮中封了公主，昨晚她又逃過一劫，難不成薛神將夫婦真的在天有靈？」

一時間他東張西望，竟有些坐立不安起來。

「大人莫要這樣想。」幕僚寬慰道：「昨夜之事，起因來自錦衣衛察覺到京中有所行動。我們想著順水推舟，來個一石二鳥，既除掉錦煙公主，又替那位貴人辦妥了事情。如今公主殿下已經來了總督府，我們是不能再妄動了。不如早點送她回京，讓京中貴人想辦法替大人拔了這根心頭刺。」

張仕釗「嗯」了聲，叮囑副將道：「既然咱們沒有露出破綻，錦衣衛丁鈴有所求，盡量滿足他。莫讓丁鈴看出破綻，對我們生疑。」

「卑職明白。」

副將走後，張仕釗令人整治酒菜，與相伴幾十年的幕僚對飲。

「自錦煙那丫頭在船上問起淨州一戰，本官幾乎夜夜難眠。過了十二年，本官仍然不知道當年所做之事是錯還是對。」

對著當年為自己出謀劃策的幕僚，張仕釗藉著酒意舒緩著緊繃的神經。

幕僚替他斟著酒，和聲勸道：「當年之事又怎怪得了大人？薛家與陳家是世交，薛家軍六萬兵馬在手，京中貴人如何放心他手握兵權？大人若不應了京中貴人所求，又怎能保得住妻小平安？」

「是啊，既然已經做了，哪容得了本官此時後悔。」張仕釗笑了笑，望定了幕僚道：「你在本官身邊待了近二十年，心裡可還想著你在京中的那位主子？」

幕僚一驚，搖著頭笑了起來，「大人原來一直知曉。屬下自辦了那件事後，在大人身邊二十年了。如今天下太平，屬下只想在大人身邊安享晚年。」

主僕二人的目光對撞著，終於化為會心一笑。

「這天下，怕是太平得太久了。」張仕釗飲下酒道：「雖應了京中那位貴人所求，本官也不願辨糊塗事。杜之仙那位關門弟子怕是從素公公處聽到了些什麼，才惹來殺身之禍。」

「那位貴人太過謹慎，身在局中看不透啊。」

幕僚一句感慨引來張仕釗不解，「這是何意？」

「大人您想，當年素公公隨侍在先帝病榻前，就算先帝真留下遺旨，素公公為何瞞了這麼多年不開口？自然是擁戴皇帝，不願朝廷動盪。他病死時又怎會告訴杜之仙的關門弟子？所以屬下才會說，京中的貴人是身在局中，迷了眼睛。」

「穆瀾身邊有錦衣衛丁鈴和莫琴在，咱們就靜觀其變吧。」

書房裡的對話悉數被穆瀾聽得真切，眼前的迷霧彷彿伸手就能拂開，又似少了一點兒契機。她正要起身離開，竟看到屋脊的另一端也有個身影冒出頭來。兩人聽得認真，竟然都沒有發現對方的存在。一時間竟在屋頂上相看無言，誰都不敢動。

這時，院門外匆匆進來一名管事打扮的人，他來到書房門口，輕聲稟道：「大人，東廠來人了。」

房門開合，穆瀾和那人同時又伏下身子。

東廠一行六人已走進了院子。

張仕釗站在屋簷下，驚疑不定地望著來人。

斗篷的帽子被掀開，張仕釗眼前一亮，五名東廠廠衛拱衛著中間的年輕男子面容英俊無比。他心裡一驚，已拱手笑道：「譚公子。」

譚弈拱了拱手，「總督大人。」

來的是譚弈？他不在國子監，跑揚州來做什麼？

屋脊那端的黑衣人顯然也極為好奇，身體略略抬高了些。

譚弈身後的李玉隼驀然感覺到來自屋頂的窺視，霍然抬頭，「什麼人？」

聲音一起，人如鷹隼般朝屋頂掠去。

難道剛才與幕僚的對話悉數被聽了去？張仕釗大驚，怒喝道：「來人！圍了總督府！保護殿下！」

一句話咬死屋頂來人的身分是行刺薛錦煙的刺客。

丁鈴沒想到東廠來人中竟然有武藝最強的李玉隼，暗罵聲就朝穆瀾藏身的方向飛奔。

「你大爺的！」穆瀾氣得不行，朝著另一個方向急掠。

「抓住那兩個刺客！」

總督府沸騰喧囂，駐在府裡的親兵跟著屋頂上的兩人包抄而去。譚弈和東廠五人已經上了屋頂，緊咬著兩人窮追不捨。

穆瀾回頭一看，那個黑衣人竟然緊綴在自己身後，輕功還不弱的模樣，心裡又一陣痛罵。她顧不得許多，朝著樹木多的後院急奔。

總督府前院寬敞，闢出了練武場，走正門無疑給人當靶子。丁鈴也這樣想著，跟在穆瀾身後往後院跑去。

張仕釗是領過兵的大將，以兵法治府。看著人往後院逃，當即傳令後院家人悉數集中在正房夫人處，領著人往後院去了。

奔過一道屋脊，穆瀾身體墜下，順著兩屋之間的縫隙鑽到後牆根下。她正緊張地想著脫身的辦法，眼前一條黑影出現她面前。

丁鈴瞅到這處縫隙，也跑來了。

穆瀾一拳就揍過去，交手才兩個回合，兩人幾乎同時住手，貼在牆根下。

頭頂嗖嗖幾道人影越過。

「就在後院裡，圍住了搜！」失去兩人蹤跡，李玉隼站在屋頂上叫道。

牆根下的陰影中，穆瀾和丁鈴瞪視著對方，又不敢動手，一時間竟僵持起來。然而時間不等人，等到總督府圍成鐵桶一般，挨個搜查，誰也跑不了。

穆瀾身上帶著傷，她自信以自己的輕身功夫和手段，沒有對方綴著，還有機會逃走。她低聲說道：「各走各的道，別再跟著我。」

聲音壓得再低，丁鈴卻聽出來了。他驀然放鬆，一屁股坐在牆根下，伸手把蒙面巾扯下來，「妳怎麼跑來了？」

看到丁鈴的臉，穆瀾更生氣，一腳就踢過去，「你大爺的！你暴露了往我這邊跑什麼？不要臉！」

「想法子脫身要緊。」丁鈴理虧，苦著臉硬受了她一腳，「我有辦法。」

穆瀾冷笑，「你別告訴我順著後花園的小湖走水渠出府。」

她能想到的，別人自然也能想到。東廠的人不是傻子，張仕釗也不是蠢貨。

不能暗中逃走，勢必要有一人折騰出動靜引開追兵。能否逃脫，那只能看天意和運氣了。丁鈴的小眼睛滴溜溜直轉，「核桃還在我手裡呢。」

他竟在這時用核桃要脅起穆瀾來。

「錦衣衛和東廠都一樣無恥。」穆瀾咬牙切齒地罵道。

丁鈴臉皮厚，任她罵，「反正妳身上帶著傷，肯定打不過李玉隼。就算妳失手被擒，我還能利用錦衣衛的身分營救妳不是？」

「如果張總督和東廠知道偷聽的人是錦衣衛，我想那位神祕的京中貴人首先想的是和錦衣衛握手言和，聯手將薛神將殉國的真正原因、素公公隱瞞的祕密，還有靈光寺一案悉數壓下來。」穆瀾冷冷說道：「官官相護，利益均分。所以丁大人，我倒覺得你去引開他們最好不過。」

一席話說得丁鈴語塞。穆瀾的分析不無道理，對方會以為逃走的人也是錦衣衛，殺了自己無用。

「不入虎穴，焉得虎子。丁大人與他們握手言和，說不定還能探得更多線索。」穆瀾又補了一句。她是絕對不能落在對方手中的。她沒有錦衣衛撐腰，她知曉的祕密越多，死得越快，而丁鈴還有與對方周旋的本錢。

「說得也有些道理。不過，妳告訴我，那天妳在靈光寺梅于氏房中看到了什麼？」丁鈴拿定了主意，也要討些利息。

穆瀾一開始並非有意瞞著林一川，只是當時她還沒來得及說。穆胭脂意外出現，讓她以為梅于氏的死和陳瀚方有關。那時候她對林一川還沒有現在這般信任，後來發生的事情一件接一件，教她應接不暇，這條線索就一直沒有說出去。

她的手指在空中畫了個十字，「梅于氏死前在地上畫了這麼個符號。後來進去的人多，也許是無意間踩模糊了，無人發現。我懶得多事，就沒有說。」

十字？這是什麼意思？丁鈴撓起了頭。

「丁大人，您再想下去，誰都走不了。」

兩人同時被擒，對方會無所顧忌，直接殺人滅口。

丁鈴回過神來，「如果有萬一……」

穆瀾正等著丁鈴說核桃的藏身地點，他卻不說了。他想到託付給林一川的事，他憑什麼現在要告訴穆瀾？話鋒一轉，他改了主意，「萬一本官真被人滅了口，她也會沒命，妳別浪費了本官為妳爭取的機會。」

丁鈴說罷順著牆根跑了。

不多會兒，穆瀾聽到遠處響起清脆的鈴鐺聲，丁鈴囂張地折騰，吸引著總督府裡的追兵。她集中注意力，朝著清靜處奔去。

為了讓對方看到自己逃走，給丁鈴留下生機，穆瀾直奔到後花院圍牆處，一躍而起。

兩個身影伴隨著冷笑聲響起，「聲東擊西，也騙得了我？」

李玉隼與譚弈的刀同時砍向穆瀾。

刀勢凌厲封住了穆瀾的去路，她知道如果被逼下牆頭，再被纏住脫身就難了。

她躲開李玉隼，打算硬扛下譚弈一刀。只要出了總督府，就算受了傷，她也有把握仗著輕功逃離。

就在這時，一柄劍從黑暗中刺出，逼得譚弈回刀架住。刀劍相撞的瞬間，那人喝道：「走！」

是林一川？穆瀾來不及多想，藉著這個空檔躍出了圍牆。

李玉隼大怒，跟著就要追去。林一川的攻勢突然變急，劍光直刺向譚弈面門，逼得李玉隼回身相救。

林一川轉了個身，一腳踹在譚弈後背，借勢離開了。

「別追了！對方夜探總督府，和東廠沒有關係。」李玉隼接住了譚弈，心裡慶幸他沒有受傷。

對方的功夫並不弱於自己，就這愣神的工夫已消失得無影無蹤。意外撞見對方夜探總督府，出手阻攔只是本能。攔不住，於東廠又無損失。

他望向總督府的內宅，聽著清脆的鈴聲，這時才反應過來被圍攻的人是誰，「可惜梁信鷗沒來，否則丁鈴落在他手上，有好戲瞧了。」

「路上接到消息說公主殿下昨晚遇刺，今晚丁鈴就夜探總督府，難不成他懷疑張仕釗賊喊捉賊？如果是這樣，公主殿下不能再留在總督府裡。」譚弈回過神來，也沒心思追了。

「公子，我們去看看情況再說。」

兩人朝著內宅打鬥最熱鬧的地方去了。

丁鈴已被團團圍住，張仕釗此時根本沒有生擒他的意思，又礙著東廠的人在，一時間心裡後悔萬分，不該借酒與幕僚說起當年祕辛。

看到李玉隼與譚弈過來，丁鈴馬上叫了起來，「誤會！別打了！本官錦衣衛丁鈴！」

錦衣衛丁鈴！張仕釗愣住了。逃走的那人如果也是錦衣衛，殺了丁鈴也無濟於事。張仕釗心思百轉千迴。就算錦衣衛知曉了薛神將因陳家之事殉國，又能怎樣？坐在龍椅上的皇帝還能為陳家喊冤不成？想到這裡，心裡的惶恐漸漸消散，他冷著臉譏道：「丁大人當我總督府是自家後園子？想逛就逛嗎？」

「哎喲，總督大人誤會了！」丁鈴一把扯下蒙面巾，喘著氣撐著腰說道：「本官本來是想來打聽公主的下落，卻聽說公主平安回了總督府。本官想著刺客或許會捲土重來，這才藏在暗中來個守株待兔。」

「本官料事如神，刺客還真的來了，正打算擒下他，沒想到李大檔頭也發現了刺客。本官來不及解釋，追著刺客到了後院，沒想到竟被大人當成了刺客。大水沖了龍王廟，一家人自己打起來，倒教刺客趁機溜了！」

一番話說得滴水不漏。

張仕釗的目光閃了閃。那人如果不是錦衣衛，又會是誰呢？

李玉隼冷笑道：「丁大人這是在責怪東廠橫插一腳，放跑了刺客？」

「本官沒這意思。」丁鈴的小眼睛在東廠諸人臉上轉來轉去，嘀咕著，「李大人晚一點兒出聲，也許本官就抓到他了。」

李玉隼大怒，「我看你和那黑衣人就是一夥的！」

丁鈴昂起了臉，「我還覺得東廠來得太巧了呢！」

「今夜本官這總督府倒是熱鬧，東廠、錦衣衛都來了。」張仕釗打斷了兩人的話，目光卻望向譚弈，「丁大人是來守株待兔擒刺客，東廠又是為何而來？」

「總督大人。」譚弈上前一步道：「淮安府河堤被毀時，有人看到是一高大老人手執鐵錘擊毀了河堤。有此神力者，只有當年死在詔獄的金瓜武士陳良。據知情者的回憶畫出的畫像，與杜之仙身邊的啞僕面容相似。此啞僕在杜之仙週年祭前自盡，東廠要開棺驗屍查證其身分。如果其身分屬實，杜之仙和其關門弟子穆瀾脫不了關係。請總督大人速速發兵，圍了竹溪里，緝拿陳良的同黨穆瀾。」

丁鈴心裡咯登了下。當初莫琴殺了侯繼祖，就是想掩蓋陳良的身分。他正好南行出京到揚州，莫琴就傳信約他暗捕陳良。陳良死了，指揮使大人下令隱瞞這件事。查無對證，東廠就休想從侯繼祖案中脫身。

以前丁鈴不知情，暗捕陳良失敗後，莫琴才告訴他，穆瀾是池起良之女。指揮使大人懷疑先帝臨終前有遺旨，素公公不說，唯一的知情人只有池起良。池家滿門被抄斬，只剩下了穆瀾，她絕對不能落在東廠手裡。

「既然東廠辦侯繼祖案，本官就不妨礙諸位了。告辭！」

丁鈴想走，張仕釗攔住了他，「丁大人，公主殿下昨天去竹溪里小住兩天，晚上就遇刺，本官懷疑穆瀾是勾結刺客的內奸。公主遇刺案是由錦衣衛負責，大人便與我們一起出發去竹溪里吧。」

一時間教丁鈴難以推脫，他只得寄希望於穆瀾沒有翻越城牆回竹溪里，選擇在城裡暫時藏身。等竹溪里傳來動靜，穆瀾自然就不會再回去。

商議停當，張仕釗喚來副將點兵，一行人連夜出城趕去了竹溪里。

總督府裡漸漸平靜下來，後院客房的房門被人輕輕推開，雁行掙扎著走出門，強撐著翻牆出了總督府，消失在夜色之中。

察覺到無人追來，穆瀾在幽深的巷子裡停住腳步。裂開的傷口傳來陣陣痛楚，她靠著牆滑坐在地上，滿腦子都是總督張仕釗與幕僚的對話。

她總算明白先帝駕崩前，父親擅改藥方配了一副回春湯的用意了。

先帝一直服著太平方延緩著性命。無涯說過，那時候他去給先帝請安時，先帝臥榻不起，說話已經吃力。

那碗藥不是父親的本意，他不過是遵從了先帝的意願，煎了碗回春湯讓先帝忘卻病痛，強聚精神。

生命逝去前的最後一段時間，一個皇帝能做什麼呢？自然是寫下遺詔。

父親何罪之有？

「寧可錯殺一千，也不放過一個。」穆瀾喃喃說著，心裡一片悲愴之意。不論父親是否知曉先帝留有遺詔，池家仍然被冠以謀害先帝的罪名。父親返家不過半個時辰，抄斬池家滿門的旨意就到了。

侍奉在乾清宮裡的素公公是最後看到先帝嚥氣的人，他瞞下這件事，在許太后、無涯與百官指責父親謀害先帝時，他緘默不言，眼睜睜看著池家滿門抄斬。

穆瀾懂了，素公公認出荷包上的繡花，以為她是陳家後人，刀架脖子上也視死如歸。當她透露真正的身分後，素公公才會顯得那樣震驚。

所有人都認為先帝駕崩前如有遺詔，必在素公公手中，他的沉默讓對方遲疑。也許是素公公久居乾清宮，對方找不到機會下手；然而穆瀾夜入戶部庫房翻找池家舊物，對方坐不住了。素公公出使揚州，為無涯做了回誘餌。知道自己是池起良之女時，他愧疚不安，他自盡不是為了謝罪，是還想借一死瞞過自己，保住那晚的祕密。

穆胭脂找的不是那張脈案，而是先帝遺詔。

雁行指望著自己和錦衣衛合作，為的也是那份或許存在的先帝遺詔。

有人為了保住權力，害怕出現那紙遺詔，想隱瞞所有的祕密。有人為了先帝元后、為了陳家，拚命想要拿到那紙遺詔。

池家不過是他們眼中不值一提的犧牲品。池家人的命就不是命？穆瀾笑了起來，「我真好奇，如果有遺詔，上面寫了些什麼？」

素公公死不開口，池家只剩下自己一個人。

如果遺詔真給了素公公，他這麼多年三緘其口，就算有，也定會被他毀了。她又上哪兒找去？

穆瀾想起素公公臨終前，她看穿他的想法，故意用話詐他。

「譚誠為何要留著您這個老東西活了十年？真以為您在乾清宮他就下不了手？他是不是以為……所以投鼠忌器？」

以為素公公手裡有什麼東西，才會投鼠忌器。

穆瀾現在懂了，那東西便是先帝的遺詔。如果素公公真的毀了它，就不會聽到自己詐他的話後驚恐不安，一口氣沒緩過來。

遺詔必在父親手中，或者父親知曉放在什麼地方。

難道是交給于紅梅帶出了宮？陳瀚方在尋找的東西也是這份遺詔？

思索間，風聲與腳步聲在穆瀾耳邊響起。她猛拍地面，借力躍起，回頭時，一道劍光已到了她面門，穆瀾抬手用匕首架住了劍。

一股力量從劍身傳來，穆瀾胳膊痠軟無力，匕首叮噹掉在地上。

劍停在她咽喉處。

「大公子，你贏了。」穆瀾認出了林一川，說著彎腰去拾自己的匕首。

林一川拉下蒙面巾，惱怒地說道：「就妳這狀態，也好意思去總督府聽壁腳？妳能不能不這樣衝動？」

穆瀾被他說得訕訕無語。

「傷口裂開了？」

「都是皮外傷，不礙事的。」

昨晚護著雁行和薛錦煙逃走，打得脫力，穆瀾身上大大小小傷了十餘處。林一川再清楚不過。他收了劍，在她面前蹲下，「別逞強了。上來吧，我背妳。」

「我能走的。」

林一川扭過頭望著她，眼眸深得像是化不開的夜色，「或者，妳喜歡我抱妳？」

穆瀾低下頭，趴在他背上。

他腳步輕盈地穿過街巷，穆瀾發現方向不對，「去哪兒？」

林一川沒好氣地說道：「回林家。妳別指望我會背著妳翻城牆走二十里路回竹溪里。」

「丁鈴還在總督府，你不擔心他？」

「我們逃走了，他就不會有事。張總督不敢和錦衣衛正面起衝突。妳若倦了，趴我背上睡吧。」

「林一川。」穆瀾輕聲說道：「我這樣對你，真是不公平。」

「我願意。」

穆瀾眼睛微熱，把臉靠在他背上，「你以後不要再管我的事了。池家滅門大概是因為有人疑心先帝駕崩前留下了遺詔。我要找到那份或許存在的遺詔，看看上面寫的是什麼東西，讓我全家為它賠上性命。穆胭脂在找它，錦衣衛也在找它，還有想毀了遺詔的人也在找它。我是一個人……你家老爺子都明白的。你明白嗎？」

先帝遺詔？林一川深吸了一口氣。這可真是要命的事！他想起了年輕的皇帝。無涯已經親政三年了，如果那份遺詔對無涯不利，穆瀾該怎麼辦？她說她是一個人，以她的聰慧，她早就想到了吧？她怎麼就偏喜歡了無涯？林一川心裡升起陣陣憐意，「我知道。小穆，以後我只能在暗中幫妳了。」

知道事關皇權，他仍然說在暗中幫她。穆瀾悶悶地「嗯」了聲。

林一川輕車熟路地翻牆回了家，放下穆瀾時，發現她已經睡著了。他猶豫了下，抽開她的衣帶。

穆瀾的眼睫顫了顫，一動不動地睡著。

林一川解開她身上的內甲，瘦削身體上幾乎纏滿了白布，裂開的傷口沁出片片血跡。

新舊傷痕縱橫交錯，林一川不忍細看，飛快地處理著傷口。他眼前浮動著穆瀾燦爛到眩目的笑容，越想越難過。

自從她找回記憶，那樣的笑容就少了。

他拉過被子蓋在穆瀾身上，突然說道：「甭裝睡！妳的身子被我看過無數遍了，妳好意思去喜歡別人嗎？」

看著一抹緋色迅速浮起，染紅了穆瀾的臉，林一川翹了翹嘴角，「妳給我聽清楚了，無涯不可能讓妳幸福，我絕不會讓妳繼續喜歡他！」說罷出了房門。

林一川想明白了，他見不得穆瀾受傷，他不想讓自己難受，就只能順著自己的心意把她的心搶回來。

揚州總督張仕釗集結人馬，與東廠六人和丁鈴一起深夜出城，趕往竹溪里。隊伍整齊的腳步聲與馬蹄聲踏破了城裡的安靜。

趁著隊伍集結，雁行悄悄離開總督府。他沒有出城，逕自回了林家。翻牆落在院子裡，看到正房迴廊上坐著的林一川，雁行心裡那口氣鬆洩下來，坐在了地上。

在他翻牆而入的時候，林一川已站了起來，「雁行？」

雁行衝著他直笑，「我就猜到是你。」

林一川上前扶他起來，「我才知道晚上你送了公主回總督府，你怎麼跑回來了？」

「等會兒再說。穆瀾在吧？」

「嗯。」

聽到林一川確定，雁行整個人都軟了，吊在林一川胳膊上道：「趕緊著送我回總督府，路上給你說。」

林一川猶豫著往房裡看了一眼。

雁行馬上反應過來自己沒想得周全。林一川送自己回總督府時，穆瀾萬一離開林家偷跑回竹溪里就麻煩了，「東廠知道了陳良的身分，張仕釗帶兵去竹溪里了。丁鈴也被裹脅著一同前往。穆瀾被東廠通緝了，她不能再回去了。」

一直擔憂的事情終於發生了，林一川反而有了一種石頭落地的感覺。穆瀾還想回國子監，太危險，他一直勸不住。現在好了，她必須棄了「穆瀾」這個身分。

「你先歇會兒，我去同她講。」林一川扶了雁行在廳裡坐著，逕自去了房間。

房門推開的瞬間，穆瀾潛意識裡的警覺讓她醒了。

林一川掃了眼床頭，疊得整齊的衣裳少了一套中衣。穆瀾在他出去後，已經拿來穿上了。就知道她在裝睡！他有點好奇，自己說那番話時，穆瀾在想什麼？

「醒了？」林一川裝著不知道，在床邊坐了。

以為林一川端了藥進來，穆瀾瞄了眼，沒看到藥碗。她拉了拉被子，「有事？」

「嗯。」林一川點了點頭,「小穆,我有個問題想問妳。」

穆瀾別開臉,「大公子,若你還糾纏我喜歡誰,就不用問了,我沒心思。」剪不斷,理還亂。穆瀾是真不想再和林一川討論兒女私情。

「我知道。妳現在就想找到那份或許存在的遺詔,弄清楚池家被滅門的真相。」林一川話鋒一轉,「如果妳身分暴露,被東廠通緝,妳是不是不想連累我?」

穆瀾回頭認真地看著他道:「這是自然。你救了我無數次,如果連累你,害得你家破人亡,我會愧疚一輩子。」

「我就想知道這個。」

突然返回房間就想問她這個問題?什麼意思?穆瀾一時間猜不到林一川的心思,眼裡裝滿了疑惑。

林一川衝她笑了笑,一把揭開被子。

「不要臉!」穆瀾大怒,揚手就是一巴掌。

她手腕瞬間被林一川攥住,他從桌上拿起腰帶俐落地將她綁了個結實,「東廠已經發現了啞叔的身分,去了竹溪里掘墳辨屍,同時要緝捕妳。小穆,妳這身分不能再用了。我知道妳一定會離開林家,免得拖累我,但現在藏在林家才是最好的選擇。」

這一天終於來了。穆瀾愣了愣神,就掙扎起來,「我又不是傻子!自然知道先藏在你家。你綁著我做什麼?」

林一川拿起外袍裹在她身上,將她抱起來,「我怕妳跑了唄。換個地方讓妳好好養傷。」

他可真是……穆瀾心裡百味雜陳，只得隨了他去。

林一川抱著她進了後院。

為了方便他習武，後院布置成練武場，牆邊用太湖石砌著一座假山，蜿蜒淺水繞著假山與迴廊流淌而過。院牆步步升高，在頂端又砌了一間屋舍。江南庭院十步一景，曲水迴廊極為常見。明明不大的地方，也是曲折通幽。林一川彎腰走進了假山，按開機關。

一塊假山石無聲滑開，他抱著穆瀾順著臺階走下去，「小穆，這是我林家最隱祕的私庫。妳可別見財動心，將我的老本都捲了去。」

知道他在開玩笑，穆瀾忍不住就想刺他，「回頭我就把林家鋪子裡所有的現銀全部提走，試試你家老爺子給我的信物管不管用。」

「隨妳意，只當是我給的聘禮了。」林一川笑了起來。

穆瀾頓時無言以對。

臺階的盡頭處是一間石屋，裡面放了些箱籠。林一川放下穆瀾，動作迅速地移了幾只箱子拼在一處便出去了，「妳歇會兒。」

石屋並不大，穆瀾待在裡面並未覺得氣悶。她環顧著四周，發現唯一出去的通道就是進來的那道鐵門。她聽到林一川的足音，有些詫異這間深入地底的石屋設計得精巧，竟能聽到外面的聲音。

不多時，林一川抱了東西回來，將被子鋪在箱籠上，抱了穆瀾躺下，戲謔說道：「以妳貪財的性子，睡在千萬兩銀子上面，傷一定好得很快。」

「現在可以放了我吧？」穆瀾被他折騰得沒了脾氣，「有這麼好的藏身之處，我傷還沒好，不會跑的。」

林一川俯身望著她笑，「親我一下，我就給妳鬆綁。」

「別蹬鼻子上臉！」穆瀾怒了，「林一川你信不信我噴你滿臉唾沫！」

林一川大笑，「妳也有被我氣得半死的時候？」說著在她臉上親了一口，站直了身，「我說話算話，我親妳一下也算。」

不等穆瀾開罵，他已退到門口。

「小穆，有消息我會告訴妳的。妳安心住著。」

鐵門被關上，穆瀾清楚地聽到上鎖的聲音。她張了張嘴，最終只得一聲嘆息。扭過頭看到她的武器、衣裳都擱在旁邊，穆瀾拿起匕首割斷了衣帶，也沒想著要去弄開門，拉過被子躺下了。

一時了無睡意，穆瀾思索起東廠緝捕自己的用意。只是因為識破了啞叔的真實身分？她完全可以推說不知情。但進了東廠大獄，會被戳穿女子身分。女扮男裝奉旨進國子監成為監生，這才是死罪。林一川藏著她沒關係，只要不被人發現就行。他還真不怕被自己拖累。

他已經做了，再想無益。

穆瀾想到了穆胭脂。東廠緝捕自己，首先會緝拿穆家班的人。穆胭脂離開京城，東廠抓了麵館裡的人嗎？

林一川怎麼知道張仕釗和東廠的人趕去了竹溪里？是誰來報的信？丁鈴？不會是他。離開總督府時，丁鈴還陷在府裡，也不知道他錦衣衛的身分能否唬過張仕釗。偷聽到昔日薛神將殉國竟與陳家有關的祕密，滅了陳氏九族的京中貴人大概會和錦衣衛妥協吧？張仕釗會放過丁鈴嗎？

對了，是雁行報的信。他送薛錦煙回府，留在總督府客房裡養傷，總督府今晚的動靜應該沒瞞過他。

去了竹溪里，發現自己和林一川都不在，東廠的人肯定會來林家。如果他們懷疑林一川，會不會藉此機會抄了林家？林一川會怎麼應付過去？

封閉的空間異常安靜，穆瀾腦中亂糟糟地冒出各種念頭。

她偏過臉望著箱子上燃著的蠟燭，腦子裡突然跳出林一川說過的話，心裡升出一股煩躁，「狗拿耗子，多管閒事！好好當你的富家公子不行？」

無涯的身影又跳了出來。他是否知道東廠緝捕自己的事呢？如果知曉先帝或許留有遺詔，池家滿門是為了那份遺詔被東廠抄斬，他真的會為池家昭雪翻案？

究竟先帝臨終前強聚精神想做什麼？

「真有遺詔，會藏在哪裡？」

繁雜的思緒中，穆瀾不知不覺地睡著了。

第五十三章　布網

與此同時，竹溪里的杜宅被火把映得通明。大喬、小喬和公主隨行侍衛滿面喜色，一刻也不願在杜宅多待。張仕釗也不想他們留在杜宅，令手下將人送回總督府。

一時間，杜宅只剩下總督府的士兵與東廠、丁鈴數人。

連夜圍住竹溪里，本以為緝拿穆瀾十拿九穩，卻撲了個空。東廠幾人心裡窩著一團火。譚弈冷冷地望向丁鈴，「丁大人，您確信離開杜家時，穆瀾還在？」

還好沒有回來！丁鈴高興得在心裡唱佛。他拎起房間裡換下的血衣，一本正經翻看了會兒道：「行李未動，可見只是湊巧離開。本官深夜走時，還探望過穆瀾，她當時在屋裡睡著。林家大公子也在房中休息。公主殿下的隨從都能作證。」

怎麼兩個人都不見了？難道穆瀾知道東廠前來抓人？不應該啊，在總督府裡說了這件事情後，丁鈴沒有離開過視線。張仕釗調兵時也無異樣。難道真的是湊巧離開？

譚弈想到了護送薛錦煙回總督府的雁行，就想起了林一川。翻牆逃走的兩人會不會就是林一川和穆瀾？他們也跟著丁鈴去了總督府？

看來張仕釗和刺殺錦煙的確有關係。他竟然要殺錦煙？譚弈此時看張仕釗的眼神更冷了。

好在錦煙已平安回到總督府，現在並無危險。譚弈心裡盤算著日後再算這筆帳，把心思放在正事上，「東廠已發出海捕文書，穆瀾跑不了。先開棺驗屍吧。」

啞叔的墳很快被挖開。士兵撬開棺木，眾人一眼就看到啞叔身上那套黑色甲胄。

火把將墳地照得通明，棺中屍體的面目已經變形。張仕釗以袖掩鼻，指著棺中的屍首說道：「先帝親征時，本宮乃是薛神將身邊的一員副將，曾親眼見過金瓜武士陳良，當時他就穿著這身甲胄。」

一名東廠番子走近棺木，仔細辨識了一會兒肯定地說道：「公子，李大檔頭，此人確是陳良無疑。據案卷記載，他當年護衛先帝，擊退敵人數匹馬，手臂用力過猛，曾折斷過。」

譚弈用腳踢了踢倒在地上的墓碑，譏道：「好一個義僕！我不信杜之仙不知其身分，穆瀾必是他的同黨！」

想到往事，譚弈恨不得把所有罪名都釘死在穆瀾頭上，隨口說道：「難道說公主殿下前來竹溪里小住，發現了她與陳良的祕密？這才遇刺？」

這是要將穆瀾置之死地啊！穆瀾在國子監把譚弈往死裡得罪過？丁鈴瞥著譚弈想。譚誠的義子這手仇恨拉得不錯啊。

「譚公子這麼一說，本官也覺得有幾分可能。」張仕釗巴不得有人扛鍋，馬上贊同。

丁鈴心裡涼颼颼的，覺得穆瀾的臉太黑了。他必須保住穆瀾。是否與陳良勾結毀了淮安府河堤尚是未知，但扣實了行刺公主的罪名，還真不好為她脫罪。

丁鈴的小眼睛精光四射，沉著臉說道：「譚公子沒辦過案子，事情一碼歸一碼。沒有證據，可不能胡亂猜測。本官擔保穆瀾不是行刺殿下的刺客。此事說來話長。錦衣衛奉旨查國子監蘇沐案和靈光寺老嫗被殺案，穆瀾是知情者。查案過程中，錦衣衛發現有人欲殺穆瀾滅口，這才請了總督大人發兵配合圍捕刺客。」

「公主殿下不過是湊巧來了竹溪里……說到這裡，本官有一事不明。總督大人既然知曉錦衣衛的計畫，為何還同意錦煙公主來竹溪里小住？大人不怕殿下有閃失嗎？」

張仕釗冷笑道：「本官接到錦衣衛計畫，為防消息走漏，一直留在總督府衙門遣調士兵，等候消息，並不知曉公主殿下當天就來了竹溪里小住。後來接到錦衣衛莫琴傳書，說公主到了竹溪里。為防打草驚蛇，會將公主殿下悄悄帶離杜宅，藏於竹林之中，以保殿下平安。結果刺客圍攻的地方卻成了竹林中的飯館。難道錦衣衛是有意讓殿下成為誘餌？」

就是相信你絕不會害錦煙公主，才把計畫告訴了你……張仕釗倒打一耙，險些把丁鈴氣得吐血。他涼涼地說道：「是啊，刺客如何知道公主殿下沒有在宅子裡，而在林中飯館呢？知曉計畫的人並不多，該不會是總督大人一時不察，讓刺客探知了計畫吧？」

「計畫是錦衣衛制定的，誰知道這計畫是不是你們錦衣衛洩漏出去的？莫琴計畫中說定會保公主殿下平安，結果錦衣衛就來了丁大人與莫琴二位。本官甚是後悔，為何要盲目相信錦衣五秀的能力！」張仕釗毫不客氣地說道。

因為暗捕陳良死了二十個兄弟，時間緊急，來不及調集人手。否則會向你求援？

丁鈴知曉真相，卻又一字不能說，鬱悶得直想撓牆，只得退讓，「錦衣衛人手不足，這才向總督大人求援。錦衣衛難道沒有保護好公主嗎？殿下如今已平安回到了總督府！計畫是否洩漏，刺客究竟是何人，大人請放心，錦衣衛一定會查個水落石出！」

張仕釗甩袖子冷笑，「本官拭目以待！」

「兩位大人都莫再爭了。眼下公主殿下平安無事，刺客嘛，總會被抓到的。」譚弈上前打了圓場，話鋒馬上又轉到穆瀾身上，「陳良跟在杜之仙身邊十年，他是擊毀淮安府河堤的真凶，這點毋庸置疑。抓住穆瀾，也許就能破了淮安府三十萬兩庫銀調包案。沈郎中朝會上撞柱身亡，侯慶之抹喉跳御書樓，東廠因護送侯繼祖不利，我義父自請受了二十廷杖，這件案子東廠是一定要查到底的。誰敢阻擋東廠緝捕穆瀾破案，休怪我東廠不客氣！」

李玉隼等五人的目光森森望向了張仕釗和丁鈴。

張仕釗當然不願意再扯回公主遇刺一事，點頭同意，「眼下緝捕穆瀾才是要事。」

丁鈴卻道：「穆瀾是否與陳良同謀，參與了淮安府庫銀調包案和毀河堤案，找到人才能證實。陳良跟在杜之仙身邊十年，面容大變，扮成啞僕，見過他的人都無人識破他的身分，也許他連杜之仙都瞞過了呢？」

「杜之仙已經死了。陳良當初如何瞞天過海逃出詔獄，他也死了。穆瀾就是破案的關鍵！丁大人所有的疑問都只能在抓到穆瀾後才能查清。」譚弈冷冷說道：「今晚穆瀾深夜不見蹤影，看來只有離開杜家的林一川最為清楚。總督大人，還請緊守城門，全城搜捕穆瀾。丁大人，林一川和他的小廝是你請來援手的，想必你和林大公子交情莫逆，可否和在下等人同去林家一趟？看看那位林大公子是否回了家？萬一他發現穆瀾和陳良的關係，被滅了口也說不定。」

但願穆瀾沒有和林一川在一起，否則林家就完了。丁鈴一口答應下來。興許他跟去林家，還能通風報個信。

天色已漸明，一行人匆匆回城。丁鈴心裡焦急萬分，一路問候著莫琴的祖宗十八代。這等緊要關頭，莫琴竟然兩天兩夜未露面，他死哪兒去了？

高大的磚砌門楣上掛著黑色的匾額，飄逸地書寫著三個字：無逸堂。白色的院牆順著門樓朝兩邊延伸，烏瓦白牆連綿不絕。粉牆之後鬱鬱蔥蔥的大樹不知長了多少年，在秋季呈現出斑駁絢麗的色彩，沉靜不失雅致。

早接了信，林家兩扇黑漆大門大敞，兩排灰衣烏帽的僕役魚貫而出，肅立相迎。

林二老爺早飯用了一半，就整衣出迎，此時滿面紅光地站在大門口陪著總督張仕釗與東廠一行人。兒子能抱上譚弈的大腿，林家二房有了東廠撐腰，林二老爺今天格外有精神。他微躬著腰陪著人進了宅子，往東苑正房行去。

譚弈很滿意林二老爺的態度，故意問道：「無逸堂可是取自《尚書》中『君子所，其無逸』這句話？」

「譚公子學識淵博，見解不凡哪。」林二老爺一記馬屁拍了過去，「我林家雖是商賈人家，林家家訓，子孫不圖安逸，勿忘上進，因而這老宅取名無逸堂。」

譚弈笑道：「二鳴在國子監極為勤奮。」

聽他讚揚兒子，林二老爺樂開了花，「能跟在公子身邊，犬子受益非凡。」

這馬屁拍得丁鈴聽不下去，小眼睛滴溜地轉，脫口就是一句，「林二公子是挺上進的，進了國子監，答題時已不會再寫滿篇正字交卷了。」

總督張仕釗未到揚州赴任前在京中盤桓了些時日，關注著皇帝的一舉一動，因而聽說過國子監入學試的趣事，一時被丁鈴逗得笑了起來，「原來滿篇正字的監生是林家二公子。」

林二老爺卻覺得兒子機靈無比，心想總督大人都曉得兒子，也不枉自己替兒子取名為一鳴了，謙遜地說道：「大人謬讚了！」

他是在誇林二公子嗎？縱是行伍出身，不如文官般斯文講究，張仕釗也被林二老爺的厚臉皮驚得不知如何接話。

譚弈笑了笑接過話來，「二老爺，府上大公子與在下是同窗，他不在家嗎？」

丁鈴心頭微緊。林一川如果不在家，他極可能和穆瀾在一處。東廠硬把他和穆瀾拉扯為同黨就麻煩了。

「在家在家，住處離得遠了些，老夫先來迎著您。」林二老爺生怕譚弈不高興，馬上替林一川想了個理由。

正說著，林一川從穿堂裡走出來，一身素緞錦裳，神采奕奕。

林二老爺立馬擺出一副長者的威儀，催促道：「大姪子，還不趕緊見過譚公子和總督大人、丁大人。」

譚弈頂著譚誠義子的名分，如今只是個白身，林二老爺卻肆無忌憚地把他排在總督張仕釗和丁鈴前面。東廠諸人倨傲地昂起了頭，張仕釗臉色沉了沉。

「見過總督大人，丁大人。諸位大人裡面請。」林一川當沒聽見，抬臂揖首，往旁邊讓出了道。

丁鈴鬆了口氣，笑嘻嘻地開口道：「總督大人，請。」有意無意地將東廠諸人攔在自己身後。

就算給譚誠面子，張仕釗也是一府總督。若讓譚弈走在前頭，他丟不起這個臉。見林一川尊重，丁鈴識趣，他心裡舒服起來，先行一步邁過了穿堂的門檻。

丁鈴緊隨其後也進去了。

林一川陪著兩人往裡走，回過頭對譚弈抱歉地笑了笑，像是在解釋，又像是在賠罪。

林二老爺以為自己看懂了，小聲地解釋道：「總得給張總督和錦衣衛幾分薄面。咱們是自家人，公子莫要多心。」

「也是這個理。」譚弈「嗯」了聲，也不著急進去。他在穿堂前站定，左右四顧，欣賞著林宅的風景，「這宅子景致不錯，以後來揚州倒是可以小住幾日。那塊山石感覺有點突兀，移走了種株芭蕉卻是應景。」一副已把林家當成自家園子般的口氣。

林二老爺點頭哈腰，馬上說道：「回頭我就令人移走山石，種株芭蕉。」

譚弈滿意地邁進穿堂。

東廠諸人落後一步進了花廳，抬頭一看，總督張仕釗被讓在了上首右位，下首坐著丁鈴。

譚弈代表著譚誠，想都沒想就往上首左邊行去。

張仕釗臉又黑了。不過是個白身仗著是譚誠的義子，就想和一府總督平起平坐？他的主子可不是譚誠。忙了一個通宵，又是東廠的案子，他早疲倦不堪，只等問完話就打道回府，「譚公子，李大檔頭，都入座吧。」

竟以主人的口氣指著對面下首的座位招呼了起來。

李玉隼目光微凜。

「諸位請坐。」林一川不湊巧地攔在上首左邊的座位，請東廠諸人坐下，有意無意地朝譚弈使了個眼神。

早知道就不讓張仕釗一起過來了。譚弈心裡有些後悔。張仕釗大小也是揚州總督，論階品壓在自己等人頭上。又不是投向東廠的人，還真不好與他計較。譚弈在左邊下首坐了，李玉隼等人卻沒入座，站在他身後，拱衛著譚弈。

林二老爺擇著譚弈下首坐了，林一川也坐在丁鈴下首。

張仕釗的眼神閃了閃。看來京中那位譚公公的義子將來會是東廠最有實權的人了。

眾人坐定，飲了熱茶，吃過點心，張仕釗便開門見山問道：「林大公子可知穆瀾下落？」

「穆瀾？她不是在竹溪里杜先生家中養傷嗎？」林一川吃驚地反問道。

丁鈴笑著幫忙問道：「大公子離開杜家時，她還在？」

「在房中睡著呢。在下念著家父病情，家中瑣事繁多，也幫不上丁大人的忙，就回家了。」林一川答得滴水不漏。

能陪著東廠一行人來林家，張仕釗已給足了面子。東廠要抓人，關他什麼事。他當即起身道：「穆瀾是東廠要抓的人，有何需要本官幫忙的，譚公子儘管言聲。本官先走一步。」

見林一川應付自如，丁鈴也不擔心了。被東廠盯了一晚上，他還尋思著怎麼和莫琴接上頭，打了個呵欠也道：「侯繼祖的案子不歸本官管，穆瀾與陳良是否同黨，也不歸本官查。本官尚要去總督府求見公主殿下，了解行刺詳情，先行告辭。」

「丁大人。我那小廝若是傷勢不重，就請送他回林家休養。」林一川適時地補了一句。

丁鈴笑道：「雁行忠勇可嘉，本官會為他請賞。告辭。」

待丁鈴走後，花廳之中只留下了林二老爺與東廠六人。

李玉隼上前一步，倨傲地說道：「還不過來與公子見禮！」

丁鈴一走，林二老爺已經站了起來，只等著與林一川一起上前行禮。

林一川在國子監就和自己作對。在林家因著張仕釗和錦衣衛丁鈴在，不好同他計較。現在花廳中沒了外人，譚弈就等著驕傲的林一川如何在自己面前軟了膝蓋。

他優雅地搖著扇子笑道：「照說我與大公子是同窗，見面打個招呼互行常禮便罷。不過現在我卻是代表著我義父前來，林家投了我東廠，大公子該行什麼禮，心裡可清楚？」

投了東廠，便視東廠為主。林家人見著東廠來人，需跪禮叩拜，否則就是背主不尊。林家敢嗎？

「一川，還不過來向譚公子行禮！」林二老爺趕緊說道。

眾目睽睽下，林一川緩緩站了起來。

笑容從譚弈臉上綻開。

「送客！」

堂中眾人一時沒反應過來。

譚弈「刷」的收起摺扇，冷冷望著林一川，「大公子莫不是忘了林家的主子是誰了？」

「溥天之下，莫非王土；率土之濱，莫非王臣。」林一川睥睨著東廠諸人，冷笑道：「若說主子，林家自然奉皇上為主。跪天地君親師，不跪東廠！」

刀離鞘而出，摩擦帶出刺耳的聲音，東廠五人的刀齊指向林一川。

林二老爺嚇得癱坐在地上。林一川這是幹什麼？激怒了東廠，抄了林家怎麼辦？他怎麼敢說這種話？來的是譚誠的義子啊！

「想在林家殺人？」林一川拍了拍手掌。

花廳的窗戶劈里啪啦被推開，腳步聲整齊響起，林家護衛出現，將花廳圍了起來，數十張強弓對準廳堂。

「林一川！」李玉隼從來沒見過在東廠面前如此囂張之人，怒喝著林一川的名字，「我看你是活膩了！」

譚弈站起身，「林一川，你可知道背叛東廠的後果？」

「怎麼著？就憑你們六個就想抄了林家？要抄家拿聖旨來，有嗎？」

氣得譚弈指著林一川的手指直發抖。

林一川沉臉喝道：「知趣的就自己走。不知趣就給我打出去！」

花廳四周的護衛齊聲如雷，「是，少爺！」

「好，我們走！林一川，你給我等著！」譚弈臉色鐵青，拂袖就走。

李玉隼經過林一川身邊停住腳步，輕聲說道：「林大公子，勇氣可嘉。」

林一川笑了起來，「李大檔頭，走好。」

東廠六人含怒離開，林二老爺險些哭了起來，「林一川，你這是要害死林家啊！」

「也是啊，我怎麼就這麼衝動呢？」林一川在林二老爺身邊蹲了下來，和氣地說道：「我親自進京去給譚公公跪著賠罪，二叔覺得如何啊？」

「對對，向譚公公賠罪，你趕緊進京向譚公公賠罪去，花多少銀子都要平息了東廠的怒氣。」林二老爺像撈到救命草似的，拉著林一川的胳膊直晃。

「譚公公原諒我了，譚公子也就不好追究了是吧？」

「對對，去求譚公公原諒。」

林一川搖了搖頭，一把甩開了林二老爺，「就二叔這慫樣，還想當林家家主？嘖嘖。」說罷揚長而去。

花廳外的護衛們散去，不知是哪個護衛嗤笑出聲，林二老爺總算回過了神，忙不迭從地上爬起來，跳腳大罵，「林一川，我要問問你爹去！我要開祠堂！你忤逆不孝！」

對譚弈和東廠眾人囂張了一回，堵在林一川胸口的那團鬱氣一消而散。然而，他並不輕鬆。

林家若真有底氣，先前東廠梁信鷗不過隻身前來，也犯不著對他低頭了。

樹上的銀杏葉被又一年的秋風吹得黃脆，樹下的池水依舊清澈見底。少了兩尾龍魚，就少了幾分靈動。

「一川，你不是這樣魯莽的人。想好對策了？」坐在椅子上的林大老爺擁緊了薄毯。秋風漸冷，他更加虛弱。遍布皺紋的老臉蒙著垂暮般的頹色，已然渾濁的眼睛遮住了心思，看不出他的真實想法。

「嗯。」林一川點了點頭，「今天來家裡的東廠中人，包括譚公公的義子譚弈都很吃驚。事實也是如此，林家就算拉來錦衣衛也無法對抗東廠。林家於譚公公來說，不過是螻蟻般的存在。」

這是實情，那麼，他為何不服軟，甚至表現得極其囂張？林大老爺想起兒子宰殺龍魚時的委屈憤怒，不禁嘆了口氣道：「韓信當年能受胯下之辱，只當跪了尊廟裡的泥菩薩吧。圖一時痛快有什麼用？」

「譚弈受不起。」林一川輕蔑地說道。

打小錦衣玉食，要星星給月亮，十六歲掌了林家南北十六行，論傲氣，不輸王侯。士可殺不可辱，讓他跪譚弈還不如殺了他。事情已經做了，人也得罪死了，該想的是解決的辦法。

林大老爺的思維已轉到如何平息東廠怒氣的操作上，「我吩咐人明晨就動身進京。人命不如銀子值錢，譚公公揉捏林家，不過是要錢罷了。」

「爹，先別急，我是另有考慮。」林一川這時發現林大老爺誤會自己了，輕聲解釋道：「東廠想納入囊中的並非只有揚州林家。譚弈只是一名義子，尚未掌東廠實權；李玉隼也只是十二大檔頭之一。若跪了他們，林家便真要被譚公公看低了，誰會在意一只錢袋的喜怒顏面？」

林大老爺若有所思。

「我與譚弈素無仇怨，進京時，他來家中拜訪，先拉攏的人不是我，而是林一鳴。這是一種警告。如果只為了林家的產業，東廠大可以直接除去我們父子倆，扶了二叔當家主。他們為什麼不這樣做？因為譚公公知道，林家交到二叔手上，不出兩年，林家就控制不了漕運。誰不眼饞這條流淌著銀子的大運河？江南商家必群起攻之。東廠再眼饞銀子，也沒那麼多精力去一一籠絡全江南的富商。」

「譚公公今年才四十來歲，聽說身體康健。如無意外，能活個二、三十年甚至更久。他不想竭澤而漁，他需要的是一個有能力長久掌控漕運的人為他效力，省事多了不是？」

林一川冷靜的分析讓林大老爺微微露出笑意，頷首道：「接著說。」

「咱們暗中轉移的產業終究是有限的，林家不能丟了漕運，和東廠虛與委蛇勢在必行。既然如此，我就要讓那位譚公公欣賞我、重用我，扶持成為他在江南最得力的人。跪了一個尚無實權的義子、一個大檔頭，我還能在東廠諸人面前挺直了腰？譚公公從乾清宮的小太監到權傾朝野只用了十來年時間，他的眼界必然不低，只要給予他應有的尊重，在他人面前狂傲些又何妨？他能容人。」

「話說得倒是不錯。」林大老爺微瞇著眼睛看著玉樹臨風的兒子，心裡滿意至極，嘴裡卻揶揄道：「那你是打算進京在譚公公面前跪上一跪了？不是硬氣地說只跪天地君親師嘛。」

「爹！」林一川惱了，「你兒子是為了林家忍辱負重！有你這樣拆臺的嗎？」

林大老爺放聲大笑，笑過之後他正色問道：「想為林家博一個長久富貴，並非一蹴而就的事。你已經同意答應那位的要求了？」

「嗯。」

「我把林家交給你了，你想怎麼折騰都行。」

父子倆的對話就此結束。林一川小心地送了精神倦怠的父親回房，告辭離開，還未出門，聽到林大老爺在身後嘀咕。

「給穆家姑娘的銀子是你從小到大攢的私房，竹籃打水一場空我也不心疼。」

林一川恨恨然回頭，「老鐵公雞！」

東廠走後，穆瀾悄悄住進後院假山上面的兩間亭閣。這裡是林一川的書房，陳設疏朗大氣。

林一川親自提著一口大箱子進來時，穆瀾穿著件青色的寬袍正靠著羅漢榻看書。她看得認真，神情很是恬靜。

這樣安靜的穆瀾是林一川不熟悉的，他心裡惴惴不安起來，想到了暴風雨前的平靜。他當時憑著一口氣劈里啪啦說了一通，穆瀾畢竟是個女子，瞧著平靜，心裡該不會早燒得火旺了吧？回想從前初認得她時，就把自己耍得團團轉。林一川越想越覺有可能，脫口說道：「小穆，要不和我打一架？誰贏了誰說了算。」

穆瀾放下書，詫異地望著他，「誰得罪你了？這麼想挨揍？」

前一句話也就罷了，聽到後面這句話，林一川又憋屈了，「說得好像我打不過妳似的？」不是打不打得過的問題，他是男人，絕不能被她看扁了。

「我記得去年陪師父來問診……」穆瀾慢悠悠地說著。

她欲阻止杜之仙耗費精神為林大老爺行針，衝出廂房後，一拳將林一川揍了個眼冒星星。

「我還記得在靈光寺禪房裡……」

兩人大打出手，好好的禪房打得一片狼藉，林一川的褲子都被穆瀾撕成了破布。

林一川大怒，「那是我沒提防！妳還好意思說，裝著不會武藝！還以為真比我強呢。」

穆瀾手腕一抖，銀光閃爍了下。她揮了揮衣袖，桌旁的蠟燭斷成了兩截，「我練的是殺人的技藝，不是花拳繡腿。真當我是賣雜耍的？」

誰花拳繡腿了？要不是我，妳不知死多少回了！林一川不服氣地和她爭辯了起來。瞧著穆瀾和他鬥嘴時的靈動模樣，心裡卻漸漸歡喜起來。

「好了，我不和女人計較！」

「女人怎麼了？我和你有什麼不同？」林一川偃旗息鼓，穆瀾反而計較起來了。

她看著林一川的目光在胸前一掠，頓時大怒，輕蔑地說道：「能看掉一塊肉去？以為小爺我看《列女傳》長大的？被人摸了手，就要砍了自己的腕子？」

意思是當他說話是放屁？她被看光摸遍還想著別的男人？林一川不能忍了，上前一步，咬牙切齒地說道：「這麼不在乎啊？不在乎妳敢親我嗎？」

如果可以從頭再來，他絕對會在凝花樓裡毫不猶豫親下去。

那樣的場景他不止在心裡想了多少遍。他雙手撐著榻，臉離她那樣近，如同當初在凝花樓裡一樣。

淡粉色的唇看起來太誘人，林一川很想不顧一切地低下頭去。他硬生生地撐住了。穆瀾那雙清亮的眼睛眨了眨，又眨了眨，睫毛輕顫。他的心也輕輕顫抖起來，彷彿在懸崖邊徘徊。

四目相對，似是極為漫長，不過一瞬而已。林一川直接放棄了，他站直了身，很是隨意地拂了拂衣袍，「東廠的海捕文書已經貼在城門口了，妳得換身分了。」

他打開衣箱，屋頂的明瓦投下來的光照在打開的衣箱裡鮮亮的衣裳首飾上。穆瀾微怔之後明白了林一川的意思。東廠尚不知曉她是女子，這是最好的偽裝。

「我答應過你，不會不辭而別。」穆瀾把目光從衣箱上收回來，重新拿起書卷。

他心潮澎湃，她心如止水。這就是落花有意，流水無情嗎？林一川自嘲地笑了笑，出去了，「我會帶人來教妳如何梳妝。」

門被輕輕拉合關上。穆瀾放下手中的書卷，怔怔地坐了會兒，手指輕輕按上自己的唇，一絲悲傷浮上眼眸。

第二天林一川帶著一個婆子再來時，書房裡已空無一人。

衣箱裡少了一些衣物首飾，留了一封信。

「衣裙首飾我都用得上，不客氣拿走了。我素來喜歡銀子，你家的信物我自然也會用的。勿念。」

林一川手抖得信紙嘩嘩作響，氣過後就笑了，「我長這麼大還沒被人算計著白占便宜的。穆瀾，妳給我等著！」

第五十四章　登聞鼓響

屏風輕薄的紗面上繡著一叢牡丹，蘇繡的精湛技藝讓譚弈覺得他和薛錦煙之間像是真的只隔著一叢牡丹。

牡丹栩栩如生，屏風那邊的薛錦煙卻似在霧中。

透過如霧般的屏風，他看到一抹銀紅的身影，看到薛錦煙戴著一頂珠玉花冠，冠旁的釵隨著她的動作搖晃出一點點碎金的影子。這一切都太模糊，讓譚弈恨不得上前一腳將屏風踹翻在地。

薛錦煙並非皇家宗室血脈，若無太后和皇帝寵著，她這個公主也不過就是個名號罷了。她出宮到了揚州，私下對總督張仕釗夫婦都以叔姨相稱，就不太講究規矩。原可以不設這架屏風，可誰教來拜見她的人是東廠番子呢？薛錦煙下意識地就令人設了屏風，她可不想看到東廠番子凶狠陰冷的臉。

「這叫什麼話？若非穆瀾拚死相護斷後，本宮能否逃出生天還未可知！穆瀾護駕有功，本宮要重賞於他！」薛錦煙天真了些，人又不傻，聽著譚弈的話有意無意地往穆瀾身上引，立時就怒了。

倒不是有意維護穆瀾。她暈暈沉沉時，隱約卻也聽到一些聲音。她本以為是在作夢，被雁行弄清醒後，她就知道了事情的緣由。

譚弈本想把行刺的罪名一併安在穆瀾身上，被她斬釘截鐵的一番誇獎肯定，就知道心思落了空。薛錦煙一如既往維護穆瀾，讓他的恨意更深。

「穆瀾是淮安府庫銀掉包案、毀壞河堤案的案犯同黨，就算他救公主有功，也掩不了他這些罪行。如今東廠已發下海捕文書，全國緝捕，殿下莫要被他騙了。」譚弈不和薛錦煙爭論穆瀾是否與刺客勾結，直接拋出了他被東廠緝捕的事實。

薛錦煙瞪著屏風那頭長身玉立的譚弈，氣得漲紅了小臉。早聽說東廠慣於指鹿為馬，陷害忠良，果真是陰狠惡毒。穆瀾那樣優雅美貌的公子，怎麼可能去毀壞河堤，置百姓於不顧？

她突然想起來，來的這個人名字挺熟的，「你叫譚弈？」

譚弈那叫一個激動。她想起來了嗎？當年是他隨義父一起從邊關接她回京。他迅速回道：「正是。」

大喬、小喬在旁邊小聲提醒著。薛錦煙明白了，「哦，原來你就是京中那位羞殺衛玠解元郎啊。」

這話讓譚弈不好意思說「正是」了，他謙遜地答道：「臣自覺學業不夠紮實，是以未能參加會試，如今在國子監讀書。」

他也是國子監監生？薛錦煙知道譚弈是誰了。

許玉堂經常進宮，她叫他一聲許三哥，兩人關係不錯。她還聽斬擇海說起過，譚弈和許三哥不對付。

原本京中就一個萬人空巷，譚弈進京，多出個羞殺衛玠。為什麼要和許玉堂作對呢？自然是不服氣那句萬人空巷唄。

薛錦煙馬上想到穆瀾那如畫的容貌、斯文優雅的氣質，她覺得自己懂了。許三哥是太后的親外甥，他都敢對付，何況是沒有根基背景的穆瀾呢？嫉妒人長得漂亮，又是杜之仙的關門弟子，於是利用東廠的手段栽贓誣陷。這也太不要臉了！她越發鄙夷起譚弈來。

「撤掉屏風。本宮也想見識一番譚公子如何羞殺衛玠。」

那層隔在兩人之間的霧被輕易拂開，譚弈的心狂跳著，深吸了一口氣，挺直背脊，目光平平望了過去。

她嬌嫩得像是新綻放的玫瑰，翹起的脣角顯得那樣任性。譚弈微笑地想起小時候的薛錦煙。也是這樣，嘴角翹起時，就是刁蠻任性的時候。

「譚公子的容貌的確能羞殺衛玠呀。」

譚弈的耳根不自禁地紅了。她也覺得自己生得好看？他有些不好意思看她的臉，悄悄移到旁邊。

薛錦煙歪著臉瞅著他，高大英武。許三哥甩他一條大街，穆瀾甩他一城牆，「衛玠若知道後世長這副容貌的男子和他相提並論，躺棺材裡怕也要再羞死一回！」

廳堂中落針可聞，誰都不知道公主竟然這樣說譚弈。

大喬急得額頭浮起一層細汗。小喬都快哭出來了，附耳道：「他是譚公公的義子，殿下好歹給譚公公面子。」

提起譚誠，薛錦煙打了個寒顫。她撫著額擺手，「本宮乏了，退下吧。」

譚弈怔立當場，老半天才反應過來，他被薛錦煙嫌棄奚落了。她為了穆瀾，當眾羞辱自己！他心裡的嫉恨翻江倒海，但想起義父曾經的許諾，譚弈板著臉睃了一眼薛錦煙，沉默地行禮告退。

薛錦煙悄悄把目光從手掌下移出來，看到譚弈與李玉隼出了廳堂，快活地站了起來，「總算走了！快去竹溪里告訴穆公子一聲，東廠要抓他！」

「殿下，穆公子定早逃了。」大喬、小喬真為自家殿下的智商著急。

「也是哦。」薛錦煙想起了雁行，「把那個小廝叫來。」

「殿下，雁行護駕受了重傷，正在養傷呢，叫人抬他過來也不太好。」

還護駕呢……薛錦煙哼了聲，往外走去，「本宮親自去探望他！」

那晚雁行報完信就被林一川悄悄送回總督府，這幾天總督張仕釗、譚弈、李玉隼還有丁鈴輪番盤問他，都沒有問出更多有用的信息。

他得了自家少爺吩咐，在飯館裡守護著薛錦煙，一大群刺客突然出現，然後穆瀾就來了，讓他護著公主先逃。他擔心公主安全，藏到關閉城門時，兩人才進了城，直接就到了總督府。

雁行很老實地告訴所有人，「全揚州城怕是只有總督府才是最安全的地方，小人連林家都沒敢回。」

張仕釗很滿意雁行的回答，更滿意雁行不居功，急於回林家養傷的舉動。

薛錦煙帶著大喬、小喬和侍婢們到總督府外院客房時，總督府的僕從正打算抬了雁行走，「稟殿下，總督大人囑我們送雁行公子回林家養傷。」

「先下去吧。」

斥退了左右，薛錦煙邁進廂房。大喬、小喬剛跟上來，被她一眼瞪了回去，只好訕訕地守在門口候著。

薛錦煙走到榻旁，看著雁行臉上那對笑渦就氣不打一處來，「為了救本宮，傷這麼重，本宮該如何賞賜你呢？」

「小的不過是林家的一個小廝，救殿下也是應有的本分，不敢留在總督府以殿下的恩人自居。」雁行一如既往的謙卑。他心裡苦笑著，如果不是那晚硬撐著回林家報信，也不至於現在真起不了身。

薛錦煙飛快地往門口望了一眼，大喬、小喬老實地守在門口。她肆無忌憚地用力掐住雁行胳膊的傷處用力捏了下去，「本宮真是感激你的救命之恩……不如賞你進宮繼續護衛本宮如何呀？」

想讓他當太監？這個刁蠻惡毒的丫頭！雁行疼得眼前發黑。他本能地揮起胳膊，將薛錦煙甩在床榻上，不等她叫出聲來，手掌已捂住她的嘴，附耳說道：「在下是殿下的救命恩人，殿下怎麼也要裝出副感恩的樣子，是不是啊？」

被他的胳膊壓得動彈不得，薛錦煙雙腳亂蹬，眼裡已經冒出火來。

「在下並不圖殿下報恩，殿下若不想那晚之事傳揚出去，也莫要再找我的麻煩。行嗎？」

豆大的汗從他額頭冒出，滴在了薛錦煙臉上。雁行臉上的笑渦消失不見，取而代之的是扭曲的表情。嚇得她驚恐萬分，使勁地眨著眼睛。

雁行鬆開手，又躺了回去，喘著氣閉上眼睛。

薛錦煙飛快地從床上爬起來。她實在氣不過，一拳揍在雁行胸口的傷處，噙著眼淚飛快地跑了。

「公主！」大喬、小喬見她髮髻有點散亂，白著臉衝出來，嚇得趕緊追了過去。

「趕緊把他送走！讓他死在外頭去！嚇死本宮了！」

聽到公主的話，隨侍的人與總督府的人這才反應過來，薛錦煙是被雁行的傷勢嚇壞了。總督府裡的人趕緊應了，囑人抬了軟轎過來。

「這個仇小爺記下了。」雁行從劇痛中緩過氣來，將薛錦煙落在被子上的一支簪子拾起藏進了袖袋裡，任由總督府的人抬著自己離開。

●　○　●

公主在竹溪里遇刺，黑衣人夜探總督府，揚州州府衙門隱約知曉了一些風聲。總督張仕釗沒有照會衙門，官員們巴不得躲得遠遠的，免得牽扯進這些是非中。揚州城老百姓的生活更是絲毫沒有受到影響。

街上依然熙熙攘攘，人們繼續喝早茶、泡澡堂。城門依時開合，只是門洞處多了些士兵，對照著海捕文書上的畫像盤查著進出城門的人。

城門洞旁邊的牆上新貼出來一長排畫像，愛熱鬧的百姓蜂擁而至。
「去年端午節走索奪彩的穆家班竟然是江洋大盜！」
「怪不得穆家班雜耍功夫好，原來如此。」
「以穆家班少班主那手走索的功夫，飛簷走壁也不在話下嘛。」
「可不是！淮安府三十萬兩庫銀竟然無聲無息就被掉了包，厲害呀！」
「可恨！盜了銀子竟然還把河堤毀了。我有個親戚就是山陽縣的，去冬水退後，新修的房子又被沖垮了，一大家子棲身在窩棚裡，那叫一個慘啊。」
百姓憑藉著想像，七嘴八舌議論著淮安府庫銀被盜案。
穆瀾戴著帷帽站在人群中。穆胭脂、李教頭、周先生還有自己被畫了個八分相似，一看就是東廠的手段。
除了他們四個，沒有通緝穆家班其他人。如果他們毫不知情，哪怕已經在京城被一窩端了，也許還有活命的機會。穆瀾不能肯定東廠是否會趕盡殺絕，事到如今，只能聽天由命了。
「東廠辦案！閒人迴避！」
一聲高呼伴隨著蹄音朝城門飛馳而來，城門口的老百姓紛紛退到路邊。守城門的士兵聽到呼聲，趕緊讓開。以譚弈為首的東廠六人迅疾奔出了城。
薛錦煙已經啟程回了京城。
東廠六人在揚州城多停留了半個月，終於走了。
穆瀾一直留在揚州城中，就等著譚弈和李玉隼等人離開。

夜至，秋雨淋漓落下，又添一分寒意。

入夜之後，人們都躲進了溫暖的屋內，不願意出去吹冷風淋雨。

藉著夜色的遮掩，穆瀾輕車熟路地潛進了總督府。

後院正房屋內的燈火已經熄滅，簷下的燈籠在淒風苦雨中輕輕搖晃著，照著昏暗的迴廊。

穆瀾輕巧從屋頂翻身躍下，雙足勾在斜撐上，倒掛金鉤掛在了半空中，她手中的匕首插進了窗戶縫隙。

就在這時，她感覺到異樣。穆瀾停了手，手指沾了點兒口水在窗戶紙上捅出一個小洞，悄悄往裡看去。

房門無聲無息地被推開，一個黑衣人閃身而入。門口晃動一個身影。來了兩個人，留了一個在外面望風。

門開合間捲進一股涼風，總督張仕釗驀然驚醒，「誰？」

不等他起床去摘床頭懸掛的寶劍，黑衣人手中揮出一道銀光捲住他的脖頸將他扯下了床。

同時被驚醒的張夫人嚇得正要大喊，一柄匕首準確地插進她的喉嚨。

張仕釗奮力地拉著脖頸處的銀鞭，臉憋得通紅，只能拚命地張著嘴想多吸得一點兒空氣。

穆胭脂朝穆瀾所在看了一眼，淡然說道：「既然來了，就進來吧。」

撬開窗戶，穆瀾無聲躍進了房間。

能悄無聲息潛進後院，沒有驚動外間守夜的婢女，瞬間殺死夫人，來人武藝高強且心狠手辣。看到又進來一人，張仕釗絕望了。他停止掙扎，憋出了一句話，「你們要什麼？」

當年薛神將夫婦抵禦北方遊牧民族入侵，雙雙殉國。很顯然，張仕釗從中做了手腳。穆瀾前來，是想問清楚張仕釗對於先帝遺旨的猜測，以及他背後的主使之人。

自己是偷聽到的，那麼穆胭脂呢？她是怎麼懷疑到張仕釗的？

「我記得，當年你只是一個普通的士兵，薛大將軍見你作戰勇猛，將你選入了親衛營，從此一路指點提攜。你可還記得他的知遇之恩？」穆胭脂清冷地說道。

摔倒在地上的張仕釗明白了，惶恐地望著穆胭脂喃喃說道：「那晚是妳在偷聽！」

「不用偷聽，你心裡有鬼。薛錦煙住進了你的府邸，日夜在你面前出現。你太心急了，在竹溪里竟將對方的人馬悉數引去刺殺薛錦煙。若非如此，我與常人一樣，懷疑誰，都不會懷疑到你。」

穆瀾明白了。穆胭脂太清楚薛大將軍與陳家的關係，所以張仕釗稍露出破綻，穆胭脂馬上就懷疑起薛大將軍夫婦殉國另有隱情。

「是啊，我心裡有鬼。」張仕釗用力捶著胸口，那裡藏著十來年的祕密已成了心結。縱然仕途平穩，已做到了一府總督，薛錦煙的到來、幾句無心之問仍輕易就讓他寢食難安。

他慘笑起來，「不錯，沒有大將軍，我張仕釗不過還是軍中一個粗魯漢子。憑藉著軍功，如果沒有死在戰場，或許到現在只能做到百夫長。可我又有什麼辦法？我的妻兒均在京中。張家三代單傳，我只有一個兒子。為了他的平安，讓我做什麼我都願意。當年，是我將城防布軍洩漏給韃靼人，薛大將軍夫婦苦戰之時，我晚了一個時辰前去救援。」

穆胭脂的話語中帶著一絲顫音，「所以薛大將軍夫婦戰死殉國，你卻成了逆轉局勢擊潰敵軍的英雄。」

「我不想當什麼英雄，只不過想我妻兒平安罷了。」說到這裡，張仕釗奮力扭過頭，看到死在床上的夫人，心裡悲憤莫名，「她手無寸鐵，並不知情。妳為何如此心狠手辣？」

「一代神將，領著薛家軍駐守邊關抵禦韃子三十年。是誰心狠手辣？為了除掉與我陳家交好的他，險些讓全城百姓陪葬！」穆胭脂大怒，絞緊了手中銀鞭，「張仕釗，你死有餘辜！今天我要用你的首級祭薛大將軍夫婦。」

張仕釗的喉嚨被漸漸勒緊，求生的欲望讓他掙扎著叫著，「有人指使……我……」

「等一等。」穆瀾攔住了穆胭脂，「難道妳不想知道誰是主使之人？」

「我知道，只有我一個人知道。」張仕釗疊聲說道。

穆胭脂冷笑，「你以為這樣就能保你的狗命？」說話間手中用力，張仕釗頭一歪落了氣。

一府總督，就這樣死了。穆瀾不會同情張仕釗，心裡卻窩著一團火，「我說，妳陳家的事牽連了多少人家？妳心裡清楚妳的敵人是誰。我池家滿門也是幾十條人命，再瞞著我有意思嗎？」

收回鞭子，穆胭脂淡然地望向穆瀾，「還猜不到嗎？我姊姊難產身亡，陳家漸被滅了九族，誰得到的利益最大，誰就是我的仇人。」

真聽到穆胭脂親口說出來，穆瀾仍然深吸了一口氣，「許家？譚誠？」

「如同張仕釗一樣，獲得利益的人，或主謀或幫凶。」穆胭脂的目光再次變得凌厲至極，「我和妳師父一直懷疑妳父親那晚給先帝服下回春湯後，先帝迴光返照寫下了遺詔。我盼著有一天妳能想起六歲生辰那天發生的事情，盼著也許妳能知曉一二。妳最終找到的，不過是一紙脈案罷了。妳想查的池家滅門真相大抵便是如此。」

池家滿門的性命，不過是被殃及的池魚小蝦？

「以妳的說法，池家是被無辜牽連滅了口……做了我十年母親，妳為何恨不得我去死？」穆瀾逼視著穆胭脂。

「對我來說，妳已無用，自然要滅口。」

「事到如今，妳的話我還能信？」穆瀾譏笑道：「我一定會找到遺詔，池家人不能白死。」

她越窗而出，消失在夜色中。

天明，揚州府炸開了鍋。

總督張仕釗夫婦的屍體被懸在總督府衙門外，身邊飄蕩著一幅血書，悍然揭開了他昔日通敵害薛大將軍夫婦殉國的祕密。

消息速傳至京城，滿朝震驚。

●○●

對關外的韃子來說，每年最難過的日子是初春時節。冬雪未化，過冬的牧草已盡，牛羊與人都處於極度饑餓的狀態，每年春季侵略邊關打草穀成了解除危機的唯一辦法。

仁和三十二年冬天，韃子突然聚兵六萬揮軍南下，五萬重兵包圍了淨州城。此一役中，素有神將之稱的薛家軍主帥薛明義夫婦以身殉國，追封宣威大將軍。膝下唯一的女兒薛錦煙被接進宮中封為公主，由許太后親自撫養。有百勝槍威名的淨州守將謝英戰死，追封昭勇將軍。副將張仕釗領兵救援，將韃子趕回了草原，因功受封正五品武節將軍。

世嘉三年，張仕釗赴揚州上任兩月，被刺殺於總督府內，懸屍於眾。丈餘寬的血書揭開了薛大將軍殉國一戰的骯髒內幕。

舉國譁然。

天剛矇矇亮，鵝毛大雪漫天飛舞，官員們早進了宮門赴早朝，朱雀大街上幾乎見不到行人。紅色的宮牆下，守衛的禁軍如雕像般肅然靜立。

天地沉靜之時，年輕的男子手持一桿鐵槍，攙扶著一名婦人緩緩走向宮門。凍得手腳冰冷的禁軍們早看厭煩了空曠寂靜的景致，不由自主對這兩人生出了好奇。

那婦人行至宮門前靜立片刻，接過兒子手中的鐵槍，吩咐道：「勝兒，去吧。」謝勝朝母親深揖首，深吸了一口氣，大步走向一側的登聞鼓。

他要擊登聞鼓？禁軍們嚇了一跳，目光齊刷刷地隨著謝勝移動。上下三代皇帝，設立在宮門外的登聞鼓就從來沒有被人擊響過。

「咚！」

第一聲鼓就在所有禁軍的震驚中沉悶地響起。

謝夫人俐落地往雪地上一跪，手中鐵槍用力杵下，激起點點飛雪。

「咚咚咚咚——」

飛雪之中，謝勝脖子上的青筋凸現，鼓槌使得如風車一般，密集的鼓點震得禁軍們顫慄不已。

登聞鼓響了好一陣子，終於有人反應過來，大叫道：「登聞鼓響，速報！」

金殿之上，文武百官正在熱議著張仕釗之死與血書揭露事情的真假，咚咚的鼓聲悠悠隨風傳了進來。

百官驚愕，還不知這鼓聲從何而來。

「登聞鼓！」無涯驀然反應過來，直接從龍椅上站起來，厲聲喝道：「何人擊響了登聞鼓？」

登聞鼓三字入耳，百官色變。

譚誠微眯了眯眼，似笑非笑地望向了禮部尚書許德昭。

目光相觸，許德昭面無表情，執著笏板的手指輕輕點了兩下，轉過臉望向殿外的飛雪。譚誠眉心微微一蹙又散開，收回了目光。

傳報的禁軍此時趕到了。

聽說是母子二人跪宮門擊鼓，婦人手中還持有一桿鐵槍，鳴冤之人與軍中有關。百官們情不自禁想起了早朝時爭論不休的張仕釗陷害薛大將軍一案。

登聞鼓響，冤民申訴，皇帝必親自審理。

無涯緩緩坐下，「傳。」

太監尖利的聲音將皇帝的旨意一重重傳到宮門外，半個時辰後，謝勝母子已立在丹陛上。

謝夫人輕輕將鐵槍遞與一旁的禁軍，在百官矚目中緩緩進殿。謝勝卻跪在了殿外，等著挨八十廷杖。

若百姓為走失一頭牛也來擊登聞鼓，皇帝也要親審，就等著天天聽鼓響為民伸冤不用辦別的事了，是以開國之初就定下了擊登聞鼓者必受八十廷杖的律令。

廷杖若要人命，一杖就足夠了。

謝勝是謝英獨子，謝夫人寧可讓謝家絕後，也要擊鼓喊冤。百官們佩服的目光悉數落在這個婦人身上。

「是謝英夫人！」武將之中尚有人識得她，驚呼出聲。

無涯望著跪伏在殿前的謝夫人，漸漸找到了關於百勝槍昭勇將軍謝英的記憶。眼前的婦人穿著臃腫的青布棉衣，頭上簡單地包著一條帕子，如同一介普通民婦，卻神情凜然。無涯對跪在殿外的謝勝也有了記憶。國子監入學試上，謝勝帶著鐵槍進場，死不離手。當時他尚不知道謝勝是謝英的兒子。

無涯心裡有了數，卻問道：「擊登聞鼓喊冤當受八十廷杖，謝英將軍僅有謝勝一子，謝夫人可知？」

「縱然謝家絕後，臣婦也要喊冤！」謝夫人斬釘截鐵地答道。

記得了謝勝是何人，無涯有心救他一命，溫和地說道：「謝將軍乃朝廷忠良，謝勝杖刑先押後。謝夫人有何冤屈，竟然擊響了登聞鼓？」

高坐在龍椅上的年輕皇帝溫和的態度瞬間讓謝夫人淚如雨下，她從袖中拿出狀紙高舉過頭，大聲說道：「臣婦有冤。十二年前，臣婦的夫君謝英死得冤枉！薛大將軍夫婦死得冤枉！淨州戰死的六千官兵死得冤枉！」

果然是為了淨州一役，薛大將軍夫婦殉國一事鳴冤。百官的議論聲嗡嗡地響了起來。

狀紙上的殷紅字跡已然泛黑，一看便是許多年前寫就。

無涯看完，俊美的臉上浮現出難以掩飾的驚愕與憤怒。他將狀紙遞給一旁侍候的秉筆太監，「唸！」

「仁和三十二年十二月初九，韃靼集兵六萬入侵……」

聲音響徹安靜的殿堂，將那一年淨州保衛戰的故事緩緩陳述於文武百官面前。

文官們唏噓不已，武將們壓抑不住的憤慨悲傷。

狀紙唸畢，金殿下一片寂靜。狀紙寫得詳細，將薛大將軍行軍布防一一道明。韃靼突然聚兵六萬，只有一萬人佯攻向大同方向，做出南攻中原、直逼京師的模樣，而五萬重兵直奔只有八千守軍的淨州。分明是得了情報，知曉薛大將軍夫婦到了淨州巡視。重兵包圍淨州就為了除掉薛家軍的主帥。淨州一戰，薛大將軍夫婦殉國，守將謝英戰死，八千守軍僅餘兩千殘弱。而張仕釗領的援軍不過兩萬，卻擊退了五萬韃子。

從前以弱退強的戰役，卻是一場合謀害死薛家軍主帥的陰謀。

懸掛在揚州總督府衙門外的血書道出張仕釗出賣情報，引韃子圍攻淨州的事實。和謝夫人狀紙相合。

此時，已無人懷疑張仕釗陷害薛大將軍一案的真假。張仕釗夫婦被殺，說不準便是哪個將士的後代動手報仇。人已經死了，這案子也破了，餘下的不外是多羅列張仕釗的罪名，告慰淨州死去將士罷了。文武百官無人有異議。

「薛家軍駐守邊關三十年，韃子畏其神勇，不敢擅自入關。自薛大將軍戰死，韃子日漸張狂，邊關哪一年沒有戰事？好一個為了搏軍功陷害主帥的張仕釗！好一個以弱勝強保住淨州城的武節將軍！」無涯氣得一巴掌重重拍在案几上。

張仕釗是誰薦往揚州？官員們的目光望向了兵部尚書。

「臣識人不明，被張仕釗蒙蔽，臣慚愧！」兵部尚書跪伏於地，聲淚俱下。

內閣首輔胡牧山出列進諫，「兵部尚書薦人不當，理應革職查辦。」

揚州總督是肥缺，兵部尚書是否是張仕釗的同黨待查，是否收受賄賂待查，革職查辦理所當然。

無涯厭惡地看了眼抖如篩糠的兵部尚書，「叉下去！」

望著涕淚交加、高呼皇上開恩的兵部尚書被禁軍拖出殿堂，許德昭的眼皮跳了跳，攥緊了手掌，心像是被割了一刀。他的心思迅速轉到另一個問題上，該薦誰接替兵部尚書一職，填了這個己方陣營的空缺。

「禮親王暫代兵部尚書。」無涯開口說道。

禮親王是無涯的皇叔，兼著五城兵馬司指揮使一職。百官的目光下意識地在殿中尋找著，不覺一驚，少有上朝的禮親王今天居然在殿中。

皇上親政以來，這是頭一回在殿上直接任命官員。譚誠眼中閃過一道銳利的光芒，朝己方官員望來的數道目光輕輕搖了搖頭。皇上想要兵權，是從自己親舅舅手中搶。許德昭的人沒有開口，他著什麼急呢？

他還從來沒有聽說過掌了五城兵馬司，捏著京師安全的指揮使能同時兼任兵部尚書的。許德昭看了眼內閣首輔胡牧山一眼，由他開口駁了皇帝意思最適合不過。

然而胡牧山卻沒有注意到許德昭的暗示，他正和百官一起驚詫地望著意外上了朝的禮親王。

鬚髮花白、精神依舊矍鑠的禮親王已出列跪下，「臣領旨。」

此時胡牧山的視線才轉了過來，瞬間明白許德昭的意思，頓時懊惱不已。

許德昭不由得氣結。

無涯不動聲色地拿下兵部尚書，心情大好。他宣了謝勝進殿，笑望向謝氏母子道：「首惡張仕釗已經伏誅，此案真相大白。謝夫人臥薪嘗膽，其子謝勝勇氣可嘉。念在謝英將軍僅此一子，謝勝擊登聞鼓所受廷杖改為二十，世襲昭勇將軍一職，國子監畢業後即赴淨州從軍。望爾子承父業，為國出力不墜乃父威名。」

「臣必不負皇上聖恩！」謝勝得知只受二十廷杖，還能襲父職從軍，激動得連連叩頭。多好的皇帝，值得他以死相報。

將來軍中又多了一個忠心自己的將軍。無涯微笑著朝春來使了個眼色。春來明白，這二十廷杖可不能將年輕的昭勇將軍打壞了。他跟去了殿外監刑。

本以為此事完滿結束，謝夫人卻再次拜伏於地，「皇上，據臣婦所知，張仕釗並非為貪軍功，而是受人指使。臣婦母子不求恩賞，只求徹查此案，找出那幕後主使之人！」

百官譁然。

無涯也極為驚詫，「謝夫人此話從何說起？」

謝夫人從袖中又拿出一封書信呈了上去，「張仕釗身邊有一相伴二十年的幕僚熟知內情，臣婦也是得了一封書信才知曉。望皇上令大理寺徹查！」

有了人證，自然要查。

竟然還有幕後之人主使張仕釗陷害薛大將軍夫婦，會是什麼人？官員們再次議論起來。

殿中兩道目光再次相碰，譚誠與許德昭沉默相望。

滿朝文武誰和薛大將軍有仇？又能指使得動張仕釗？此人必然位高權重。無涯情不自禁睃了譚誠一眼。手握二十萬重兵的薛大將軍不肯投靠東廠？如果真是譚誠，那就再好不過。

無涯當即令大理寺刑部調遣人手前往謝夫人所說地點，接人證入獄。

「皇上聖明！」謝夫人與謝勝大喜過望。

「朕將親自祭天，告慰薛大將軍與冤死的將士！」三朝未曾響起的登聞鼓多像他的勝利鼓聲，無涯很滿意今天早朝謝氏母子的到來，令譚誠留下，宣布退朝。

獨留下了他，是為了他寵愛的杜之仙關門弟子穆瀾？還是為了絆住自己，順利地將張仕釗的那位幕僚送進大理寺的大獄？

譚誠披著大氅，從番子手中接過才加了炭的小銅壺，面帶微笑伴著無涯欣賞著冒雪怒放的蠟梅。

年輕的皇帝站在梅樹下，面容俊朗如玉，目中彷彿只有這一樹虬枝蒼勁的梅花。

雪片如鵝毛飄臨，不多時就堆砌在肩頭。無涯伸手拂去，讚嘆道：「此梅開得極有精神。如果換成是株紅梅，想必更為奪目。」

譚誠眼裡飄過一絲了然，年輕的皇帝終於查到了蛛絲馬跡。

紅梅，于紅梅……譚誠腦中浮現出坤寧宮中那個模樣秀美的女官梅紅。一個曾經被他忽視了十幾年的人，從年初起喚起了他的記憶。

靈光寺老嫗被殺，國子監監生蘇沐意外死亡，都不曾引起他的重視。

梁信鷗和師弟丁鈴較勁，曾經求助他去查丁鈴意外從京城消失的緣由。他當時推測出丁鈴著手查蘇沐案，也許離京去了蘇沐老家，並沒有把那件案子放在心上。

不同於錦衣衛丁鈴在迷霧中辛苦查找出一點點線索，譚誠本是知情人，一點即透，山西于家寨的大火更是將他眼前的迷霧燒了個乾淨。

梅紅失足墜井身亡，譚誠並不懷疑她死得蹊蹺。這深宮裡太過機靈的人，命總是不長。十八年前元后難產身亡，宮裡頭死的人不止一個梅紅。

一個死了十八年的女官，連她痴呆的姑姑也要滅口。譚誠這才驚覺，當年的事尚有更多的隱情。他心裡輕嘆，當年的自己還是太年輕了。

藏身在國子監的殺手花匠老岳被丁鈴找了出來，當場自盡。譚誠的目光也同時被引向了國子監。

當他的目光聚焦在國子監時，他再次注意到穆瀾，這個杜之仙的弟子幾乎無處不在。靈光寺有她；蘇沐被殺，她在國子監；花匠老岳暴露是被她和林一川發現，侯慶之最後見過的人也有她。

自從猜出穆胭脂也許就是當年元后的妹妹陳丹沐，譚誠就隱約猜到了穆瀾進國子監的用意。

難道十八年前隱瞞了自己的祕密就藏在國子監裡？

譚誠已經將國子監梳理了好幾遍，至今也沒查到，國子監裡哪個人和十八年前的梅紅有瓜葛。

宮裡不會有于紅梅的存在，梅紅卻沒有被湮滅痕跡。她太過醒目，連檔案都查不到的話，欲蓋彌彰反而會引人起疑心。

皇帝是瞧著這個名字和于紅梅相似，才疑心兩者是同一人？還是已經從許家得到了答案？他為什麼不直接問許德昭甚至許太后，卻來問自己？

譚誠心裡閃過各種猜測，話鋒突然轉到了許太后身上，「太后娘娘也極喜歡梅花，最倚重的女官是梅青姑姑。」

君臣二人的目光碰到一起，無涯自然地接過了話去，「中秋時太后偶感風寒，朕去探望，無意中聽她唸叨著梅紅的名字。從前在太后身邊服侍的還有一名女官叫梅紅？」

無涯離了那株梅樹，緩緩走向御書房。譚誠落後半步跟隨著，聽他隨意地問道：「宮裡的老人不多了。公公在宮裡頭待了三十幾年，還記得那位梅紅姑姑吧？能讓太后惦記不忘，她是個什麼樣的人？」

譚誠想了想說道：「太后娘娘進宮時從家中帶了兩名侍婢，一位是現在的梅青姑姑，另一位就是意外墜井的梅紅姑娘。老奴記得梅紅姑姑生得秀美，眼睛很靈動，一看就是個機靈人。可惜了，意外墜了井。太后娘娘對其深為倚重，才會思之不忘。」

「公公相信她真是意外墜井？」

譚誠似笑非笑地望著無涯，「這宮裡頭的事誰說得清楚呢？」

無涯心中一跳。

他從許太后嘴裡聽到梅紅後，不由自主想起了那個神祕的于紅梅，令許玉堂在許家暗查，竟然找到了一位回家榮養的老僕。

雖然已經是二十幾年前的舊事，許家的那位老僕人依稀還記得，當年隨許太后進宮的兩名貼身侍婢，一人是許家的家奴叫梅青，另一人則是梅紅。

當時先帝與許太后在什剎海相識相戀。許太后進宮之前，先帝從采女中指了個機靈的人去許家服侍她，為兩人鴻雁傳書。這個機靈的小宮女便是梅紅。

年老的僕婦記不清梅紅本名，只記得她是山西人。

至此，無涯便明白了為何掖庭中沒有于紅梅的檔案。她進宮後就被先帝送到了許家服侍許太后，掖庭便勾掉了她的名字。再進宮時，她已經成了梅紅。

再查掖庭宮女檔案，便知道梅紅在十八年前意外墜井亡故了。

無涯進了御書房，脫了氅衣，賜了座給譚誠，「十八年前宮裡發生了一件大事，梅紅也在這一年意外墜了井。她的死與先帝元后難產有關嗎？」

這問題問得太直白，令譚誠微微一愣，「皇上，十八年前，老奴還只是乾清宮素公公手下的小太監。」

當年素公公手下的小太監已權傾朝野，連內閣首輔都要禮敬，誰敢小覷譚誠半分？無涯心裡越發忌憚，笑容帶著些許的壓力，「譚公公現在是司禮監掌印大太監兼東廠督主，還有什麼事情是東廠也不知道的？」

「靈光寺一案是錦衣衛在辦，東廠不便參與。」譚誠明白皇帝的意思，他微微欠身回絕了皇帝，將話題引開了，「說起案子，老奴正想回稟皇上，淮安府河堤被毀案已經破了。」

「朕聽說了，是十幾年前詐死逃出詔獄的金瓜武士陳良所為。聽說東廠已經赴揚州確認了他的身分。」

「開棺掘墳後，裡面的人正是陳良，他還穿著先帝御賜的那身黑光鎧甲。他扮成啞巴，白了頭髮，比實際年齡老了二十來歲，藏在杜之仙身邊。老奴有理由懷疑杜之仙及其關門弟子穆瀾，以及他所在的穆家班都是陳良同夥。東廠已發下了海捕文書，緝拿餘黨歸案，以查清三十萬兩被調包的庫銀下落。」

譚誠望著皇帝暗想：就算你想寵信穆瀾以拉攏推崇杜之仙的文臣、士子，穆瀾的嫌疑擺在這兒，縱然你是皇帝，又能如何？

「朕正想和公公說說這件案子。陳良喬裝易容瞞過了杜之仙，更何況穆瀾只是他的弟子，都被陳良瞞在了鼓裡。穆瀾並非是陳良同黨。」無涯的語氣分外肯定。

譚誠只是一笑，「可惜的是穆瀾在揚州失蹤了。陳良身上有多處傷口，他不是自盡殉主，而是被人殺死的。當時杜宅之中只有他和穆瀾兩人，怎知不是分贓不均或是被穆瀾殺了滅口？與此同時，穆家在京城的麵館關了門，人去屋空。穆瀾和穆家班的嫌疑顯而易見，不歸案如何知曉他不是陳良同黨？」

「朕說她不是。」

皇帝罕見的堅持並沒有讓譚誠鬆口，他平靜地望著皇帝，等待他給出一個能說服自己或者能說服朝臣的理由。

譚誠的無懼再一次讓無涯憤怒。還以為他是那個親政之初處處被人掣肘的皇帝？他微笑著，手指輕叩著書案，說出了一個地名，「三條巷芝蘭館。」

譚誠垂下眼睛。他與許德昭聯手釣珍瓏，調包了淮安府三十萬兩庫銀。庫銀上面有戶部戳記，想要融了這批銀子並非短時間能辦到。所有的銀子都是由許德昭的人運走的。

沒想到許德昭把這批庫銀運進了京城，就放在三條巷芝蘭館他的私宅裡。

「早朝的時候禁軍奉旨查抄了芝蘭館，已經找到了那三十萬兩庫銀。」無涯目不轉睛望著譚誠。

以為他會干涉？譚誠終於明白皇帝今天留下自己的用意。盯著他，好讓禁軍成功查抄芝蘭館。

無涯又說道：「宅子的主人與穆瀾無關，此案到此為止。」

皇帝能查到芝蘭館，就能查到宅子的主人。他此時沒有捅破是自己的親舅舅，譚誠也不會揭穿。他站起來躬了躬身，「既然如此，老奴這就令人撤了海捕文書，侯繼祖案就算破了。皇上若無其他事，老奴告退。」

一句不問宅子的主人是誰，譚誠心裡也有數吧？無涯暗中磨牙，又因譚誠的退讓鬆了口氣。

穆瀾是再不能用這個身分了，她一定會用別的身分回到京城。

門外的雪越來越大，冬天已經來了，翻過年開春，各地的采女就將雲集京城。穆瀾會來嗎？

第五十五章　真假庫銀

雪下得太大，天寒地凍的清晨，街上幾乎見不到行人。早朝時分，整齊的足音踏破了三條巷的寧靜。

秦剛親領了禁軍前來，他抬眼看清楚門楣上「芝蘭館」三字，揮了揮手，禁軍像出柙的猛虎衝進這間藏在巷子裡的妓館。

尚在睡夢中的姑娘們驚嚇地尖叫起來。老鴇氣得面皮發青，攔不住四處亂搜的禁軍，眼風一掃，盯住了邁過門檻的秦剛，三步併作兩步走過去，「大人，我這芝蘭館是私宅！就算是宮裡來的禁軍，說不出個緣由，妾身便是去敲登聞鼓，也要討個公道！」

朝廷律令對擅闖私宅者懲罰極重。這人連宮裡的禁軍都不怕，秦剛來了興趣，「媽媽年紀大了才開了這間芝蘭館？」

「像我們這樣的女人，有這結果已是不易。」老鴇忍了口氣，不知何時已捏了張銀票塞在秦剛手裡，「大人指點妾身一二。這大清早的……」

秦剛極自然地收了銀票，朝裡面望了望，低聲說道：「妳這裡可有密室、密道？」

老鴇呆了呆，「大人這是何意？」

「妳老實說了，也免得我這些弟兄辛苦尋找。」秦剛說著在院子裡閒逛起來。

老鴇眼風亂瞟，看到門口守著的禁軍心裡陣陣絕望，信是遞不出去了。她心裡尚存著一絲僥倖，只看這些兵有沒有那本事找出密道來。

因是私家妓館，芝蘭館並不太大，兩進的院子，帶了一座後花園，很快就搜完了，禁軍一無所獲。

老鴇也有了底氣，「大人，妾身做的是正經生意，攏共也就靠著兩個女兒掙些辛苦錢罷了。」

秦剛看了眼後花園，默想了想方位，返身進了第二重院落的正房。

和別的人家布置大概差不多，正房三間，中間是堂屋，分東西廂房。西廂房外靠牆接了間耳房作浴房。為方便送水，浴室裡有一道小門。

推開這道門，秦剛就笑了起來，「這心思真夠巧的。」

門外竟然又有一重院落。他回過頭，老鴇已癱坐在地上。

離三條巷不遠的芝麻胡同，今早也同樣熱鬧。大理寺刑部的衙役領了旨意，圍了這裡的一間客棧。

在掌櫃、夥計和住店客人們驚詫的目光中，衙役從上房的床底下拎出一個人來。相伴張仕釗二十年的幕僚被捆得如粽子一般，六扇門的衙役順利地將人帶走了。

然而就在衙役將幕僚帶出客棧的瞬間，對面屋頂上出現一個黑衣人，連珠箭讓衙役們措手不及，等到撥開箭雨後，幕僚的脖子上中了一箭，已經鼓瞪著眼睛死了。

譚誠剛回到東廠，還沒顧上用午飯，譚弈又趕了來。

消息傳得太快，國子監的監生們罷了課，抬了孔子像趕去跪宮門請願，要求徹查陷害薛大將軍一案。

「義父，孩兒是去還是不去？」譚弈心裡糾結萬分。

「去。」譚誠拍了拍他的肩道：「領頭的可是許玉堂？」

「正是。」

答了這句話，譚弈頓時反應過來。不是國子監得到的消息太快，而是許玉堂早得了消息，知曉謝氏母子今天要去敲登聞鼓。

「你先去吧。」譚誠打發走義子，平靜地對著棋枰陷入了思索。

直到現在，譚誠終於明白，皇帝是有備而來。謝夫人應該早進了京，今早敲響登聞鼓，是皇帝一手安排，所以幾乎從不上朝的禮親王今天上朝了，順利撈走了兵部尚書一職。

「皇上不耐煩等下去了。」譚誠得出了結論，有些感嘆。

年輕的皇帝開始露出鋒芒，借薛大將軍一案開始收權。

「皇上如何查到了芝蘭館？」譚誠想起這個問題。他手中把玩著棋子，突然想到了一個人，想起春日首輔家後花園燦若雲霞的辛夷花。

他扔掉棋子，感慨萬分，「原來每年皇上去折辛夷花，不過是趁機私下與胡牧山見面。咱家還真小瞧了這位首輔大人。」

有這麼一位迎風三面倒的首輔大人在，皇上能查到芝蘭館還不是小事一樁。六扇門在客棧遇襲的消息此時傳到了東廠，譚誠並不覺得吃驚。

一個幕僚的話無法坐實幕後指使人的罪，殺張仕釗、帶著幕僚進京的人在六扇門衙役帶走他時，直接射殺了他，明顯是殺人滅口，間接坐實了京中有人暗中主使張仕釗出賣薛大將軍一事。

為薛大將軍報仇的人會是誰？譚誠腦中直接跳出了穆胭脂的名字，「珍瓏局，這步棋走得極妙。」

譚誠大致有些了解年輕皇帝的憤怒。親舅舅調包了庫銀中飽私囊，不僅如此，有胡牧山做內應，大概更憤怒親舅舅敢調動軍隊，所以借薛家案奪了兵部尚書的位置。

「還是太年輕了。」譚誠嘆了聲。

等皇帝查出許德昭就是那個幕後指示張仕釗的人，除薛大將軍夫婦是為了滅掉陳氏一族，他會如何面對呢？還會繼續鐵面無私嗎？譚誠覺得有趣了。

國子監的監生們去跪了宮門，宮裡的薛錦煙大概也鬧騰起來了。要安撫鎮守邊關的薛家軍，此案必查個水落石出。

「監生跪宮門？」譚誠心神一顫，手中棋子落在棋枰上，「好棋，一子吃掉一片的好棋！」

接而連三的變故讓許德昭措手不及，聽說帶頭跪宮門請願的人是自己的兒子許玉堂，正在用飯的他放下了碗筷，吩咐夫人道：「替我更衣，我要進宮。」

許德昭趕到宮門時，雪地裡黑壓壓跪滿了監生，他看了跪在前頭的兒子一眼，正打算進宮時，宮門大敞。

明黃的羅蓋陪伴著皇帝的步輦來到宮門前。

看到明黃的衣飾出了步輦，踏雪來到面前，監生們嚇了一跳。

皇上竟然親自來了！監生們感動得忘記了風雪，伏地三呼萬歲。

無涯望向許玉堂，表兄弟默契地交換了個眼神。

無涯溫言說道：「諸位都是未來國之棟梁，凍壞了如何為國效力？薛大將軍一案，朕已令三司徹查。」

宮裡已抬來了大桶新煮好的薑茶，分發至監生手中。

許玉堂舉碗高呼，「皇上聖明！」

呼聲響徹天地。

譚弈默默地看了眼皇帝，他知道，自己進國子監想掣肘許玉堂，阻攔皇帝收攏人才的計畫，輕易就被年輕的皇帝破去。

他做了那麼多努力，拚命拉攏舉監生，都及不上許玉堂在大雪天領著眾人在宮門前一跪、皇帝走出來說幾句來得便宜。

學成文武藝，貨與帝王家。皇帝的平易近人、溫言鼓勵，瞬間就收了監生們的心。

許德昭目瞪口呆地望著這一幕，腦中突想起譚誠曾經說過的話。幼鷹嚮往著飛向藍天。此時的皇帝還是那個連下道旨意都舉步維艱的皇帝嗎？

他的目光落在皇帝身邊的首輔胡牧山身上，胡牧山今天一改往日唯唯諾諾的神色，目光清明地正視過來。

原來是他！怪不得皇上查抄了芝蘭館。許德昭深吸了一口氣，神情重新變得鎮定。

隨著國子監監生們散去，無涯一手安排的大戲漸近尾聲。

他早瞥見了坐著暖呢大轎趕到宮門的許德昭，如常一般微笑著招呼他，「天寒折騰舅舅又跑一趟，大概午飯也沒用好，陪朕用一點兒吧。」

聽到這聲舅舅，許德昭有點發愣。他一直以為胡牧山明面上是投了東廠，暗地裡是自己人，今天才恍然大悟，胡牧山和皇上配合著演了數年的戲，骨子裡早就是皇上的人了。既然如此，皇上對他做的一些事也有了數，為何還叫自己一聲舅舅？是礙著沒收拾完東廠，還是給太后娘娘面子，或是還有用得著自己的地方？

他又聽到無涯吩咐胡牧山，「戶部得了三十萬兩庫銀，這年節倒是好過了。辛苦胡首輔與內閣眾位愛卿居中調停。」

胡牧山恭敬地應了，揖首送步輦進宮。

許德昭也重新上了轎，轎子經過胡牧山身邊時停了停，他面無表情地說道：「首輔大人好手段。」

想起許德昭的一些事情，胡牧山心裡嘆氣，面上卻是雲淡風清，「十幾年前本官尚未入閣，蒙太后娘娘所請為太子師，自當盡一盡師父的本分。事情總有個先來後到不是？」

這是說早在皇上還是太子時，兩人就勾搭上了？許德昭險些氣得吐血。這株牆頭草左飄右飄，得了自己信任，又得了譚誠力推，倒是飄蕩得自在。若非兩邊靠著，他胡牧山還在翰林院當著兩袖清風的翰林。如今不過四十來歲就入了閣、成了首輔，將自己和譚誠賣得一乾二淨，還好意思講先來後到？

他「刷」的摔了橋簾，「啟轎！」

目送著許德昭離開，胡牧山只搖了搖頭，「皇上忍得了你攬官奪權，卻忍不了你三次調用軍隊。譚誠那老閹狗倒是奸滑，從不碰這條底線。」

進了乾清宮，御膳房送了鍋子來。

切得如紙般薄的肉片在奶白色的湯中滾了兩滾，裹了蘸料入口，鮮香無比。

相比無涯的好胃口，許德昭吃得不緊不慢。

等到無涯放下筷子，許德昭也就停了下來。接了帕子擦臉漱了口，他發現就連近身侍候的春來也退下了，偌大的殿裡只留下自己和無涯兩人。知道無涯要興師問罪了，許德昭氣定神閒地等著。

三條巷芝蘭館裡抄出三十萬兩庫銀，就這一條，足夠許德昭死一回，承恩公府滿門被流放。

沒有伏地請罪求饒，鎮定地等著自己開口……許德昭擺出的姿態讓無涯感覺到有些不對勁。他的親舅舅已跋扈到如此地步？難不成以為這江山竟是姓許不成？他真以為自己不敢殺他？

無涯的眼神冷得如冰，「這裡只有我和舅舅。」

正因為是舅舅，自己給他一次自辯的機會。

「淮河年年氾濫，去冬戶部撥了三十萬兩銀子去淮安府，趕在春汛前修好河堤，庫銀還沒有出戶部就已經被調了包。」

「你說什麼！」無涯驚得站了起來。

許德昭憐憫地望著年輕的皇帝，心裡嘆了句，還是太年輕了。

「皇上，您在三條巷芝蘭館裡找到的那三十萬兩庫銀，是假的。那三十萬兩銀子從帳目上看，是出了戶部，撥去了淮安府。事實上，那批銀子還留在戶部庫房內，一兩也不曾動過。」

如同被一桶冰水從頭澆下，今天無涯所有的滿意與興奮消褪得乾乾淨淨。許德昭敢這樣說，就一定是真的。

因為這件案子，侯繼祖一家三口死了，工部都水清吏司郎中沈浩一頭撞死在金殿上。滿朝震驚，國子監鬧騰得沸沸揚揚，都和許德昭調包戶部河工庫銀有關。他為什麼要這樣做？

無涯緩緩坐下，不過片刻就恢復平靜，「就為了一個淮安知府的位置，所以陷害侯繼祖？」

許德昭搖了搖頭，微笑道：「三十萬兩庫銀被調包，侯繼祖並未聲張，且如期修好了河堤。如果不是金瓜武士陳良錘開了山陽縣所在的河堤，有誰知道庫銀失竊？朝廷只知道侯繼祖如期完工修好了河堤，他所籌到的銀兩，都是老夫借商家之手給他的。換句話說，淮安府的河堤是許家出錢修建的。如果要說陷害，想陷害他的人是陳良一夥人罷了，老夫還沒把這點兒銀子放在眼裡。」

許德昭默想，如果沒有被皇上查到的話，戶部被藏起來的銀子就能調運出來了。不過，損失了二十萬兩，能把皇上的氣焰滅了，也是值得的。想必譚誠也不會介意他那十萬兩沒了。經此一事，讓胡牧山徹底暴露，也不見得是壞事。

「三十萬兩庫銀就算造假，也要花費大筆銀錢。您這麼做又是為了什麼？」無涯徹底冷靜下來，帶著討教的語氣問道。

許德昭的神色變得嚴肅，「皇上可知珍瓏？」

「去年有一名刺客殺了東廠七人，每每都會在現場留下一枚刻有『珍瓏』二字的棋子。」

東廠因此事被錦衣衛嘲笑諷刺，至今沒有抓到刺客挽回顏面。最初有心隱瞞，架不住錦衣衛當笑料傳開，無涯也知道了。

「珍瓏不是一個刺客之名，而是一個江湖組織。這個組織的首領布下了一個棋局，取名珍瓏，自然是狂妄地認定無人能破。金瓜武士陳良便是這珍瓏局中的一枚棋子。」

無涯注意到說起珍瓏時，許德昭的神情瞬間有些扭曲。帶著一種仇恨，同時也有著恐懼。他在害怕什麼呢？怕珍瓏的刺客會殺了他？

「這是一場局。淮安府庫銀被調包，能做這件事的必定位高權重，還有什麼人比東廠更合適？刺殺東廠中人，殺了一個，還會再補上一個。珍瓏想對付東廠，就一定會在這件事情上做文章。」

「但河堤何等重要，為了誘珍瓏上鉤，也不能拖延了河工，是以侯繼祖是一定會借到銀子的。而當他奔走於商戶四處籌銀之時，風聲就傳了出去。河工銀子重新被籌集，河堤如期完工。為了把這件事捅出來，對方只有一個辦法，毀壞河堤。」

許德昭說到這裡，滿臉遺憾。

「東廠沿河設伏。想要破壞河堤並非易事，而陳良力大無窮，蓋世無雙，幾錘下去錘開了河堤，避開了東廠的眼線。事後根據線索畫像，才確定他就是跟在杜之仙身邊服侍的啞僕。」

舅舅為了破獲珍瓏組織，竟然和譚誠聯了手。那是個什麼樣的組織，讓兩人不惜搞出這麼大動靜布出這樣的一個局？

無涯滿心不解。

「皇上，普通的江湖殺手組織自然無須如此重視，但如果這個組織布下的珍瓏棋局是以江山為枰，這局棋謀的是天下呢？」

如今除了北方的韃子不肯誠服，年年侵邊，但自從先帝北征之後，這二十年一直沒有大的戰事。江南縱有水患，朝廷總是及時撥銀賑災；朝廷治下談不上河清海晏，也無內患。突然聽到有人想謀取江山，無涯覺得不可思議。

「昔日陳皇后難產身亡，陳家卻認為是有人害了她。金瓜武士陳良更是手持鐵錘闖入宮禁，因此被下了詔獄。陳家漸漸衰敗，陳家後人卻一直沒有忘記復仇。譚公公已經查明，珍瓏的首領是昔日陳皇后的親妹妹陳丹沐。哦，皇上應該知道她。她就是穆瀾的母親，穆家班班主穆胭脂。她以沐為姓，胭脂是丹朱之意。」

「穆家班班主？穆瀾的母親？先陳皇后的妹妹？」無涯以為自己聽錯了，一時間心亂如麻，「朕需要靜一靜。你先退下吧。」

許德昭也不多說，起身行禮告退。

「淮安府的河堤是許家出錢修建的，舅舅真是大方之人。」無涯想起許德昭的話，如蓮花般靜美的面容浮現出一絲玩味的笑。他打開案几上的一只錦盒。

兩錠雪白的銀錠放在盒中，一錠是監生侯慶之存放在錢莊裡的；另一錠是今晨抄查芝蘭館，秦剛送來的。

無涯拿起一錠銀在手裡掂著玩。他很想知道，如果他不抄了芝蘭館，這批銀子是否會和戶部裡的那三十萬兩庫銀再調個包。

聽到外頭小太監稟告許玉堂到了，他把銀子放回去，「傳。」

不多時，許玉堂踏進了殿堂，解了皮毛大氅給春來，興高采烈地朝無涯行了禮，「表哥，今天的事，小弟辦得還不錯吧？」

「若提前知道許家玉郎要冒雪跪宮門，不知有多少京中閨秀奔去採買毛皮給你提製護膝。」無涯戲謔地說著，隨手將那只錦盒取了給他，「事辦得不錯，賞你了。」

「謝皇上賞賜。」許玉堂喜孜孜地接過盒子，手上一沉，不由得生出幾分好奇，「讓我猜猜皇上賞的是什麼。紅木匣子，賞了小弟一方硯臺？」

無涯笑而不語。

入手有點沉，不是硯臺是什麼？許玉堂嘀咕道：「該不會是金銀吧？」

「猜對了。」

許玉堂打開匣子，看到裡面五十兩一錠的元寶氣不打一處來，「表哥，你也忒小氣了，一百兩銀子就把我打發了！」

「一百兩？」無涯似笑非笑地望著他，輕輕搖了搖頭，「它值三十萬兩。」

「三十萬兩？」許玉堂正想說「你哄鬼去吧」，腦中突然閃過侯慶之抹喉自盡跳下御書樓的事，臉色就變了，「這就是淮安府被調包的三十萬兩假戶部庫銀？案子破了？」

無涯的手指輕敲著案臺，「你想聽案情的真相，還是想聽東廠在結案卷宗上寫的『真相』？」

「自然是真實的案情。侯慶之與小弟也有過數月同窗之情。現在回想當時他自盡跳樓那一幕，仍驚心動魄。」許玉堂正色說道。

「三郎，如果這個真相牽涉到你的父親，你還想知道嗎？」

與父親有關？許玉堂愕然望著無涯。他比無涯小一歲，自幼進宮伴讀。兩人從小一起長大，長得也有幾分相似。許玉堂對無涯的性情多多少少了解幾分，看到他唇邊那若隱若現的笑、探究的眼神，手中捧著的匣子頓時如有千斤重。

如果庫銀調包案和父親有關，這兩錠假庫銀就是對他的試探了。許玉堂合上了匣子，搖頭道：「我不想知道了。」

一旦知道，他就要在皇帝和父親兩者中選擇一方，手心手背都是肉。縱然父親枉法，那也是他父親；而無涯，他一直視為親兄，他願意用一生去忠心輔佐他。

無涯輕輕嘆了口氣。他也很為難。

他繼位時才十歲，母后只是宮中婦人，不通政事。他雖然沒有兄弟，卻有好幾位皇叔。先帝一去，分封在外的皇叔進京哭靈，沒人把他當回事，幸好任宗長的禮親王堅定地站在他身後。

孤兒寡母想要保住皇權並非易事。

年前薛大將軍夫婦殉國，軍中無主將。二月裡先帝又去了，韃子立時發兵，已攻到了大同府，離京城不過數百里。

龍椅上坐著的是才十歲的小皇帝，朝臣的心就亂了。

譚誠親自帶人赴邊關接回了錦煙，舅舅憑著自己是禮部尚書，舌戰群儒、力排眾議，這才封了建朝以來頭一個外姓公主。薛家軍軍心振奮，這才齊力將韃子趕回草原。

十歲的他只知道用心刻苦地學，放權給東廠，信任舅舅。登基那年，朝廷換了很多大臣，譚誠的東廠抄斬了許多世家大族。只要對他稍有異心的，都除去了。

這些事都是師傅胡牧山後來告訴他的。

然而十年之後，不論是譚誠的東廠還是舅舅許德昭似乎都忘記，他不再是那個十歲的小男孩。十年中，他們手中的權力越來越大，且都捨不得放手了。

許玉堂是他從小一起長大的玩伴，他應該相信對方。

「不是你想的那樣。」無涯思忖良久，決定告訴許玉堂。

許玉堂眼睛一亮。

他微笑著將許德昭說過的話原原本本地告訴許玉堂，只省去了穆家班與穆瀾之事，「念在你父親只是為了破獲珍瓏，庫銀未失，且許家還出了三十萬兩銀子修了河堤，這件案子就此結了。陳良已死，東廠結案的卷宗上也會把罪名悉數推到他身上。這就是兩種真相。」

輕易調包三十萬兩戶部庫銀，這麼大的事情，父親和譚誠瞞著皇上就辦了；反之推想，父親和譚誠稱得上肆意妄為，打著為皇上除去隱患的旗號辦事，事實上就是根本沒把皇上放在眼裡。

且這樣的臣子，哪個皇帝能容忍縱容？

把罪名悉數推到一個死去的陳良身上，那麼當廷撞柱的沈郎中白死了，一任知府也因此喪命。他們都是朝廷命官啊。皇上顧念舊情，難道就不會愧對那兩位官員？

今天皇上壓下了這件案子，父親再不放權，仍然在皇上眼皮底下囂張，皇上再好的性子也會被悉數磨光。天家無父子，更何況許家只是外戚。

許玉堂越想越怕，起身向無涯說道：「皇上，我大哥已經娶妻生了兩個兒子，二哥也已成婚生了一女。大哥、二哥外放多年，母親思念不已，一直想讓他倆回京。父子三人同朝也不妥當。父親操勞一生，也該含飴弄孫，享享兒孫之福。我回家勸他致仕。」許玉堂當機立斷，起身向無涯求懇道。

你父親私調山西府駐軍滅了于家寨，私調京畿守衛營燒毀驛站，私調江南水師刺殺素公公，哪一樁比私自調包戶部庫銀罪名小？

如果許德昭致仕交權，輔佐自己對付譚誠，那麼他就既往不究。這是對許玉堂最小的傷害，對許太后最小的傷害了。但是他肯嗎？想起許德昭今天的態度，無涯心裡嘆息著。

「皇上！」

對上許玉堂求懇的目光，無涯心中一軟。表弟還是忠心於他的，且讓表弟試試吧。這是許德昭最後的機會。

無涯親手扶了許玉堂起來，笑道：「三郎，朕盼著你從國子監畢業，做朕的左臂右膀。」

「三郎絕不辜負皇上！」許玉堂激動不已，「您等著我的好消息！」

又送走一個。外面的天色漸漸暗了，風雪肆虐著天際。無涯揉起了眉心，有點倦。

春來吩咐人重新上了熱茶，小聲說道：「幾位大人已經進了宮，在御書房外候著了。」

無涯重新打起精神，「擺駕。」

●○●

到夜裡，雪落得更急。松樹胡同靠近池家宅子的一戶人家的門房中坐著兩人。爐子上燙著酒，炕桌上的下酒菜只有兩樣：油酥花生米和老字號馬家醬肉。分量很足，滿滿兩大盤。

其中一人團臉和氣，像個養尊處優的富家翁，正是東廠十二飛鷹大檔頭的梁信鷗。另一人臉瘦、長三角眼、蓄著山羊鬚，一副門房打扮，他是東廠另一位飛鷹大檔頭曹飛鳩。

梁信鷗很難相信人，但和曹飛鳩私交不錯。兩人雪夜裡窩在這處民居的門房裡飲著酒，說話也少了幾分顧忌。

「快十一年了。我記得很清楚，當年我帶人抄斬池家滿門時核對過人數，確實不曾漏過一人。」曹飛鳩用蓄得極長的尾指指甲撓著發癢的頭皮，發著牢騷，「別說人了，池家養的雞都不曾漏過一隻。」

自從池家發現內院灑滿鮮血、出現人跡，池家的案子又回到了曹飛鳩手中。緊接著，就發生穆瀾夜闖戶部老庫房逃走的事。那晚之後，曹飛鳩的日子就變得單調難過。

東廠買下了這間緊鄰池家的宅子，新搬進一戶人家，曹飛鳩就扮成了門房，日夜盯著池家廢宅。

著。

在他的記憶中，池家絕對沒有人活著。但一天沒破獲珍瓏，他就得在這兒守

「辦法雖然笨了點兒，也不失為一個好法子。」梁信鷗捏著錫壺倒了杯酒給他，和聲說道：「督主判斷不會錯。穆家班在京城開麵館，池家就有了動靜。穆家麵館關了，穆瀾去了揚州，池家一直沒有動靜。她在揚州失蹤，照公子和李玉隼推斷的日子看，差不多早就該到了京城，說不定池家又會有動靜。且等著吧。」

曹飛鳩往窗外看了眼。那方向是胡同對面的人家。他滋溜一口乾完杯中酒，斜睨著梁信鷗道：「老梁，方太醫那老頭兒還是不肯說？」

「要說到和池家關係最密切的人，就是那位方太醫了。上次請了他進東廠，本想逼他開口。方太醫脾氣硬，年紀又大了，督主怕有個閃失，反而斷了線索。皇上親自過問，咱們又沒有證據，只得先把人放了。如今發了海捕文書，雖說撤了，穆瀾還是有嫌疑。悄悄綁了方太醫的孫子，他不招也得招了。」

「池家真有後人？」曹飛鳩急聲問道。若當年真漏了一個，他捅的婁子就大了。

「方太醫咬死說沒有見過池家還有人活著。但是他招供說，錦衣衛找過他，問的也是池家的事，還出面保過林一川。」

曹飛鳩哼了聲道：「老子就知道錦衣衛沒閒著。襲鐵老兒瞧著萬事不管，當咱們督主就真不防著他？那林一川什麼來頭？」

「你莫管林一川。」梁信鷗想起譚弈和李玉隼在揚州的遭遇，禁不住有點同情林一川。他拋開這個，緩緩說道：「督主卻得了另一個消息，倒是與你這邊的情況

合得上。前幾天，對面那家來京城遊歷的劉家表少爺，從膚色、體貌看，在沿海待過一段時間，他極可能就是錦衣五秀裡去福建查海商勾結的曹鳴。」

聽著曹鳴的名字，曹飛鳩興奮地搓了搓手，「如果真是他，這日子倒好過了。我悶在這裡好長時間了，就怕沒動靜啊。」

梁信鷗笑著和他喝了個對杯，兩人的話題漸漸扯遠了。

穆瀾伸出手，鵝毛大的雪落在手上。有這樣的大雪遮掩，就算在院子裡留下足跡，也會被雪掩蓋得乾乾淨淨。

藉著院中厚雪反射的微光，她又一次走進父親的書房。

書房的書架空空如也，積著厚厚的灰。靠窗的桌子斷了條腿，斜斜地倒著。能搬走的值錢東西早就搬空了。她也不知道為什麼，回到池家，第一個想來的地方仍然是這間書房。

先帝如果留有遺詔，照理說都應該交給素公公。父親最多是知情者，才會被滅了口。素公公寧死不說，唯一的線索就在陳瀚方手上了。但回到京城，穆瀾仍然忍不住來了池家。

她站的地方是那天她藏身的小書櫃，目光移過去，彷彿又看到父親的袍角與背影。他彎著腰做什麼？穆瀾回憶著，手往前伸，像似當天一樣，想要從身後撲過去抱住父親嚇他一跳。

緊接著外面響起了腳步聲。

穆瀾下意識閉了閉眼睛，彷彿那刀光直刺向自己的眼睛。她搖了搖頭，睜開眼，硬逼著自己再一次回憶。

一個影子從她腦中蹦了出來。

寒風中，她背心硬是沁出一層白毛冷汗。

父親頭顱落地時，看到了她。瞬間他的眼神陡然亮了，他的嘴脣還在動，他是想叫她的名字，還是想叫她躲好不怕？

記憶被穆瀾硬生生地從腦海裡挖出來，血淋淋地擺在她眼前。

她想起來了。父親被砍死後，有人走進來，穿著石青色繡雲紋的曳撒。他彎下腰摸遍了父親全身，連官服的袍角都沒有放過。

父親穿著紫色官服，腰間繫著嵌銀凸紋金花的腰帶。

細節在穆瀾眼中一點點放大，那根腰帶上的金色凸花裂了道口子，「是，裂了條口子。」她喃喃說著，確定了這件事。

腰帶很厚，沿著邊緣被割開，藏塊絹綾絕無問題。

父親帶著腰帶裡藏著的東西，回家後直奔書房，將它取了出來……

穆瀾上前兩步，走到當時父親站立的地方。她記得當時父親彎著腰在做什麼，是在整理書案上的書？她蹲在地上。

青磚上原先鋪著一塊地毯，早被掀到了一旁，破爛不堪。

穆瀾想像著父親的動作，拿出匕首將地面的青磚撬起來。青磚下是沙土，穆瀾不由得暗罵了聲笨！如果父親動了地上的青磚，別人會看不出來？

既然能想起豁口的腰帶，父親應該藏了東西吧？

穆瀾將青磚放回去，順手拍了拍身上的沙土。她的動作停滯了下。父親當時彎著腰是在拍打衣袍上的沙土嗎？那他是把東西埋在了別處？

她快步走出書房。是了，這麼重要的東西，父親不會隨便藏在書房這麼顯眼的地方。他回到家中，藏東西也需要避人耳目。會藏在哪裡？

雪鋪了滿院，一片冷冷清光，廢棄院落安靜得只能聽到自己的呼吸。那些兒時快樂的回憶與此時對映，濃濃的孤寂感讓穆瀾鼻頭微酸。她搖了搖頭，將傷懷拋之腦後，凝神思忖起院子的布置。

院子是單獨闢出的小院，平時只有老僕顯伯一人打理，院門一關就是獨立的所在。

正房是書房，單獨闢出一間設有床榻以便父親歇息。兩側廂房是研藥、熬藥的地方。

家中人少，母親也極少進來。越是這樣，幼年的穆瀾和核桃玩捉迷藏時，最愛躲藏的地方就是這裡。她總是趁著顯伯不備溜進來，讓膽小的核桃不敢進來尋她。

牆角種著株金銀花，長了幾十年的老藤還在，攀在院牆上，只等春來抽發新葉。

穆瀾記得，綠葉繁茂時，老藤的綠蔭密密匝匝，能遮蔽住自己小小的身影。

「那塊磚……」穆瀾喃喃唸叨著，腳步不受控制地走過去。

院牆牆根處有塊磚能抽動。牆是用磚橫豎相砌，擁有一定的厚度，橫豎磚之間就留下了一定的空間。幼年的她曾經把這裡當成自己的寶庫，父親是知道的，卻默契地在母親面前為她保守祕密。

穆瀾鑽進枯藤下，摸到那塊可抽動的磚。手指有點顫抖，她定了定神，將青磚抽出來，伸手進去摸索著。指尖碰到一個硬物，穆瀾的眼睛有點溼潤。

這裡竟然真的藏有東西。

她見過這只匣子，金絲楠木的，埋在地底百年不腐。當初母親送了父親一方硯臺，就是用這只匣子裝著。父親取出了硯臺，用它裝著東西埋在牆根。

記憶在此刻更為清晰，穆瀾含淚記起來了。父親當時在書房裡彎腰拉開抽屜，將那方硯臺放了進去。

打開匣子，裡面放著折好的紙。

上好的宣紙，觸之綿軟，經年不脆。

穆瀾將磚放回原處，捧來浮雪抹在磚縫中，轉身離開。

她沒有時間慢慢處理掉自己留在院中的痕跡。

這麼大的雪，只要今夜無人，明天一切就將被雪掩蓋，了無痕跡。東西已經到手了，就算被人發現，又有誰知道在她手中呢？

穆瀾留戀地看了眼院子，走進風雪的夜色中。

她走後沒多久，池家後院對著的巷子裡閃出一條黑影。

穆胭脂輕盈地翻牆進了池家。她一直在等穆瀾。

池家前面是松樹胡同，池家是胡同盡頭的人家，後院對著一條小巷。很多年前，穆胭脂就買下了巷子裡的幾間宅子。

飄落的雪還沒有完全掩沒掉穆瀾的腳印，穆胭脂順著腳印望向牆根的金銀花藤。

她遲疑了下，點燃了燈，提著小巧的琉璃燈仔細搜索起來。

遠處的院牆牆頭悄悄探出了腦袋，看到池家院子裡有光影閃爍，飛快地縮回了頭。

第五十六章　賞梅品詩

雪花紛紛揚揚，無聲將御書樓的屋脊、飛簷染上一層雪白。守衛的禁軍縮在門房裡取暖。御書樓大門緊閉，只有懸掛在簷下的兩大紅燈籠在寒風中微微晃動著，像兩隻眼睛默默注視著冒雪而來的人。

陳瀚方不知在樓外站了多久，遠處巡夜更夫敲擊竹梆的聲音驚醒了他。他緩緩低下頭，扯了扯嘴角，苦澀地笑了笑。以前總是習慣性走到御書樓，今夜卻遲疑地停住腳步。十八年了，他心裡生出一股濃濃的倦意，第一次止步不前。

當年于紅梅出宮來國子監找他，沒等到他回來就走了。一個月後，他才打聽到于紅梅失足墜井身亡的消息。

「紅梅，如果妳在天有靈，為何不託夢於我？」陳瀚方黯然神傷。

國子監不允許女人進，于紅梅只有扮成監生進入。是什麼事讓她如此冒險？

皇上親政後才移了許多珍本書籍到御書樓，遣了禁軍來守衛。那時候的御書樓只是國子監的藏書樓，他當時負責學生的借閱登記，于紅梅假扮監生進了藏書樓時，他有事離開。不過半個時辰，于紅梅卻等不及，他回來時只見到她留下的那句詩：遙知不是雪，為有暗香來？

這句詩是他握著她的手，一筆一劃教她寫的。詩句詠梅，含有她的名字，她很喜歡。

于紅梅來得蹊蹺，又死得太過突然。而那時，宮裡也正好發生一件大事：陳皇后難產身亡。陳瀚方敏銳地認定，她來找自己留下這句詩不僅僅是想表達對自己的思念，究竟她想告訴自己什麼呢？這麼多年，他眼前如同蒙了一層紗，模模糊糊看不清楚。猜到了與宮闈祕事有關，卻不知曉真相。詩裡的玄機他猜了這麼多年，仍然沒有悟出來。

那句詩是夾在一本雜書裡的。他之前正在整理書籍，案頭放著一摞雜書，寫下詩句的紙就夾在其中一本書中。

案頭的雜書全被他拆了個遍，書中故事他爛熟於心，沒有找到有價值的東西。他猜想于紅梅也許是把什麼東西藏到了雜書中，但這些年他將御書樓裡所有雜書都拆翻了一遍，毫無所得。

隨著先帝駕崩，許氏掌權，他沉默地將事情埋在了心底。

于紅梅服侍過的許氏已經貴為太后，她的兒子登基親政成了皇帝，誰會為了一個小小女官的死亡去冒犯太后？想查出真相替于紅梅討個公道，難如登天。

雪越下越大，瀰漫在天地之間，眼前的御書樓變得模糊不堪。陳瀚方真想伸出手揮開這片飛雪，看清楚于紅梅墜井死亡的真相。

一柄傘無聲無息出現，為他遮住風雨。陳瀚方渾身一抖，驀然從沉思中清醒過來，「誰？」

清美如畫的容顏，脣邊浮現的淺淺笑容暖到能融化冰雪，卻讓陳瀚方心底生出一絲寒意，繼而警覺萬分。

穆瀾奉旨南下祭祀杜之仙，與之隨行的素公公病逝在路上。她到揚州後，薛錦煙在竹溪里遇刺，東廠發海捕文書，以行刺公主的罪名緝捕穆家班所有人。沒過多久，又以薛錦煙作證非穆瀾所為，撤銷了海捕文書。緊接著，新任揚州總督夫婦被殺，血書揭開當年薛大將軍夫婦殉國的祕密。前幾天，昭勇將軍遺孀謝夫人攜子謝勝擊登聞鼓喊冤，國子監監生跪宮門請願鬧得整個京城沸沸揚揚……

這些事彷彿都與穆瀾有關。在這雪夜，她突然出現在御書樓外，由不得陳瀚方不警覺。

「更深雪靜，祭酒大人還要去御書樓修書嗎？」

穆瀾的目光沉靜而明亮，穩穩地持著傘。

「修書」二字入耳，陳瀚方的瞳仁猛然收縮。她在暗中窺視著自己？知道自己修訂書籍的緣由？

穆瀾柔聲說道：「遙知不是雪，為有暗香來。在下以為雪中紅梅最是美麗。」

先說修書再道紅梅，隱藏了多年的祕密被觸動，陳瀚方呼吸一窒。梅于氏被割喉的慘狀瞬間出現在腦海中，他有些慌張地朝左右張望了下。

「煮茶賞梅，品酒聊詩，方不負如此雪夜。」

賞的是于紅梅，聊的還是于紅梅。

穆瀾的聲音比風還輕，帶著雪的冷冽，陳瀚方哆嗦了下。

火紅的炭火舔著壺底，水沸如滾珠，氤氳的水氣模糊了對面穆瀾的眉眼。

陳瀚方努力找尋著自己對穆瀾的印象，駭然發現最初的見面竟然是在靈光寺于梅氏被殺的現場。是巧合還是從那時起，穆瀾就已經知道了自己的祕密？

陳瀚方清楚，出身雜耍班的穆瀾身懷功夫，自己卻手無縛雞之力。在這個無第三者的院子裡，想殺她滅口絕無可能。穆瀾找他有什麼目的？如果她是對方的人，為何不去揭露他？如果不是敵人，她又是誰？陳瀚方不動聲色地倒茶，心裡有些無奈。他沒有選擇。

十八年前，于紅梅意外墜井；十八年後，梅于氏被割喉殺死。看到凶手作案的蘇沐被砸死在國子監小樹林中。天擎院的花匠老岳是凶手，但他潛伏在國子監中十年，為的絕不是初進國子監的蘇沐。難道當年對方知曉于紅梅來過國子監，卻不知道她來尋的人是自己，所以才令老岳假扮花匠潛伏在國子監？

陳瀚方越想越恐懼。一旦被暗中那雙眼睛察覺到自己和梅于氏姑姪的關係，下一個死的人一定是自己。

手掌緩緩轉動著熱呼呼的茶杯取暖，穆瀾心裡也在思索著。前來找陳瀚方，何嘗不是一種賭博。思來想去，除了陳瀚方，她無處借力。

「在下自幼隨穆家班行走江湖，聽得諸多奇聞軼事。」穆瀾輕吁了口氣，慢悠悠地說道。

這個故事必和于紅梅有關。陳瀚方心裡輕嘆，沒有阻止穆瀾說下去。

穆瀾瞥了他一眼。能隱忍十八年，于紅梅必是陳瀚方的執念。有此執念，甚好。

「每隔三年春闈會試，天下士子赴京趕考，路遇紅顏知己，互訂鴛盟，許下終身，說書人最愛講的傳奇香豔故事……」

隨著穆瀾輕柔的話語，陳瀚方的思緒飄蕩開去。

那一年他進京趕考，病倒在城外雪地中，進城賣繡品的梅于氏姑姪救了他一命。落魄的少年舉子與救其性命的豆蔻少女相逢，養病期間兩心相許，訂下了終身。

他如願以償高中進士，于紅梅卻成了采女被送進皇宮，高高的宮牆隔開了兩人。宮中生存不易，兩人默契地將戀情壓在心底，約定于紅梅在宮中服役到二十五歲，到了年紀放出宮，他就娶她過門。

許太后進宮之前，于紅梅被先帝遣至許家侍候，那時候兩人還有機會偷偷見面。自她隨許太后進宮之後，見面的機會就少了。

他只能等她到了歲數，平安出宮。

終未等到。

聽著穆瀾說故事，陳瀚方不緊不慢地吹了吹茶杯上的水霧，閒閒地呷了口茶。心裡再緊張，他也不想輕易表現出來，讓穆瀾牽著鼻子走。

沒有人知曉國子監祭酒為何會和早逝的女官梅紅相識。他與于氏姑姪唯一的交集點只有山西運城，那是陳瀚方當年進京赴考的必經之地。
穆瀾的故事只是猜測。陳瀚方聽著故事毫無反應，穆瀾並不知道自己是否猜中了真相。
「一入宮門深似海，兩人不得已將戀情深藏於心。書生並未辜負女子，中了進士後為官，仍信守誓約，等待她年滿出宮。然，等來的卻是她在宮中意外墜井的消息。」
彷彿被針刺了下，陳瀚方竭力想控制自己，握茶杯的手背卻因為用力而暴出了青筋。穆瀾看在眼裡，暗鬆了一口氣。雖不全中，也猜了個大概吧？
事情已經過去了那麼多年，想要取得陳瀚方的信任並不容易。穆瀾繼續說下去，「當年，貴妃受寵遠勝陳皇后，先有了庶長子，遺憾的是終非嫡子。彼時陳氏一族百年傳家，與世家聯姻者眾，勢力盤根錯節，族中子弟與姻親入仕者不知凡幾，且與手握邊關兵權，掌控著六萬薛家軍的薛大神將乃通家之好。恰陳皇后有孕待產……」穆瀾頓了頓，看向陳瀚方，「如陳皇后生下嫡皇子，不論先帝有多麼寵愛貴妃，陳皇后嫡子長大後定會被立為太子。」
縱然心裡猜測了千百遍，此話入耳，仍讓陳瀚方震撼，他眼中浮現出濃濃的悲憫，「可惜，自古女人生產皆是過鬼門關，半數女子都因生產而亡。」
見他接話，穆瀾莞爾，「世家千金也是平凡女子，然宮裡有御醫照拂，自是不同。據醫方記載，陳皇后生產當天診脈時……母子康健。」
既然太醫診脈時母子尚康健，又為何會突然生產，繼而難產？陳瀚方放下了茶杯，沉默不語。

「就在陳皇后難產身亡的第二天清晨，貴妃的親信女官梅紅出了宮。黃昏時分，她來過一趟國子監，然後回了宮。僅過了三天，梅紅在宮裡意外墜井身亡。對，我說的書生痴等的女子便是這位梅紅姑姑。她原籍山西運城于家寨，本名叫于紅梅，經採選進了宮。她的姑姑因思念姪女來到京城，嫁到了京郊梅家村，被人稱為梅于氏。」

「梅于氏命不好，沒多久就守了寡。也就在于紅梅墜井死亡那段時間，梅于氏不知為何，變得痴傻，幸而被一自稱遠房姪兒的親戚憐憫，送到了靈光寺奉養。十八年過去，梅于氏已老邁，卻被人殘忍地割喉殺死。于氏姑姪並無什麼親戚在京城，送她去靈光寺的人應該是那位信守誓約的書生。他高中之後入仕為官，步步高陞。如今，他成了國子監的祭酒大人。」

穆瀾說到這裡便打住了。

杯中的茶已經漸冷，穆瀾的話讓陳瀚方明白一件事，她知曉的足夠多，容不得他再裝作不知情。他反問道：「為何猜到是我？」

穆瀾笑了笑道：「當日在靈光寺中，大人聽見蘇沐叫喊聲趕來。您與隨行的兩人一同走進梅于氏房間探查之前，在下其實先到一步。林一川去追凶手，在下一時好奇，進屋看了一眼。後來皇上來了，大人回覆詳細至極，唯獨沒有提到梅于氏死前迴光返照、靈臺清明時竭力寫下的那半個血字。當時在下以為那字是在無意中被踩得模糊，您並未注意到。」

「後來國子監開學禮上，蘇沐死亡，揪出了凶手是花匠老岳。很明顯，老岳在國子監當了十年花匠，他的目標不會是剛入學的蘇沐。接下來，在下偶然發現大人每天夜裡都會在御書樓中修訂雜書……再等到大人以那句詠梅詩出題，在下自然就猜到了。」

被穆瀾一一說中，陳瀚方的眼神恍惚起來，「送姑姑進靈光寺奉養那年，我在她房外種下了一株紅梅。梅樹長得極好，花開似火，分外繁茂。見梅思人，年年心痛如絞。」

穆瀾輕聲問道：「梅于氏臨終前畫下的血十字，是大人擦去的吧？」

「乍看姑姑被割喉慘死，不免心驚膽顫。匆匆瞥得一眼，也不及多想便踩得模糊。以免……被人取得線索查到梅氏姑姪與我的關係。」陳瀚方不再否認。

「大人認為那個血十字是梅字的起筆？」

陳瀚方黯然，「是。」

所以陳瀚方不及思索，就踩糊了那個血字。穆瀾解去一個疑團，繼續問道：「大人夜裡修訂雜書，是想找到于紅梅留下的東西？想知曉她墜井死亡的真相？」

陳瀚方苦笑道：「是。」

許是與陳皇后難產有關，被滅了口，他想找到于紅梅留下的東西。那是她死前唯一留給他的物事了，如鯁在喉，已成了他的執念。

穆瀾意味深長地說道：「許太后身邊的貼身女官本來有兩位，梅青依然活得好好的。」

陳瀚方一愣，心跳忍不住加快。梅青應該也是知情者，卻活著。于紅梅為何會被滅口？對方連已經痴傻的梅于氏都不放過。

「為何？」此話出口，陳瀚方大大地喘了口氣，身體情不自禁地前傾，死死瞪著穆瀾。

穆瀾卻反問他道：「許貴妃已貴為太后，她的兒子是當今皇帝。大人就算知道了真相，又能如何？」

他猜到于紅梅墜井或許與陳皇后難產而死有關，他又能怎樣？為了兒子的皇位，就算是許太后害得陳皇后難產，又殺了知曉內情的于紅梅，難道當今皇帝會因此去懲治自己親生母親，如今的許太后？那也不免太過幼稚天真。一名小小的女官，捲入詭譎的深宮爭寵之中，要如何才能保住性命？只能怨于紅梅命不好。

陳瀚方頹然地靠坐在椅子上，心裡那股不甘心與憤懣無從發洩，忍得眼圈漸漸紅了。

「那天和靈光寺的靜玉小沙彌聊天，他說紅梅綻放，梅于氏常對著滿樹梅花唸叨著『梅紅』二字。早春時節，遊人如織，不知情者聽見也以為說的是梅花紅豔。而有心人卻對梅紅二字甚是上心，所以梅于氏才招來了殺身之禍。」

穆瀾輕嘆了口氣，「所幸鳥過有痕。在下去查閱了靈光寺的布施簿。梅于氏被殺之前，正巧承恩公府許家的老太太也帶著女眷去靈光寺上了香，布施了百斤香油。」

果然是許家！陳瀚方緊緊攥緊拳頭。他不能說于紅梅無辜，但已然痴傻的梅于氏卻死於非命。許家憑什麼這麼狠毒？他心頭突然一跳，盯著穆瀾道：「你究竟是何人？為何要追查于氏姑姪的事情？」

穆瀾沉默了下，抬手抽掉束髮的白玉簪，黑髮如瀑散落披在了肩頭，「我原姓池，前太醫院院正池起良之女。大人如今可信我了？」

清美如畫的少年因長髮披肩顯露出只屬於女子的秀美。陳瀚方霍然站起，指向穆瀾，「妳、妳是女子！」

一個女子竟然女扮男裝進國子監當監生！這是抄家滅族之罪！陳瀚方震驚得腦袋一片空白。

瞬間他回過神來，穆瀾竟然是池起良的女兒。十年前太醫院院正池起良因謀害先帝，全家被抄斬。穆瀾為何會追查于氏姑姪的事情？難道當年謀害陳皇后的事情，池起良也是知情者？先帝駕崩後，許家才敢對池家動手？

穆瀾俐落地將頭髮綰起束好，淡然地說道：「我與大人一樣，都是許家眼中的漏網之魚。花匠老岳潛伏在國子監十年，難不成大人以為許家不知道你和于紅梅的關係？」

知道了卻沒有殺死自己，只在暗中監視，對方想要從自己這裡得到的不外乎是于紅梅留下來的東西。陳瀚方怔了半晌才慢慢坐下，「原來如此。」

「大人是否悟出了那句詩中的深意？」

「當年她沒有等到我回來就離開了，我並沒有見到她，她只留下了那句詩，夾在一本雜書中。許是她也沒什麼東西可留，這句詩……便是留給我的念想了。」

除了那句詩，他找了近十九年，一無所獲。

因為自己沒有找到，所以許家才會遣人暗中監視，否則他早已和于氏姑姪與蘇沐一般下場了。

沒有找到，所以活到現在。

陳瀚方苦笑。

穆瀾陷入了沉默。

有兩種可能。于紅梅來尋陳瀚方，苦等不至。她應該不方便將什麼東西或書信放在顯眼處，於是寫下一句詩暗示陳瀚方，於是陳瀚方拆遍了國子監裡的雜書。另一種可能是于紅梅預知了危險，只想再見陳瀚方一面，苦候不至，只得留下見證兩人愛情的詩句以表心跡。

陳瀚方猜不到于紅梅留詩的用意，考六堂監生時竟然以詩為題，想尋得一絲靈感。這麼多年他都沒有找到，大概是永遠也找不到了。

冒險與陳瀚方坦誠相見，卻無法從他這裡得到于紅梅留下來的線索，穆瀾只能長嘆許家人的運氣太好了。

既然已經找到陳瀚方，用人不疑，穆瀾下定了決心。她的身體微微前傾，輕聲說道：「于紅梅那晚出宮，帶走了陳皇后的遺孤。我斗膽猜測，她留給大人的東西，應該是皇子的下落。」

陳瀚方失聲驚呼，「妳是說紅梅她、她救了皇子？不是、不是說母子都死了？陳皇后的嫡皇子還活著？這這……怎麼可能？」

當年的許貴妃若在生產時算計了陳皇后，產房中醫婆、宮婢圍繞，外有太監、嬪妃、禁軍，于紅梅怎麼可能將活著的皇子從眾人眼皮底下偷走送出宮去？陳瀚方難以想像，一個勁地搖頭，「不可能。」

「這是我父親留下來的。」穆瀾心裡泛酸，從懷中拿出在池家廢宅找到的書信，遞給了陳瀚方。

上等的宣紙，紙張微微泛黃，工整的小楷細細寫下了當年之事。

那一年的春天來得特別遲，早春二月柳枝梢頭的嫩芽只爆出米粒大的芽苞。未化的雪被宮婢們清掃到路的兩側，寒風中結成了冰渣，稍不留神便足底打滑。今天早起又下雪了，雪被寒風捲起，密集如雨。

池起良頂著風雪進了宮。陳皇后產期將至，就算天上下刀子，他每天也要進宮為陳皇后診脈。

「池院正辛苦了。」坤寧宮前守衛的禁軍統領似笑非笑地打著招呼。

這個禁軍統領大概是新調來的，眼生得很。這個念頭一閃即逝，池起良隨和地笑了笑，示意隨行小吏出示宮牌。

驗過宮牌入內稟告後，前來引路的太監竟然是乾清宮的太監譚誠，素成素大總管的徒弟。池起良不免有些驚詫。

譚誠才二十出頭，五官清朧。他身上並沒有太監特有的陰鷙氣息，書卷氣甚濃。只是他的眉弓略高，眼神顯得格外深沉，總讓人猜不透他的心思。池起良對他的印象不壞，卻也難生出親近之意。

行到中途，譚誠輕聲說道：「娘娘生產在即，憂思過重，難以展眉。國事繁忙，皇上令咱家前來侍候。池院正當為皇上分憂，多勸慰娘娘開懷才是。」

皇帝膝下只得一子，陳皇后生下嫡子，皇帝自然重視無比。遣了乾清宮的大太監來侍候陳皇后，代表著皇帝的態度。池起良心裡甚是寬慰。

他很同情陳皇后。皇帝偏愛許貴妃，許貴妃兩年前生下了庶長子，而正位中宮的陳皇后膝下無子。縱然出身百年世家，面對許貴妃時，陳皇后總顯得底氣不足。

去秋，陳皇后不知何故拋棄了世家女的矜持，衝進養心殿和皇帝大吵。皇帝一怒之下，令陳皇后在坤寧宮靜養待產。明白人都知道陳皇后是被變相禁足。

陳家心疼陳皇后，陳老太爺特意從蘇州老家趕來京城，扯著皇帝敘家禮，以長輩的身分討來了進宮探病的機會，卻被陳皇后安撫下來。

陳皇后懂事，皇帝的怒氣平息了些，前往坤寧宮探望。陳皇后卻倔著性子冷面以對，皇帝下不了臺，便再沒有進過坤寧宮。

孕婦多思，陳皇后心情鬱結也在情理之中。所有人都想著，只要陳皇后生下嫡子，帝后自會和好如初。是以陳皇后失寵，分例並未少半分。許貴妃是聰明人，乾脆以陳皇后奉旨靜養為由，免了每天登門請安，以免陳皇后有個意外，惹火上身。許貴妃不去，嬪妃們也不敢來，坤寧宮漸漸清冷。

身為太醫院院正，開解皇后是應有之責，池起良點頭應下。

挺著大肚子的陳皇后斜倚在榻上，容色憔悴。

細心把完脈，池起良心裡鬆了口氣，告訴陳皇后道：「娘娘，孕中最忌焦心多慮。娘娘產期在即，寬心待產，會平安產下皇子的。」

平安生產？會嗎？陳皇后輕輕地撫摸著肚子，眉峰不自禁又蹙緊了。這孩子未出生便不得皇帝喜歡，真是命苦。許氏新貴，陳氏屢受排擠，將來她的嫡子爭得過許貴妃的庶長子嗎？憂心忡忡的陳皇后嘆了口氣，望向譚誠，「這幾日風雪交加，皇上身子可還好？」

譚誠恭身答話。陳皇后身邊的女官向池起良遞了個眼色，陪他去偏殿開醫方。

寫好的醫方、藥方一式兩份，一份上呈御覽，一份太醫院留存。

就在池起良回到府中的當晚，宮中來了人。陳皇后突然發動，臨盆在即。池起良驚疑不定。明明白天他診脈時，陳皇后情形還好，怎會提前發動？

他匆忙進宮，坤寧宮已戒備森嚴。產室傳來陳皇后尖聲慘號，太監、宮女沒頭蒼蠅似地亂竄。

春寒料峭，皇帝已感染風寒數日，吩咐譚誠守在坤寧宮，有消息速傳。坐鎮坤寧宮的是許貴妃和一眾嬪妃。

這樣的情形下，陳皇后突然提前生產，是巧合還是有人謀劃？池起良無從判斷，心裡生出了不祥的預感。

廖院判迎了上來，低語一句，「娘娘氣悶，令園子獻了幾盆梅花。娘娘修剪花枝時不知何故摔倒，肚子疼痛不已。已經進產房兩個時辰了，一點兒動靜都沒有。下官為娘娘開了湯藥鎮痛，只能緩解一時。情形不太好。」

以廖院判的醫術，開了鎮痛的藥，也說情形不太好，皇后生產必已是凶險至極。池起良鎖緊了眉，「知道了。」

見到池起良，許貴妃並沒有多問，直接吩咐池起良去會診，「池院正趕緊和太醫們商議出個辦法來才是。」

池起良看不出許貴妃是真心替陳皇后著急，還是隔岸觀火，見過禮就去了。

還沒進產房，醫婆已衝到池起良面前，惶恐地說道：「娘娘難產了！」

池起良不由得深深地喘了口氣。

「大人，恐怕要決斷了。」廖院判輕聲說道。

子時的夜無比清冷，雨雪陰寒撲面襲來。站在產房外，聽不到裡面陳皇后呼痛的聲音，池起良明白，當他走進產房，他就該當機立斷該保住陳皇后還是保住皇子。只是這樣的決斷，他如何敢作主？

池起良不由自主望向譚誠。譚誠的話讓池起良心安，「咱家親自回稟皇上。若情況緊急，還請池院正斟酌。」

這樣的話，讓池起良分外感激。既沒有讓他擅自作主，又給了他事急從權的許諾。他朝譚誠深深彎腰揖首，毅然走進產房。

垂地的帷帳中飄出濃濃的血腥味，醫婆、宮女們惶恐地退到了帷帳外面。

「娘娘，臣池起良請脈。」池起良磕頭行禮，正要起身把脈，眼前的帷帳在女官的尖叫聲中被掀開。

本已昏沉的陳皇后竟然醒了，她死死揪住了帳幔，身體半撐在床沿上。

池起良目瞪口呆。

陳皇后的眼裡燃著兩點火苗，瘋狂得令他心悸。

「保住這個孩子，池院正，本宮信你！哪怕本宮死了，你也要讓這個孩子生下來……」

池起良細細品味陳皇后的話，後頸的汗毛因為恐懼直豎。他很想說不至於此，對上陳皇后的眼神他卻說不出話來，一時間心如亂麻。

沒等他回過神，面如金紙的陳皇后倒了下去。

產室又響起陣陣尖叫、哭聲。

池起良猛地上前翻動著陳皇后的眼皮，陳皇后的瞳孔放大，雙眼失去了光澤。他緊張得太陽穴突突跳動，身體裡血液奔流，一雙手卻出奇地穩定著。他迅速將金針扎進陳皇后體內，足足忙活了盞茶工夫，陳皇后再無反應。

「遲了。」池起良喃喃說著，緩慢地起出了數根金針，木然而立。

皇后難產、母子皆亡的消息傳了出去，坤寧宮哭聲大作。

許貴妃與兩位品階高的嬪妃進來看了陳皇后的遺容。許貴妃拭淚道：「回稟皇上吧。」

聞聽噩耗，皇帝暈厥過去。一眾御醫生怕皇帝出事，又匆忙趕去乾清宮。本該是池起良這個院正領頭，但他出了產室後肚子不太舒服，就由廖院判領頭前往。許貴妃暫代六宮之權，下令將坤寧宮所有侍奉陳皇后的宮女、太監全部趕去偏殿看管起來。

宮門尚未開啟，坤寧宮裡只剩下一隊禁軍守著宮門。黎明前最後的黑暗時分，坤寧宮死氣沉沉。

寒風將重重帳幔吹得隱隱起伏，九重花樹上的銅油燈被吹熄了一大半，產房的光線更加幽暗。

陳皇后尚未移進棺槨，換上了大禮服躺在床上。她身上搭著錦被，雙手平靜地交握，滿頭青絲鋪灑在明黃繡鳳的枕頭上，宛如尚在睡夢之中。

安靜的宮殿內突然有了動靜，一個人影緊貼著牆根小心地進了產房。昏暗的燈光映出池起良緊張的臉色。他沒有離開坤寧宮，趁著混亂躲在茅廁中。他的心狂跳著，掀開了床榻前的帷帳。

「娘娘，下臣冒犯了。」池起良低語了聲，伸手揭去錦被。

他搓了搓手，穩定地從陳皇后身上又起出幾根金針。池起良緊張地聽著外面的動靜，用力揉搓著陳皇后的穴位。離天亮只有兩個時辰，天亮之前若不能成功，被人發現他尚在坤寧宮，他的下場不言而喻。

一炷香後，池起良抱出一個滿是血汙的嬰兒，吮去孩子口鼻間的汙漬，嬰兒像貓一樣嗚咽出聲。

池起良大口喘著氣，歡喜地溢出了眼淚。

多年前，池起良進入太醫院之前，路遇一剛死亡的孕婦，他成功接生了她足月的孩子。進太醫院後，他仕途順利，步步高陞。直到成為院正替帝后看脈時，陳皇后才告訴他，那名孕婦是陳氏族人。池起良這才明白自己從小小的御醫做到院正，一帆風順的仕途背後有著陳皇后和陳氏一族的鼎力相助。

陳皇后臨死前說，哪怕她死了，也相信他能讓這個孩子生下來。池起良就明白了陳皇后的意思。他冒險一試，以金針封穴，心裡並未抱太多希望，然而皇子命大，還活著。

「小殿下，臣這就抱你去見皇上。」

池起良豁出去了。父子情深，他相信皇帝會認這個孩子，會饒恕自己對陳皇后的冒犯。不，哪怕是死，他也認了。

這時，外面傳來了聲響，池起良嚇得冷汗涔涔沁出。他望著手中的嬰兒不知該如何是好，心一橫，只得將他放進陳皇后裙底。如果被人發現，也可以以陳皇后逝前他滑出產道為由。只盼著來人尚存良心，將小皇子平安出世的消息傳到皇帝耳中，他也避過了死後為陳皇后接生的危險。遮掩了痕跡，池起良鑽進床榻下躲了起來。

「娘娘當心腳下。」梅紅提著食盒，提高手中的燈籠，暈黃的光映出了許貴妃美豔的容色。

來的是位娘娘？能讓看守坤寧宮的禁軍放行，不知不覺進坤寧宮的，只有許貴妃。池起良一愣之下頓時緊張起來。

許貴妃育有大殿下，陳皇后難產，她是獲利最大的人。平時受寵，鋒頭不輸陳皇后。如果被許貴妃發現了孩子，她會抱著小皇子去面聖嗎？

池起良後悔晚矣，只攥緊了拳頭暗下決心。如果許貴妃要傷害皇子，他就衝出去拚了！

燭光映著一雙綴珍珠銀絲繡蝠鳳頭鞋停在床榻前。

梅紅上前掀起帳幔一角，許貴妃只看了眼陳皇后的臉就示意梅紅將帳幔放下，

「不看了，省得這張臉成為本宮的夢魘。」

陳皇后身著大禮服，身上搭著錦被，以至於許貴妃沒有發現陳皇后腹部的異常。小小的嬰兒不知是睡過去了還是怎的，竟乖得一聲不吭。池起良緊張得不敢有分毫鬆懈。

只聽外頭傳來一聲輕嘆，許貴妃輕聲開口道：「皇后，妳怎麼能生下皇子呢？我兒居長，豈能被皇后生的嫡子壓過一頭？妳若沒有懷上孩子，或許就不會死了。妳懷上皇嗣想和本宮鬥，卻連累妳的兒子連天日都不曾見就悶死在腹中。妳可後悔？」

池起良心頭一緊。陳皇后難產亡故果然另有蹊蹺。

許貴妃又道：「妳莫要怪我。天底下哪個母親不為自己的兒子著想？貧家兒女為爭家產都要打個頭破血流，更何況我們身在皇家，爭的是這萬里江山。」

她沉靜了一會兒，再次幽幽開口，「妳陳氏一族是百年世家，看不起我許氏新貴。我得皇上寵愛，早兩年順利生了皇兒，妳滿心怨恨，道我狐媚。皇上再寵愛於我，對妳依然敬愛有加。當初我懷皇兒時，皇上恩准每月讓家人進宮探訪；而當妳有了身孕之後，皇上卻能讓妳妹妹進宮陪伴。知她習武，送她大宛進貢的汗血寶馬，令工部為她打造趁手的兵器。」

「愛屋及烏，我便是個瞎子也能瞧出皇上對妳的好。輕輕挑撥，小小安排，妳就疑心他企圖染指妳妹妹。皇后啊，是妳自己心中有鬼，妳害怕皇上真喜歡上妳那美麗的小妹吧？可怨不得我。就算如此，皇上令妳禁足，卻也遣了譚誠入坤寧宮侍候……他待妳倒是一片真心。可惜了，譚誠是我的人，皇上又怎能聽到妳的思念之語？」

「賞梅時絆倒妳的，也是我的人。只要妳提前生產，妳就定會難產。這宮裡頭想讓人生不下孩子，法子可多的是。皇后，妳莫要怪我，我絕不能讓我的皇兒輸在庶嫡之別上。妳，和妳腹中的孩子，都亡於我手，亡於妳瞧不起的許氏之手。妳若想報仇，便來尋我，我等著。」

池起良捏緊了拳頭。怪不得陳皇后會難產。譚誠！他竟然不辨譚誠的忠奸。

寂靜的殿堂裡迴盪著許貴妃輕而愉悅的笑聲，池起良不寒而慄。此時他只盼著許貴妃莫要發現自己和孩子，趕緊離開。

「梅紅，還記得我吩咐妳辦的事？」許貴妃吩咐道。

「娘娘，如今不是正好？奴婢覺得、覺得會不會畫蛇添足？」梅紅顫聲勸道。

許貴妃冷冷說道：「不如此，不能讓皇上對陳氏一族生厭！本宮如何能爭過一個死人？一個死人，只會讓皇上後悔不該禁足皇后，冷落於她，日夜後悔追思。我一定要把她從皇上心中連根拔除。怎麼，妳這是不願？」

梅紅撲通跪了下來，「奴婢不敢！」

「起來吧。」許貴妃親手將她扶起來，柔聲說道：「妳是皇上賜給我的丫頭，跟在我身邊多年，我自然信妳。」

池起良正猜測著許貴妃讓女官做什麼事，又聽到許貴妃低低說道：「妳辦完事從西角門離開，我已經把人調開了。天快亮了，皇上甦醒過來定會詢問生產詳情，來坤寧宮見皇后最後一面。記住，妳最多只有半個時辰。」

梅紅顫聲應下，「是。」

皇上傳召之前，自己要迅速趕至才不能讓人生疑。池起良同樣心急如焚。他心中記下了西角門，只盼著許貴妃和梅紅早點離開。

許貴妃出了大殿，獨自留下了叫梅紅的女官。似是要做極隱祕的事情，殿外的人都離開了，整座坤寧宮靜得可怕。

「皇后娘娘，奴婢給您磕頭了。奴婢不願意，卻不敢不聽貴妃的吩咐。求您寬恕奴婢，早登極樂！」梅紅的頭磕在青磚上，咚咚有聲。

池起良眼見粉色繡梅的鞋走近了床榻，他猛地伸出手握住梅紅的腳踝用力一拉。

「啊！」梅紅失聲驚呼，摔倒在地上。

厚厚的毛毯吸去了她摔倒的聲音，不等她再出聲，池起良已爬出床底，壓在她身上捂住她的嘴。

梅紅驚恐地瞪大雙眼，手中的食盒摔在一旁，蓋子摔掉，露出血肉模糊的一團物事。

「說，貴妃讓妳做什麼？妳若喊叫，我保證有人來之前能掐死妳。」一手掐著她的脖頸，池起良低聲逼問著。

認出是太醫院院正池起良，梅紅眼裡泛起淚光，瞥向食盒的方向，哆嗦著說道：「剝了皮的狸貓的尾、尾巴……放放放進去，自有人來……拿走呈給皇上。」

池起良倒吸一口涼氣。這是想讓皇上以為皇后懷了個怪胎！

這意味著許貴妃一定會讓皇帝遣人查驗，只須從裙底撿出那截尾巴，陳皇后就成了妖孽，不會有人繼續仔細檢查陳皇后的身體。

「大人饒命。奴婢為了活命，也是被逼的。奴婢也不願意誣陷娘娘。」梅紅顫聲討著饒，眼淚嘩地淌了下來。

該怎麼辦？皇子已經生下來了，絕不能留在此地。殺了梅紅，抱走孩子，皇上能相信自己在皇后死後為她接生嗎？他不能殺死梅紅，他要她作證人。

「妳做人證，隨我去見皇上。實話告訴妳，皇子生下來了！如此，將功贖罪，妳或許可以活命。否則我現在就掐死妳。」池起良威逼道。

死去的皇后娘娘生下了皇子？池院正莫不是瘋了？梅紅像看瘋子一樣看著他，心裡緊張地想著退路。

此時池起良已不便當著梅紅的面再掀開陳皇后的裙子，他撕下自己的內衫塞進梅紅手裡，「把皇子抱出來。」

梅紅遲疑了下，輕輕揭開陳皇后裙子的一角。看到滿身血汙的嬰兒，她震驚地哆嗦了下。皇子真的生下來了！她的心咚咚狂跳著，手忙腳亂地抱出皇子小心裹好。

小小的嬰兒沉睡著，長長的睫毛蓋在粉嫩的臉上，可愛極了。梅紅臉上顯露出一抹溫柔，情不自禁地輕輕搖晃著孩子。

池起良看在眼中，繼續說道：「只要妳作證，皇子平安，皇上一定會饒恕妳。」能得到皇帝讚賞，遣去許家侍候許貴妃，進宮之後又得許貴妃寵信，成為她身邊的兩大女官之一，梅紅大膽心細，為人機敏可見一斑。此時靜下來一想，她就搖頭反對池起良的意見，「池大人，皇后娘娘過世時，貴妃娘娘已經安排醫婆去了乾清宮面聖。皇上剛聞聽皇后懷的是怪胎，您抱著這孩子去面聖，誰會相信娘娘死後還能生下孩子？」

「可是這孩子明明就是……」池起良閉上嘴。

他既然能為剛死的孕婦接生，為何不在陳皇后過世時全力施為，偏要藏起來，等到夜靜無人時才動手？

梅紅繼續說道：「就算是奴婢願意作證，您為皇后娘娘接生時，奴婢在貴妃身邊侍候，奴婢的話也無法證實這孩子就是皇后娘娘的遺腹子。所有人都目睹娘娘難產，孩子亡於腹中，誰會相信您的話呢？」

池起良苦笑道：「為剛死去的足月孕婦接生本來就靠運氣，誰也不知道孩子是否還活著。」還因為皇后娘娘的神情，讓他直覺認為有人不想讓皇子活著。

梅紅的話點醒了池起良。抱著這個孩子去面聖，先不說能不能見到皇帝，就算見著了，許貴妃絕對不會讓皇帝相信這是陳皇后的親子，還能反誣自己違禁潛入坤寧宮抱一個嬰兒來混淆皇室血脈。這個罪名足以誅滅池家九族。

池起良此時才發現，先前想偷偷為陳皇后接生，生下來是死胎便罷了，胎兒活著再告知皇帝的想法實在天真。

「池大人。娘娘給我的時間不多，她的人很快就會來乾清宮。發現皇后腹中沒了孩子，再發現咱們倆出現在乾清宮……咱們根本見不到皇上就會死！池大人，該怎麼辦？」

如果前來查驗，發現陳皇后腹中已無胎兒，定會封閉宮禁搜索。一旦被人發現自己違禁留在坤寧宮，便是死罪。

池起良當機立斷，「這孩子，只能偷偷送出宮去，交到陳家人手中。他本是撿來的一條命，將來再想法子為他明證身分。先離開這裡。」

梅紅將嬰兒小心放進食盒裡，目光落在地毯上那截血糊糊的貓尾上。

池起良壓低聲音威脅道：「妳敢動心思，我現在就殺了妳！」

「不不，奴婢不是想加害小皇子。」梅紅突然下定決心，「奴婢帶著小皇子逃出宮去。留下來，知曉這天大的祕密難免會被貴妃滅口。這宮裡，奴婢實在不想待了。大人，您想保娘娘清白還是保住小皇子的性命？」

池起良被她說得愣了愣，目光落在那截貓尾上，這才反應過來。許貴妃的毒計是想讓陳皇后成為妖孽，徹底受皇帝嫌惡。已經換上大禮服的陳皇后，不會再重新換衣著裝，只要前來查驗的人看到這截剝皮貓尾，就不會再仔細驗看陳皇后腹中是否還有孩子，小皇子就安全了。反之，陳皇后腹中胎兒消失的祕密就保不住了。

他心一橫跪下朝陳皇后行了大禮，「娘娘，為了小皇子，臣冒犯了！」

為了保住這個孩子平安生下來的祕密，想必皇后娘娘寧可遭受汙名也在所不惜，不會怪罪於他。池起良快速布置好，和提著食盒的梅紅朝西角門狂奔離開。許貴妃就算想殺人滅口，也不會讓梅紅留在坤寧宮。西角門果然虛掩無人。兩人剛離開，碰撞得嘩啦作響的甲冑聲就在夜色中響了起來，一片火把燈光包圍了坤寧宮。

沒過多久，譚誠捧著一只盒子從宮中走了出來。他的臉被燈火映得分明，夜色裡傳來他淡然的聲音，「皇上口諭，坤寧宮人侍奉不周，全部處死！」

縮躲在黑暗宮牆外的池起良與梅紅聽著坤寧宮中隱約傳出的哭叫聲，面白如紙。

漫長的一夜過去，天空浮起了魚肚白，宮門緩緩開啟。

皇帝臥床不起。池起良已站在乾清宮的偏殿中，混在焦頭爛額的御醫中討論著皇帝的藥方。

梅紅憑借許貴妃宮裡的腰牌，帶著孩子出了宮。

有心注意許貴妃宮中情形的池起良在數天後聽到了梅紅墜井身亡的消息。池起良膽顫心驚，卻意外平安無事，只是再沒有了那個孩子的消息。是死是活，他並不知曉，也不敢打聽。

陳皇后懷的是怪胎，難產身亡的祕密被皇帝掩蓋過去，從此厭了陳氏。一年後立了許貴妃為后，陳氏一族漸漸式微。

池起良記下了這件事情，將祕密埋在了心底。

「大人年輕時的戀人、我的父親、我池家滿門，都死於同一個祕密。」穆瀾眼瞳中飄浮著憤怒與悲哀。

兩行清淚滑落，陳瀚方閉上了眼睛。

十幾年來，他日夜所思之困惑，如今悉數釋疑。

他不難猜測，當年于紅梅帶著陳皇后遺孤出宮，就不打算再回去。不出意外，定是被許家人找到。為掩人耳目，又將她擒回宮裡，推進了井中。

他突然感覺胸腔裡的心被一股力量絞緊，心緊絞痛之時，恨意頓生。是許太后殺了他的女人，是許氏一族毀了他的幸福。

陳瀚方抬頭注視穆瀾，「池院正想讓梅紅抱著皇子去陳家，她是貴妃的人，陳家人不見得相信她。所以她出宮後，定為皇子另尋了個地方安置。我想，她只有一個去處。」

「可惜梅于氏痴傻了，她身邊也沒有孩子。皇子是死是活，無從知曉。」穆瀾並不糾結這件事。她盯著陳瀚方道：「前塵往事大人都已知曉，大人會出賣我換取平安富貴嗎？」

如果沒有于梅氏姑姪，他早成了黃土下的白骨。陳瀚方的目光清正平和，「妳來找我，定有所求。」

總算沒有找錯人，否則她只能殺陳瀚方滅口。穆瀾心頭一塊石頭落地，「在下，只想求一個公道！」

為何凶手能高高在上安享榮華富貴？父親忠心耿耿，冒險為死去的陳皇后接生皇子，依先帝之意熬煮回春湯，到頭來池家滿門無辜卻遭滅門？
她要求一個公道！

珍瓏無雙局

珍瓏無雙局 肆

作　　者／桩桩
執 行 長／陳君平
榮譽發行人／黃鎮隆
協　　理／洪琇菁
總 編 輯／呂尚燁
執行編輯／許晶翎
美術監製／沙雲佩
美術編輯／李政儀
國際版權／黃令歡、梁名儀
企劃宣傳／洪國瑋
文字校對／朱瑩倫、施亞蒨
內文排版／謝青秀

國家圖書館出版品預行編目資料

珍瓏無雙局 / 桩桩作 . -- 1 版 . -- [臺北市]：城邦文化事業股份有限公司尖端出版：英屬蓋曼群島商家庭傳媒股份有限公司城邦分公司發行，2022.09-
冊；　公分
ISBN 978-626-338-372-2（第 4 冊：平裝）

857.7　　　111009872

出版／城邦文化事業股份有限公司　尖端出版
台北市 104 中山區民生東路二段 141 號 10 樓
電話：（02）2500-7600　傳真：（02）2500-2683
讀者服務信箱：7novels@mail2.spp.com.tw
發行／英屬蓋曼群島商家庭傳媒股份有限公司城邦分公司　尖端出版
台北市 104 中山區民生東路二段 141 號 10 樓
電話：（02）2500-7600　傳真：（02）2500-1979
劃撥專線：（03）312-4212
戶名：英屬蓋曼群島商家庭傳媒（股）公司城邦分公司
劃撥帳號：50003021
※ 劃撥金額未滿 500 元，請加付掛號郵資 50 元
法律顧問／王子文律師　元禾法律事務所　台北市羅斯福路三段三十七號十五樓

台灣地區總經銷／中彰投以北（含宜花東）　楨彥有限公司
電話：（02）8919-3369　　傳真：（02）8914-5524
雲嘉以南　威信圖書有限公司
（嘉義公司）電話：（05）233-3852　　傳真：（05）233-3863
（高雄公司）電話：（07）373-0079　　傳真：（07）373-0087
馬新地區總經銷／城邦（馬新）出版集團 Cite（M）Sdn Bhd
電話：603-9057-8822　　傳真：603-9057-6622
E-mail：cite@cite.com.my
香港地區總經銷／城邦（香港）出版集團 Cite（H.K.）Publishing Group Limited
電話：852-2508-6231　　傳真：852-2578-9337
E-mail：hkcite@biznetvigator.com

版　次／ 2022 年 9 月 1 版 1 刷　Printed in Taiwan